Retratos do Brasil

Coleção Retratos do Brasil

1. *Cartas Chilenas* — Tomás Antônio Gonzaga
   org. Joaci Pereira Furtado
2. *Apontamentos de Viagem* — J. A. Leite Moraes
   org. Antonio Candido
3. *Jornal de Timon* — João Francisco Lisboa
   org. José Murilo de Carvalho
4. *Memórias do Sobrinho de Meu Tio* — Joaquim Manuel de Macedo
   org. Flora Süssekind
5. *O Carapuceiro* — Pe. Lopes Gama
   org. Evaldo Cabral de Mello
6. *Glaura* — Silva Alvarenga
   org. Fábio Lucas
7. *Vossa Insolência* — Olavo Bilac
   org. Antonio Dimas
8. *Retrato do Brasil* — Paulo Prado
   org. Carlos Augusto Calil
9. *A Retirada da Laguna* — Alfredo d'Escragnolle-Taunay
   org. Sergio Medeiros
10. *Confissões da Bahia* — Santo Ofício da Inquisição de Lisboa
    org. Ronaldo Vainfas
11. *A Alma Encantadora das Ruas* — João do Rio
    org. Raúl Antelo
12. *Código do Bom-Tom* — J. I. Roquette
    org. Lilia Moritz Schwarcz
13. *Projetos para o Brasil* — José Bonifácio de Andrada e Silva
    org. Miriam Dolhnikoff
14. *Diário Íntimo* — José Vieira Couto de Magalhães
    org. Maria Helena P. T. Machado
15. *Monstros e Monstrengos do Brasil* — Afonso de E.-Taunay
    org. Mary Del Priore
16. *Ordenações Filipinas* — Livro V
    org. Silvia Hunold Lara
17. *Através do Brasil (Narrativa)* — Olavo Bilac e Manoel Bomfim
    org. Marisa Lajolo
18. *Diário de uma Expedição* — Euclides da Cunha
    org. Walnice Nogueira Galvão
19. *Interpretação do Brasil* — Gilberto Freyre
    org. Omar Ribeiro Thomaz
20. *Introdução* a Doutrina contra Doutrina — Sílvio Romero
    org. Alberto Venancio Filho
21. *Manual do Agricultor Brasileiro* — Carlos Augusto Taunay
    org. Rafael de Bivar Marquese
22. *O Rio São Francisco e a Chapada Diamantina* — Teodoro Sampaio
    org. José Carlos Barreto de Santana

Conselho editorial:
Antonio Candido
João Moreira Salles
Lilia Moritz Schwarcz
Maria Emília Bender

Olavo Bilac

Vossa Insolência

Crônicas

ORGANIZAÇÃO:
Antonio Dimas

2ª reimpressão

COMPANHIA DAS LETRAS

Copyright © 1996 by Companhia das Letras
Copyright da introdução, cronologia e notas
© 1996 by Antonio Dimas

Capa e projeto gráfico:
Victor Burton

Preparação:
Márcia Copola

Revisão:
Carmen S. da Costa
Isabel Jorge Cury

Dados Internacionais de Catalogação na Publicação (CIP)
(Câmara Brasileira do Livro, SP, Brasil)

Bilac, Olavo, 1865-1918.
Vossa insolência : crônicas / Olavo Bilac ; organização Antonio Dimas. — São Paulo : Companhia das Letras, 1996.

ISBN 978-85-7164-620-9

1. Crônicas brasileiras I. Dimas, Antonio, 1942- II. Título.

96-4952   CDD-869.93

Índice para catálogo sistemático:
1. Crônicas : Literatura brasileira 869.93

2008

Todos os direitos desta edição reservados à
EDITORA SCHWARCZ LTDA.
Rua Bandeira Paulista, 702, cj. 32
04532-002 — São Paulo — SP
Telefone: (11) 3707-3500
Fax: (11) 3707-3501
www.companhiadasletras.com.br

ÍNDICE

Introdução 9
Nota do organizador 21
Cronologia 23

PESSOAL

Haxixe 31
O leitão assado 38
São Paulo 45
Gazeta de Notícias 53

PESSOAS

Eça de Queirós 65
Zola 75
José do Patrocínio 84
Carlos Gomes 92
Artur Azevedo 105
Emílio Rouède 112

LITERATURA

Aluísio Azevedo 119
João do Rio 124

Prosadores bisonhos 134
Flaubert 142

JORNALISMO

Sem nervos 149
Gramaticalismo 154
Ética 159
Fotojornalismo 165
A propósito de um congresso 171
Jornais sem leitores 176
Jornal do Comércio 180
Ferreira de Araújo 184

CINEMA

Moléstia da época 195
Nova carta de ABC 202
Sacrilégio 206

CIDADES

Entre a febre e o teatro 211
Petrópolis 215
Cidade de mesentéricos 226
Metrópole de desocupados 232
Somos maometanos 240

Lutécia 245
Revolta da Vacina 252
Inauguração da Avenida... 260
O Rio convalesce 268
Recenseamento 275
Exposição Nacional 283
Liga dos Inquilinos.. 289

USOS

Polcamania 299
Prostituição infantil 305
Trabalho feminino 310
O bonde 318
Infância macambúzia.. 329

POLÍTICA

Vossa Insolência... 339
Oligarquias.. 344
Não sou político!... 351
Bicho gosmento.. 353

EXTERIOR

Rato entre gatos... 359
Guerra dos Bôeres 363

Revolução Russa 370
Tirania russa 377

CANUDOS

Antônio Conselheiro 383
3ª Expedição 389
Cérebro de fanático 396
Malucos furiosos 402
Segredo de Estado 408
Cidadela maldita 412
Cães de Canudos 414

INTRODUÇÃO

Depois de alguns anos como cronista da *Gazeta de Notícias*, Machado de Assis afastou-se, deixando o posto para Bilac. Em 1897, ano dessa substituição, Machado já se impusera como romancista e como intelectual. Seu *Memórias póstumas de Brás Cubas*, de 1881, abrira-lhe o caminho para uma modalidade nova de realismo, que não o naturalista; seu *Quincas Borba*, dez anos mais tarde, confirmaria a escolha a ser consolidada com *Dom Casmurro*, anos depois. Como intelectual, sancionara-se seu prestígio com a escolha de seu nome, entre doze outros, para a presidência da Academia Brasileira de Letras, que vinha de ser fundada. No primeiro momento em que nossa sociedade de letras se constituía enquanto segmento social definido, Machado era lembrado para dirigi-la, presidi-la e representá-la.

Bilac, por sua vez, não era desconhecido. Além de participar do grupo que fundara a Academia, suas *Poesias* (1888) haviam-no feito celebridade nacional e haviam-no empurrado, de vez, para fora das salas de aula de medicina e de direito. Trocando-as pelas dos jornais, converteu-se ele em ex-estudante convicto, ganhando a imprensa um colaborador incansável e o Rio de Janeiro um comentador que nunca encobriu sua paixão autêntica pela cidade, cheia de altos e baixos como a própria paisagem de que tanto gostava. "Durante quinze anos de vida de imprensa", confessa o jornalista nas páginas do *Correio Paulistano*, "não poupei injúrias à velha e mal amanhada Sebastianópolis. Lancei-lhe em face, duramente, a sua imundície, o seu relaxamento, a sua falta de banhos, o desleixo do seu vestuário, o seu despenteamento, a sua inércia, a sua apatia. E se tanto e tão acerbamente a invectivava, era porque a amava ardentemente, e ardentemente queria vê-la redimida de tão feias culpas"(*Correio Paulistano*, 18/1/1908).

Como cronista da *Gazeta*, Bilac começara em 1890, mas sua colaboração se interrompera logo, para ser retomada, de modo contínuo, a partir de 1893. Portanto, quando Ferreira de Araújo, o proprietário do jornal e responsável por uma fase de modernização da imprensa carioca, convidou-o para tomar o lugar de Machado, Bilac já era "de casa". Isso, todavia, não o impediu de sentir certo desconforto. A responsabilidade de substituir um romancista acatado e visto como líder natural do grupo pesava. Não devia ser fácil a incumbência de preencher um espaço consagrado, em jornal que se destacara pelo nível de seus colaboradores. Devia ser menos fácil ainda a construção temática e formal de um caminho próprio que se distanciasse do machadiano, fortemente alusivo, e que cutucasse o leitor sem melindrá-lo. Mais do que simples substituição, essa escolha significava nova orientação para aquela seção do jornal, que dizia adeus à ironia oblíqua e se entregava à mordacidade eventual. Nessa nova função, Bilac se tornaria aguerrido formador de opinião e se despediria das helenizações que tanto preencheram (e estigmatizaram, de forma apressada, sem dúvida) sua poesia. Aparentemente convencido de que o novo espaço exigia nova atitude, o jornalista espreguiça-se feito gato lambão e apronta-se para as novas funções, não sem antes desqualificar-se para provocar efeito:

> Assim, há mais de treze anos que estou aqui, às vezes trabalhando, às vezes vadiando, ora nesta coluna, ora naquela, como um gato doméstico que ama a casa em que vive, e

tanto se compraz de estar na sala como na cozinha ou no telhado. Na "Crônica", neste aposento reservado em que se apura a resenha semanal dos casos, vivo há pouco tempo. Já moraram aqui vários espíritos formosos: um deles, o que me precedeu, foi o espírito de Machado de Assis, um nababo egoísta, que, um belo dia, ali por volta de 1897, meteu dentro de um saco as luzes e os perfumes, as estrelas e as rosas que costumava espalhar por esta seção, e levantou acampamento, obrigando o leitor, habituado ao licor precioso do seu estilo, a contentar-se com a água chilra do meu. (*Gazeta de Notícias*, 2/8/1903).

Nesta mudança arquitetada por Ferreira de Araújo, entrecruzaram-se, pois, dois intelectuais brasileiros, cuja representação oficial na historiografia literária pouco ou nada dependeria do gênero que cultivaram com tanto profissionalismo nesse jornal inovador.

Com a posse oficial do cantinho reservado à crônica machadiana, duas aspirações se cumpriam simultaneamente: por um lado, substituir um escritor ilustre a quem, um dia, numa de suas poucas manifestações sobre o criador de Quincas Borba, o cronista reconhecera como "o chefe de toda uma geração literária"(*Gazeta de Notícias*, 5/12/1897); por outro lado, assentar-se de vez dentro de um jornal que fora objeto do desejo de toda uma geração e que desfrutava do prestígio de ter sido fundamental na profissionalização do intelectual de letras no Rio de Janeiro.

Naquele fim de século excitado com tanta modificação política e social, a *Gazeta* de Ferreira de Araújo apostava nas mudanças, mediante uma diagramação mais ágil e a remuneração sistemática de seus colaboradores. Segundo Brito Broca, era esse o jornal "que abria maior espaço à colaboração literária no Brasil e que melhor pagava os escritores, só encontrando um concorrente nesse terreno: o *Diário Mercantil*, de Gaspar da Silva, em São Paulo",[1] do qual Bilac fora também colaborador na década de 80. Pertencer, portanto, àquela folha diária era, nas palavras de Bilac, um passaporte seguro para o reconhecimento público e o caminho certo para a glória literária... remunerada. "É que a *Gazeta*, naquele tempo", explica o cronista, "era a consagradora por excelência. Não era eu o único que a namorava; todos os da minha geração tinham a alma inflamada nessa mesma ânsia ambiciosa. Não era o

---

[1] Brito Broca, *A vida literária no Brasil — 1900*. 2ª ed. rev. e aum. Rio de Janeiro: J. Olympio, 1960. p. 218.

dinheiro que queríamos: queríamos consagração, queríamos fama, queríamos ver o nosso nome ao lado daqueles nomes célebres. Nós todos julgávamos então que a publicidade era um gozo, e que a notoriedade era uma bem-aventurança" (*Gazeta de Notícias*, 2/8/1903).

Bem instalado, portanto, num veículo que se pretendia novo dentro do cenário carioca e, por extensão, brasileiro, Bilac assumiu seu papel de opinador, cumprindo-o à risca até as vésperas de seu engajamento na campanha pelo serviço militar obrigatório e pela defesa nacional, por volta de 1908.

Nesses quase vinte anos de jornalismo diário, muitas vezes espalhado por mais de um veículo, seu posto privilegiado permitiu-lhe uma visão angular da sociedade, cujas frinchas e reentrâncias dificilmente escapavam ao seu olhar bisbilhoteiro e nem sempre certeiro. Ideologicamente irregulares como é de se esperar de quem não se pautava por um credo único, religioso ou político, as crônicas de Bilac pouco atraem aqueles que precisam de posições alheias para confirmar as suas. Mais que escora, elas se prestam ao investigador minucioso que esteja preocupado com uma visão mais abrangente de dado período. Porque, nelas, o material é farto.

Introdução

Diante da imensa quantidade de crônicas que nos deixou, das quais uma parcela muito pequena foi recolhida em livro, o leitor poderá sentir-se perplexo, uma vez que delas a custo se extrairá um modelo homogêneo de reflexão e de atitude combativa. No entanto, desde quando a homogeneidade é necessariamente saudável? Mais provável será a constatação de uma linha sinuosa que ora aponta para soluções reacionárias, identificadas com o sistema vigente, ora para sua contestação. Dessa irregularidade, que brota mais de uma experiência pessoal alimentada por leituras literárias e por viagens constantes à Europa do que de convicções políticas claras, emerge uma figura contraditória e, por isso mesmo, rica, na medida em que não poderíamos catalogá-la de maneira esquemática sob pena de sermos injustos e arbitrários.

Ao contrário de seu antecessor na *Gazeta de Notícias*, Bilac não titubeava em opinar sobre os mais diversos assuntos que interessassem diretamente à organização da sociedade civil. Para ele, tudo era assunto, tudo era motivo de atenção. Urbanização, saúde pública, defesa do menor, escândalos políticos, ingerência da Igreja no Estado, festas populares, carestia, segurança urbana, deficiência do transporte público, violência sexual, política internacional, emancipação feminina, lançamentos literários, penúrias do funcionalismo, crueldade contra velhos, maus-tratos a animais, invasão da privacidade ou ocorrências do momento, nada escapava àqueles óculos que mal disfarçavam um forte estrabismo. Dessa gula por assuntos decorre exatamente a grande dificuldade para se examinar o cronista múltiplo. Por onde começar? Que filão aproveitar? Como abordar essa cornucópia? De que modo enfrentar esse caleidoscópio?

Do alto de sua coluna semanal, Bilac desferia farpas em direções diversas, conduzido por uma noção, nem sempre assumida, de orientador social. Se anos antes rejeitara a medicina e desistira do direito, não o abandonara, todavia, a consciência de um terapeuta encarregado de diagnosticar a sociedade em que circulava com entusiasmo e desenvoltura. Renunciando ao bisturi ou abandonando o camartelo parnasiano por uns tempos, o jornalista enquadrava-se, mais uma vez ainda, no espírito de época, porque não era outra a lição do naturalismo em que o parnasiano se criara: extirpar os vícios do corpo social. Mas sem azedume, nem dedo em riste. Quando muito, destilando uma ironia envolta em piedade, como diz o título de um de seus livros de crônicas.

Ciente da multiplicidade de temas à sua disposição e não menos ciente do relativo poder de fogo de sua coluna, o cronista cumpria sua proposta dentro dos moldes brandos que o gênero requer. Em obediência a essa dimensão leve, humorada e certeira, em que se presume o exercício da crônica, Bilac nunca perdeu de vista que o tratamento bilioso dos assuntos estava fora de cogitação. Foram raros os momentos em que deixou a indignação superar a ironia. E junto com esse traço irônico, dois outros se mantiveram constantes na crônica bilaquiana: a certeza da fugacidade do seu comentário e a permanente disponibilidade do cronista. Diferente do poeta que se protege e se resguarda no casulo do ócio fecundo e prolongado, favorável à criação que dispensa o convívio imediato, o cronista está sujeito ao burburinho da informação cotidiana, trazida pelo próprio jornal para o qual devolverá a matéria que lhe serviu de suporte ou de pretexto. Nessas condições, espremido pelo tempo e pelos acontecimentos em ação, sua reflexão sai a jato e sua intimidade ideológica torna-se, portanto, mais porosa, porque não pode contar, em princípio, com o manejo medido da língua, o que o deixa exposto à curiosidade futura.

Ingressando no jornalismo num momento decisivo de

nossa vida política, quando eram ainda incertos os rumos da República e os resultados sociais da Abolição, Bilac não se furtou à crônica de caráter político. No entanto, o enfoque pessoal e grosseiro que deu a ela, visível em *O Combate*, um dos jornais efêmeros da época, trouxe-lhe o dissabor do exílio interno que o forçou a viver alguns meses em Ouro Preto, onde iria reencontrar a história do Brasil pelas mãos de Afonso Arinos e de Diogo de Vasconcelos. Aparentemente, foram esses dois intelectuais mineiros que o pouparam de uma *saison en enfer* e que o incentivaram no caminho da restauração nacionalista a ser defendida anos mais tarde. A experiência que o desterrou para Ouro Preto, pelo jeito, teve a virtude de afastá-lo do presente para levá-lo a investigar o passado ou conjecturar sobre o futuro, quando se tratasse de matéria mais densa. Dos políticos e da política cotidiana, Bilac queria distância, invocando modéstia retórica: "Eu não sou político, e nem me sinto com vocação para o ofício de salvador da pátria. Sou um fantasista, mais nada. E um fantasista serve apenas para enfeitar as colunas de um jornal, como a barra de seda que enfeita a saia de uma mulher. Quando a seda fica suja, atira-se ao lixo a barra da saia; quando o fantasista aborrece, atira-se o jornal ao chão" (*O Estado de S. Paulo*,

25/2/1898). Para ele, como se vê em outra crônica aqui incluída, políticos e vermes se pareciam.

Na função de cronista, sua seara era outra e seu empenho relativo era mais condizente com o gênero. Era clara sua percepção de que naquela coluna a reivindicação poderia alcançar resultado se não fosse proposta como tal, mas disfarçada de falsa brandura e da mesma variedade de que se veste o cotidiano, sem insistências aborrecidas e sistemáticas. Não é por acaso que uma das imagens mais felizes e eficazes sobre o gênero tenha sido montada por esse cronista, que sempre se orientou por ela na condução de sua tarefa: "Os cronistas são como os bufarinheiros, que levam dentro das suas caixas rosários e alfinetes, fazendas e botões, sabonetes e sapatos, louças e agulhas, imagens de santos e baralhos de cartas, remédios para a alma e remédios para os calos, breves e pomadas, elixires e dedais" (*Gazeta de Notícias*, 7/2/1904).

O baú está aberto, senhoras e senhores. Sirvam-se à vontade, por favor!

NOTA DO ORGANIZADOR

As crônicas selecionadas para esta antologia foram retiradas, em sua grande maioria, dos jornais originais, depositados na Biblioteca Nacional do Rio de Janeiro.

Bilac publicou muito poucas em forma de livro, segundo critérios que nem sempre ficaram claros. Esta escolha é, portanto, estranha aos desejos do cronista e confirma um de seus receios quando se perguntava: "Qual de vós, irmãos, não escreve todos os dias quatro ou cinco tolices, que desejariam ver apagadas ou extintas? Mas, ai! de todos nós! Não há morte para as nossas tolices! nas bibliotecas e nos escritórios dos jornais, elas ficam, as pérfidas!, catalogadas; e lá vem um dia em que um perverso qualquer, abrindo um daqueles abomináveis cartapácios, exuma as maldi-

tas e arroja-as à face apalermada de quem as escreveu..."
(*Gazeta de Notícias*, 13/1/1901).

Como esclareço adiante, o estado de conservação desses periódicos deixa a desejar e por esse motivo muitas passagens estão ilegíveis, o que assinalei de modo devido.

Quanto à assinatura dos textos, mantive a preferência do cronista, que, ora assinava com seu nome, ora com abreviaturas, ora ainda com pseudônimos, ou simplesmente não as assinava. Quanto aos títulos das crônicas, ora são do cronista, ora do organizador.

Parte desta pesquisa foi financiada pelo CNPq.

CRONOLOGIA

1865 Em 16 de dezembro, nasce no Rio de Janeiro Olavo Brás Martins dos Guimarães Bilac, filho do médico Brás Martins dos Guimarães Bilac e de Delfina Belmira dos Guimarães Bilac.

1880 Uma autorização imperial de 3 de agosto permite a matrícula de Bilac na Escola de Medicina, onde ingressa em 1881. Abandona o curso em 1886.

1883 Bilac começa a publicar textos curtos e poemas na *Gazeta Acadêmica* do Rio de Janeiro e em jornais do interior fluminense.

1885 No dia 12 de dezembro, Artur Azevedo apresenta Bilac ao público, no *Diário de Notícias*.

1886 Troca a Faculdade de Medicina do Rio de Janeiro pela Faculdade de Direito de São Paulo, em 16 de novembro.

1888 Abandona o curso de direito, rompe o noivado com Amélia de Oliveira, retorna ao Rio e publica *Poesias*, com repercussão imediata.
Começa colaboração em *A Cidade do Rio*, que se estende até 1893.

1889 Rompe um segundo noivado com Maria Selika, em janeiro.

Em setembro, duela com Pardal Mallet, com quem fundara, em abril, o jornal *A Rua*.

1890 Em abril, começa longa e duradoura colaboração na *Gazeta de Notícias*. Em março, nesse mesmo jornal, publica um folhetim antimonarquista, *O Esqueleto*, em colaboração com Pardal Mallet.
É nomeado oficial da Secretaria de Instrução Pública e Particular do Estado do Rio de Janeiro.
Faz sua primeira viagem à Europa.

1891 Morre seu pai, em outubro.

1892 Demitido do serviço público em fevereiro. Duelo com Raul Pompéia, defensor de Floriano Peixoto.

1893 Nova prisão em novembro, em conseqüência da Revolta da Armada. É "exilado" para Ouro Preto, onde permanece até fevereiro de 1894. Transfere-se para Juiz de Fora, de onde volta para o Rio em meados de 1894.

1894 Publica *Crônicas e novelas*, livro que recolhe suas impressões de Minas e alguns ensaios semificcionalizados e meio confessionais. Continua a colaborar com *A Semana* de Valentim Magalhães.

1895 Na companhia de Julião Machado, lança *A Cigarra*, em maio. Em agosto, começa extensa colaboração em *A Notícia*, que se prolonga até novembro de 1908.

1896 Lança, em fevereiro, junto com Julião Machado, a revista *A Bruxa*, suspensa em maio de 1897. Em agosto, cria "O filhote" na *Gazeta de Notícias*, coluna que dura até maio de 1897.
Torna-se o primeiro ocupante da cadeira 15 da Academia Brasileira de Letras, cujo patrono é Gonçalves Dias.

1897 Assume o lugar de Machado de Assis na *Gazeta de Notícias*. Sob o pseudônimo de Puff e na companhia de Puck (Guimarães Passos), Bilac publica *Pimentões*, versos picantes.

Publica também *Contos para velhos*, com o pseudônimo de Bob.

1898 Publica *Sagres* e *A terra fluminense*, este em colaboração com Coelho Neto.

1899 Nomeado inspetor escolar, cargo que exerce até a aposentadoria.

1900 Entre outubro e novembro, participa da comitiva presidencial de Campos Sales, em visita à Argentina.
Publica *Lira acaciana*, na companhia de Pedro Tavares Jr. e Alberto de Oliveira, assinando todos sob o pseudônimo comum de Ângelo Bitu.

1901 Em junho, conferência sobre Gonçalves Dias, na Academia Brasileira de Letras, em solenidade presidida por Machado de Assis.
Publica *Livro de leitura* em parceria com Manuel Bonfim.

1902 Sai a segunda edição ampliada de *Poesias*.

1903 Recebe Afonso Arinos na Academia Brasileira de Letras, em setembro. No discurso de recepção, reconhece que Arinos fora seu "companheiro de pesquisas nos arquivos de Vila Rica", em fins de 1893.
Convidado pela Alliance Latine de Paris para representar o Brasil nas festas em homenagem a Renan.

1904 Inicia colaboração na *Kosmos*. Publica *Crítica e fantasia*, *Poesias infantis*, *Contos pátrios* (com Coelho Neto) e *Guide des États Unis du Brésil*, em colaboração com Guimarães Passos e Bandeira Jr.

1905 Pronuncia conferência sobre "A tristeza dos poetas brasileiros" no Instituto Nacional de Música.
Publica *Teatro infantil* com Coelho Neto.

1906 Publica *Conferências literárias*. Secretário de Joaquim Nabuco junto à III Conferência Pan-Americana, por designação do barão do Rio Branco.
Escreve prefácio para *Os bandeirantes* de Batista Cepelos.

1907 Em outubro, seus admiradores oferecem-lhe um banquete no Palace-Théâtre do Rio de Janeiro, ocasião em que Bilac defende a profissionalização do intelectual como conquista de sua geração e rechaça a acusação de que esta ficara enclausurada em torre de marfim.

Em setembro, inicia colaboração no *Correio Paulistano*, encerrada em julho do ano seguinte.

1908 Afasta-se aos poucos da *Gazeta de Notícias*.

Durante a Exposição Nacional, inaugurada em agosto e sediada na Urca, Bilac torna-se uma espécie de porta-voz oficial do evento.

1909 Morte de Delfina Belmira dos Guimarães Bilac, mãe do cronista. A partir desse momento, Bilac amiúda suas viagens à Europa. Sousa Aguiar, prefeito do Rio de Janeiro, designa Bilac como orador oficial da inauguração do Teatro Municipal.

Publica *A pátria brasileira*, em parceria com Coelho Neto.

1910 Publica *Tratado de versificação* com Guimarães Passos e *Através do Brasil* com Manuel Bonfim.

Nova viagem à Argentina, desta vez como delegado brasileiro junto à IV Conferência Pan-Americana. Joaquim Nabuco presidia a delegação.

1911 Viaja para os Estados Unidos, em junho.

1912 Em setembro, faz discurso de homenagem a Machado de Assis.

1913 Eleito Príncipe dos Poetas Brasileiros, em concurso patrocinado pela *Fon! Fon!*.

1914 Em Paris, participa de banquete da Société des Gens des Lettres, que homenageia intelectuais brasileiros.

1915 Inicia campanha pela defesa nacional, discursando em várias instituições de ensino em São Paulo e no Rio de Janeiro.

1916 Começa a percorrer o país, fazendo pregação sobre a defesa nacional. Visita Belo Horizonte, Porto Alegre e Curitiba.
Em março, recebe homenagem de intelectuais portugueses em Lisboa.
Em agosto, funda a Liga de Defesa Nacional junto com Miguel Calmon e Pedro Lessa.
Publica *Ironia e piedade*.

1917 Empenhadíssimo na campanha pelo serviço militar obrigatório, empreende viagem de propaganda a São Paulo. Publica *A defesa nacional*.

1918 Em maio, saem sonetos seus na *Revista do Brasil*, dirigida, então, por Monteiro Lobato. Esses sonetos serão recolhidos em *Tarde*.
Em 28 de dezembro, morre no Rio de Janeiro, acometido de deficiência cardíaca e pulmonar.

1977 Publicação de *Sanatorium*, romance póstumo, escrito em parceria com Magalhães de Azeredo.

Pessoal

Haxixe

Como a conversação, depois de haver borboleteado de assunto em assunto, durante esse jantar de refinados, tivesse caído afinal em Baudelaire e nos seus *Paraísos artificiais*,[1] Jacques, que aos trinta anos de idade já tem experimentado todos os prazeres e provado todos os desgostos, disse acendendo o charuto e enchendo o segundo cálice de *chartreuse* verde:

"Pois afirmo-lhes eu, com conhecimento de causa, que a embriaguez do ópio não tem nenhum dos encantos que lhe atribui Baudelaire..."

---

[1] *Paraísos artificiais* (1860): poemas de Baudelaire (1821-67) que tratam de experiências com alucinógenos.

"Oh! desgraçado! pois até já tomaste haxixe?", indagou um de nós, com alguma incredulidade.

"Propriamente haxixe não tomei: tomei cousa melhor."

E relatou-nos isto:

"Foi há pouco tempo. Estava eu morrendo de tédio numa cidade do Norte. Toda a solidão daquelas ruas muito direitas, muito largas e muito vazias me havia entrado na alma. Como eu me aborrecia, meus amigos! E imaginem que, por esse tempo, sofria eu de uma singular excitação nervosa, que me fazia ficar semanas inteiras sem dormir, com o corpo quebrado, todo o organismo vibrando dolorosamente ao menor choque, à menor contrariedade, à menor emoção. Cheguei a ter horror à minha casa, àquela casa imensa e deserta entre cujas paredes se arrastavam longas, terrivelmente longas, as minhas noites de insônia. Preferi passá-las a vagar de rua em rua, sem destino: e inda hoje me lembro com pavor desses passeios noturnos por uma cidade morta, ora à claridade de luar que escorria pelas casas como um banho de prata viva, ora ao clarão trêmulo dos candeeiros de azeite, dependurados a ganchos de ferro, rangendo lugubremente ao mais fraco sopro de vento... Um dia, um médico meu amigo aconselhou-me o uso do ópio.

"Protestei que seria inútil: a morfina, o láudano, tinham sido impotentes, deixavam-me o corpo despedaçado, a língua amarga, a cabeça apuada de dores, e a alma acordada, no mesmo sofrimento e na mesma agonia. Ele, então, receitou-me um novo preparado...

"Não conhecem vocês, com certeza: é o tanato de canabina. A canabina é o alcalóide que se extrai do haxixe, da *cannabis indica*. Recebi esperançado, das mãos do farmacêutico, a pequena caixinha redonda, sentindo, com delícia, mexerem-se dentro dela, no pó avermelhado, as doze pílulas consoladoras, pequeninas, escuras, moles, de uma cor de bronze azinhavrado. O farmacêutico, solícito, recomendou-me com ares misteriosos que não tomasse, em caso algum, mais de duas pílulas. Mas já eu não ouvia...

"Esperei a noite com uma ansiedade grande. Às dez horas tomei duas pílulas, deitei-me, e, abrindo um livro qualquer, chamei o sono. Não sei que livro era: sei que a página me interessou, e que, embebido na leitura, me despreocupei do efeito da *canabina*. Ao cabo de algum tempo, olhei para o relógio. Correra uma hora. Nenhum efeito. O cérebro claro, fresco: nenhum desejo de sono.

Sorri, com desdém, do poder do narcótico, e engoli corajosamente mais três pílulas e dali a um quarto de hora uma outra. Não posso dizer se ainda gozava de pleno uso da razão, quando tomei essa quarta pílula. Quero crer que não: não sei mesmo como consegui voltar à cama. Doía-me a cabeça alucinadoramente. Estalava-me no ouvido um barulho de mar quebrando-se de encontro a rochedos. E não sei se acharei palavras para lhes referir o que principiou então a passar-se em mim..."

Jacques esvaziou o seu cálice de *chartreuse*. Nós todos ouvíamos calados e ansiosos. Ele, com a voz um pouco trêmula, continuou:

"Foi uma cousa horrível, sobre-humana, inenarrável, prolongada por toda a noite. Eu não dormia, mas não estava acordado. Dentro do meu corpo havia uma alma que sentia, que pensava; mas, como hei de eu explicar isto? não era a minha verdadeira alma, porque essa eu a sentia fora de mim, divorciada do meu corpo, pairando sobre ele, querendo reentrar nele, e não podendo! não podendo! não podendo! Sabem vocês o que se passa, alguns momentos depois da morte, segundo os espíritas? Dizem os espíritas que a alma, abandonando o corpo, não se afasta dele, e, enquanto não se faz o enterro, fica errando em derredor do despojo carnal desprezado. Era talvez isso o que eu sentia... Mas, não! não era isso, porque além da minh'alma que pairava fora, havia uma outra que permanecia no corpo, sofrendo e chorando...

"Vejamos... Eu tinha consciência de que estava deitado, de costas sobre a cama: apalpava-me, sentia o calor da minha carne, a pulsação de minhas artérias, sabia que não estava sonhando... Doía-me a cabeça cada vez mais: era como se, estando ela apertada entre duas barras de aço, a fossem pouco a pouco esmigalhando, amassando, triturando. Eu sentia tudo isso: logo a minh'alma estava ali. Mas que outra alma era aquela, também minha, que estava fora da carne e dividida entre dous sentimentos opostos: a mágoa de não poder entrar no corpo que era seu, e a delícia de não poder estar sofrendo o que esse corpo sofria?...

"Quanto tempo durou isso, não lhes posso dizer: deve ter durado séculos. Quantos? um, cem, mil, uma eternidade...

"Depois, senti que acabara o desdobramento da minha personalidade. Estava outra vez com uma só alma. O corpo continuava a sofrer, a sofrer indizivelmente. E a alma, outra vez una, outra vez indivisível, adquiriu uma acuidade, uma perfeição, uma clareza de memória sobrenaturais. Recapitulei toda a minha vida, de dia em dia, de hora em hora. Lembrei-me até de quedas que dei, quando tinha um ano de idade. Assisti mesmo à cena do meu nascimento... E como me doía o remorso dos menores crimes cometidos, das mais insignificantes injustiças praticadas! Tudo isso se passava em absoluto, em perfeito estado de vigília. Eu via arder, debaixo do globo azul, a chama da minha lâmpada de petróleo; via agitarem-se à janela as cortinas brancas; ouvia o tique-taque do relógio sobre a mesa... E vi mesmo o dia romper lá fora, como uma meia-luz tênue a princípio, depois como uma claridade violenta que me pôs no quarto, atravessada de parede a parede, uma larga faixa cor de ouro, em que dançavam milhões e milhões de átomos de poeira afogueada... Foi então que dormi, sono bruto, sono de pedra, sono de morte, por dez horas a fio..."

"O mais curioso", concluiu Jacques, depois de uma pequena pausa, "é que o abalo produzido por essa noite no meu organismo foi tão forte, tão brutal, que me restituiu a saúde: equilibrou-me os nervos e livrou-me da insônia. De modo que a canabina me curou, não pelo bem, mas pelo mal que me fez..."

Houve um momento de silêncio. Um de nós disse:

"Mas isso nada prova... Você sofreu assim, porque o

excitante encontrou mal preparado o terreno em que devia operar. E, mesmo, está hoje provado que o haxixe nada mais faz do que exacerbar o estado normal do indivíduo: dá mais alegria a quem é naturalmente alegre, e mais tristeza a quem é naturalmente triste..."

"Pode ser!", retorquiu Jacques. "Mas aconselho-lhes que não experimentem. Demais, sabem quem tem razão? É Balzac, que, apesar de fazer parte de um clube de bebedores de haxixe, nunca bebeu a droga, porque (dizia ele) o homem que voluntariamente se despoja do mais belo atributo humano — a vontade — deve ser, na escala animal, colocado abaixo do caramujo e da lesma... E vamo-nos embora, que é meia-noite!"

Olavo Bilac

Gazeta de Notícias[2]

2/4/1894

---

[2] Texto publicado em *Crônicas e novelas* (1894) com o título de "Crônica livre". Nesse livro, o primeiro da prosa bilaquiana, há uma seqüência de crônicas ficcionalizadas, em que aparece o personagem Jacques, alter ego de Bilac.

O leitão assado

Jacques, que continuou a dar-nos, todas as tardes, ao jantar, a sobremesa deliciosa da sua palestra, contou-nos ontem um sonho que teve há algum tempo.

Um de nós, discreteando sobre este particular de sonhos e pesadelos, dissera:

"Mas, não há dúvida... Os sucessos do sonho prendem-se sempre a um sucesso da vida real. As células cerebrais guardam impressões adormecidas por tempo indefinido. A um momento dado, essas impressões despertam, vivem, quando o sono chega, e aí estão elas constituindo o sonho. Eu, por exemplo, sonhei um dia que era Cristo. Espantei-me, ao despertar... No entanto, nada mais natural. É que, pouco antes de dormir, estivera conversando com o doutor Maximiano Marques de Carvalho, e (por mais absurdo que isto possa parecer a vocês) cheguei, refletindo sobre o meu sonho, a reconstruir a associação de idéias sobre cujas asas fui da ampla sobrecasaca desse médico à túnica inconsútil do Nazareno..."

Ouvindo isto, Jacques encolheu os ombros. E disse-nos gravemente:

"Tolices... Sem querer imitar Hamlet, digo-lhes eu que na terra e no céu há cousas mais complicadas do que as que sonha a vossa vã filosofia... Ora, digam-me com franqueza: supõem vocês que haja uma possível associação de idéias entre um leitão assado e este amigo que lhes está falando?... Não riam... Falo-lhes com toda a seriedade! Acham isso absurdo, não é assim? Pois bem: eu já uma noite sonhei que era leitão assado!"

E como todos nós continuássemos a rir, Jacques sacudiu a cabeça:

"Vocês riem de tudo... Dou-lhes a minha palavra de honra: não gracejo. Vou contar-lhes o meu sonho... Simplesmente, Bilac, peço-lhe que não escreva sobre isto uma 'crônica livre': porque, afinal, com as suas indiscrições, ainda acabo por parecer ridículo aos leitores da *Gazeta*... Ouçam!"

E começou:

VOSSA INSOLÊNCIA

* * *

"Sonhei que era um leitão assado...

"A princípio a minha impressão foi de espanto. Sentia-me estendido horizontalmente sobre um prato. Sentia-me cheio de cousas que não eram os meus próprios órgãos.

"E sentia em mim mesmo um cheiro delicioso de carne gorda tostada...

"Pouco a pouco fui compreendendo. O prato em que eu repousava estava ao centro de uma grande mesa aparelhada para banquete. Via estender-se diante de mim a toalha adamascada, carregada de cristais e de pratarias. Grandes ramos de flores rubras e brancas viçavam em jarrões de porcelana. Em compoteiras de cristal, simetricamente dispostas, havia doces vários: e eu distinguia o vermelho cru das goiabas em calda, o amarelo dourado dos damascos, o tom escuro das uvas e das ginjas. Um castelo de fios de ovos, bem perto do meu nariz, subia rutilante, adornado de balas de estalo, para o teto do salão, até encontrar os pingentes do grande lustre triunfal em que ardiam constelações de velas. Ergui os olhos. E notei uma cousa que desde então me preocupou terrivelmente: no pináculo do monumento de fios de ovos havia dous bonecos de açúcar pintado, de mãos dadas, em grande gala, um casal de noivos... Santo

Deus! eu ia ser a peça de resistência de um banquete nupcial... Quem seria a noiva?

"Uma revolta surda começou a torcer-me os miolos de porco assado... Como diabo estava eu ali transformado em leitão, com o ventre cheio de farofa e sarrabulho, e com as costas cheias de rodelas de limão espetadas em palitos? Comecei a ouvir uma música afastada. Compreendi que dançavam no salão de baile. Era uma valsa. E imaginei logo que a noiva, radiante sob a grinalda de flores de laranjeira, muito branca, toda branca, suspendendo a longa cauda do vestido de gorgorão nevado, estaria girando nos braços do noivo ofegante e pálida, com uma curiosidade e um receio fuzilando nos olhos... Havia de ser isso... Estavam valsando, com certeza... Os meus ouvidos de leitão percebiam mesmo o rumor dos pés arrastados no soalho, à cadência da valsa... E eu estava ali, sem fala, sem movimento, sem defesa possível, abandonado, misérrimo!

"E daí a pouco o trinchante me despedaçaria a carne, e o meu abdômen se desmancharia numa chuva de azeitonas e de farofa, e dentes implacáveis, dentes vorazes, dentes cruéis me triturariam as fibras...

"Não lhes posso dar uma idéia, por pálida que seja, do sofrimento que me alanceava... Mas, imaginem vocês: eu, porco! eu assado! eu comido! e pensando! e vendo! e ouvindo! e tendo a consciência do meu estado e certeza da sorte que me esperava!...

"A música parou. Acabara a valsa. Aproximavam-se pelo corredor.

"Alguns convidados entraram. Chegaram-se ao *buffet*, refrescaram-se. Conheci alguns. Ergui os olhos. E notei uma cousa que desde então me preocupou terrivelmente. Lá estava o Mendes Neto, de olhos felinos e boca sensual chuchurreando um *cognac*. Lá estava o Artur Azevedo, mastigando voluptuosamente um *croquette*. Mais longe, o Sousa Ramos, saboreando um sorvete, conversava com o João Pinheiro. E não me podiam ver! e não sabiam, aqueles antropófagos, que daí a pouco comeriam o seu amigo, sob a forma de leitão assado!... Mas o que mais me indignou foi ver o Simeão (lembram-se vocês do Simeão, aquele gordo, louro, imbecil?), foi ver o Simeão, num grupo de senhoras, fazendo-se amável... E as senhoras riam. E eu pensava: 'Que disparates estará dizendo aquele idiota!?...'.

"Houve na sala um movimento. Afastaram-se os grupos para dar passagem a alguém. Era a noiva que entrava. Olhei e... quase dei um grito de horror e de espanto. Só não gritei, porque leitão assado não grita... Como lhes hei de contar isto? A noiva era a Alice! Conhecem vocês a Alice? A minha Alice, que eu naquele tempo amava apaixonadamente, loucamente! Era a minha Alice com aqueles mesmos olhos imensos e negros, com aqueles mesmos lábios vermelhos, úmidos, gulosos de beijos... Que horror!

"Vinha pelo braço do noivo. Não conheci esse animal. Era um sujeito pançudo, lorpa, com umas enormes orelhas desapegadas da cabeça chata, hediondamente calva. Os dous, muito unidos, fizeram a volta da mesa.

"E pararam junto de mim... Ele, inclinando-se muito para ela, disse-lhe ao ouvido qualquer cousa. Ela corou e olhou-o muito longamente, com amor, com gratidão. E eu imóvel, paralisado sobre o prato... Ah! se eu pudesse mover-me, atirar-me sobre eles, e vingar-me, emporcalhando o vestido dela com a gordura da minha pele tostada!...

"Mas não estava ainda esgotada a minha taça de amarguras. Pior foi a minha tortura, quando ela, a minha Alice, inclinando-se sobre a mesa, com a sua mão pequenina! com a sua mão que eu tantas vezes beijara delirando! com a sua mãozinha enluvada de branco, tirou do meu corpo uma das rodelas de limão que me enfeitavam, e começou a chupá-la devagarinho, com os seus divinos lábios vermelhos, úmidos, gulosos de beijos!...

"Oh! era o meu sangue! era a minha alma! era a minha vida que ela chupava!

"Mas, nesse momento, sentaram-se todos à mesa. Um

criado, de casaca e gravata branca, tirou o prato em que eu estava e levou-o para um aparador.

"Chegara o momento fatal. Iam trinchar-me! Lembro-me bem de que, em caminho, o Artur Azevedo, que tomava um lugar entre o Salamonde e o Mallet, olhou-me com ternura, e disse passando a língua pelos beiços: 'Que belo porco, hein?'...

"Não vi mais nada, não ouvi mais nada... Ouvi um tinido de metais, vi uma lâmina fulgurar, senti uma punhalada assassina, e, quando ia desmanchar-me em azeitonas e farofa, acordei..."

Uma gargalhada geral acolheu as últimas palavras de Jacques. E ele, serenamente, com um gesto desdenhoso:

"Vocês riem de tudo... Não acreditam no que se lhes diz... Quem me garante a mim, que já não fui leitão numa outra vida?..."

Olavo Bilac

Gazeta de Notícias[1]

28/4/1894

---

[1] Texto publicado em *Crônicas e novelas* (1894), também com o título de "Crônica livre".

São Paulo

Em São Paulo, a caminho das termas regeneradoras..
Só quem viaja pode sentir-se envelhecer; viajar é morrer mil vezes, aos bocadinhos, contando de uma em uma essas mil mortes parciais. Fica aqui uma ambição malograda, ali um desejo não satisfeito, mais adiante um amor desiludido... Quando chega a estação final, aquela cuja porta negra dá para o eterno horror da morte, já o caminho é apenas o fantasma do que foi, a sombra pálida de um homem.

Feliz o aldeão que nunca saiu de sua aldeia, plantada num vale sempre verde, que verdes serras limitam: esse não sente a velhice chegar. Porque o que envelhece a gente é a perpétua transformação das coisas de [***].[1]

---

[1] Estas crônicas foram retiradas de jornais conservados em condições

VOSSA INSOLÊNCIA

A natureza não muda: quem viu hoje o seio de uma rude selva vem achá-la com a mesma fisionomia daqui a dez anos, com os mesmos troncos que os cipós enlaçam, com as mesmas sombras que os ninhos das aves e as tocas das feras povoam de gorjeios e uivos. Nas aldeias humildes, cerradas à ambição, também as transformações são tão lentas, tão morosas que ninguém sente: o homem nasce e morre, vendo as mesmas gentes e as mesmas coisas, paradas e calmas, na beatitude de uma paz inalterável...

Mas, as cidades! As cidades mudam de ano em ano, de dia em dia, de hora em hora.

Quem deixa de vê-las durante um ano, vem encontrá-las outras, [***] e alfaiadas de outro modo, cheias de uma gente que também é outra. Elas remoçam à proporção que nós envelhecemos; a cada nova avenida que nelas se abre, cava-se-nos no rosto uma nova ruga. Ao passo que para elas a Vida é o rejuvenescimento perpétuo, para nós é a morte. Quem construiu aquele belo palácio, de mármore luzindo ao sol e de altas tacaniças[2] afrontando o céu, pouco tempo

---

precárias. Por esse motivo, muitas delas contêm trechos ilegíveis, seja por causa de dobraduras involuntárias, seja porque se desgastou a impressão. Daí termos assinalado essas passagens danificadas com asteriscos entre colchetes.

[2] Extensão do telhado que protege as laterais do edifício.

o habitou: entrou-lhe à porta, um dia, de cabeça erguida, como proprietário, e saiu, no dia seguinte, esticado num caixão, como hóspede expulso. Quem abriu aquela rua nova, beirada de casas garridas, pouco tempo lhe pisou o calçamento: subiu-a numa carruagem festiva, cantando de orgulho, e desceu-a, mudo e imóvel num coche fúnebre...

Imagine-se agora a diferença que uma cidade faz em treze anos!

Há treze anos, naquele doce ano de 1887 que este cronista passou em São Paulo a fingir que estudava retórica, a Pauliceia era uma calada cidade de estudo e troça.[3]

Na ponte Grande, no fluxo das águas claras, ainda vibrava o eco abafado da canção boêmia de Castro Alves: "Nini! tu és o *cache-nez* desta alma!/ Ó Pauliceia! Ó ponte Grande! Ó Glória!...".

E no escuro antro do Corvo (que fim levou o Corvo, ó Pauliceia?) ainda as paredes esfumaçadas guardavam um ou outro verso de Varela...

Doce ano, aquele, e pacata cidade! Ainda agora, fechando os olhos, quem escreve esta crônica de saudades vê

---

[3] Referência à temporada que Bilac passou em São Paulo, em 1887, tentando estudar na Faculdade de Direito, depois de ter abandonado a Faculdade de Medicina no Rio de Janeiro.

passar, numa ronda esfumada, uma procissão de amigos mortos: o Teófilo Dias,[4] pequenino e inquieto, com uma cabeleira merovingiana sob um chapéu minúsculo, recitando Baudelaire; Ezequiel Freire,[5] arrastando de palestra em palestra o seu meigo lirismo e a sua voraz tuberculose; Dias da Rocha, outro lírico devorado pela tísica; e tantos outros, e tantos outros!

Uma calada cidade, de estudo e troça... Mais de troça que de estudo. Havia quem penasse e gemesse sobre o Corpus Juris. Mas a imensa maioria dos estudantes (e estudantes eram quase todos os habitantes de São Paulo) abominava do fundo da alma as apostilas e os compêndios. Só se viam pelas ruas caras imberbes, gestos largos, olhares que a Esperança enchia de clarões, bocas abertas num perpétuo riso, afrontando a Vida, desafiando o futuro, malhando de rijo nas cousas e nos homens do passado, sem sentir que as horas corriam, passavam, voavam para nunca mais voltar.

Os dias, quando não eram dados ao sono, eram con-

---

[4] Teófilo Dias (1854-89): poeta parnasiano de origem maranhense, autor de *Fanfarras*.

[5] Ezequiel Freire (1849-91): poeta, jornalista e advogado, cuja vida intelectual desenvolveu-se em São Paulo.

sagrados a passeios longos, a banhos no rio, a intermináveis partidas de jogo de bola, a cervejadas infindáveis. Quando caía a noite, começava a peregrinação de "república" em "república", de café em café, discutindo tudo, resolvendo todos os altos problemas da moral, da filosofia, da religião, até a hora da ceiota ruidosa. Depois, o vagamundeio pelas ruas mortas, sob a garoa fina, até o romper do dia, sem esquecer (lembras-te, Paulo? lembras-te, Pujol? lembras-te, Machadinho?) a visita ao "eco da Academia", um pobre eco mofino que já estava rouco de tanto repetir blasfêmias e barbaridades...

Tudo isso desapareceu, levado na enxurrada dos anos.

É de crer que o próprio eco tenha morrido: o cronista não verificou este caso, por falta de pachorra e por excesso de uratos nas articulações. Decerto, os felizes, que, nascidos aqui, nunca daqui saíram, não chegaram a perceber esse lento evoluir da aldeia em cidade, essa lenta passagem do estado de lagarta ao estado de borboleta. Mas quem tiver passado dez ou doze anos fora daqui, pasmará, vendo tanta mudança.

O triângulo, o velho triângulo formado pelas velhas ruas Direita, de São Bento e da Imperatriz, é o mesmo. Em geral, dá-se com as cidades o mesmo que com o corpo humano: a periferia, a superfície, o lado externo modificam-se mais facilmente do que o coração. E este triângulo é o coração de São Paulo, o ponto em que se dá o fluxo e refluxo da sua circulação. As casas são as mesmas, o aspecto é o mesmo, o caráter é o mesmo. Aqui, um gênio misterioso, como aquele famoso general da Bíblia, suspendeu o curso do sol...

Mas, fora do triângulo, que transformação e que beleza! Ah! por que não há de a nossa Sebastianópolis pedir à Paulicéia o segredo desse culto do belo, deste amor do ar livre, da arquitetura elegante e do arruamento regular?

As avenidas, bordadas de palacetes lindos, multiplicam-se e cruzam-se. Nem uma só rua nova ousa, como as nossas, desviar-se e torcer-se em coleios de cobra. E já nenhum mestre-de-obras se atreve a plantar na platibanda das casas essas abomináveis compoteiras de gesso, que são o privilégio da arquitetura carioca.

E a condução!... Quando se faz a comparação entre o airoso bonde elétrico daqui, cômodo e leve, deslizando sozinho e rápido, e os nossos medonhos e assassinos comboios da Botanical,[6] de quatro carros arrastando-se e raste-

------

[6] Botanical Garden: nome da empresa de transporte público que operava no Rio de Janeiro.

jando aos corcovos como longas tênias morosas, não se chega a compreender a longanimidade e paciência da população do Rio de Janeiro. Enfim, o melhor é evitar comparações, que nada adiantam: nós, cariocas, somos vaidosos, e fazemos bem, porque, enfim, não há quem não ame o seu chinelo velho e a sua velha poltrona...

Apesar de todo o seu descabelado e intransigente romantismo, o cronista não lastima que a Paulicéia se tenha modificado. O homem nasce, vive um momento, desaparece; o meio permanece, subsiste, melhora. Para que há de a gente querer opor-se às leis fatais da vida, "essa criatura antiga e formidável", no dizer de Machado de Assis? O fruto maduro apodrece, descompõe-se, cai da árvore, para a não enfear com a sua presença... Morramos sem queixa, desapareçamos sem lamentações inúteis e tenhamos o pudor da nossa velhice. Essas criancinhas paulistas, que andam agora engatinhando, também um dia se sentirão velhas diante da terra sempre moça; e hão de gemer as suas reumas, e a terra sempre moça não lhes há de ouvir as lamúrias...

Era o que faltava: que São Paulo fosse para todo o sempre a pacata *urbs* de antanho! A Nini de Castro Alves já não está disposta a servir de *cache-nez* para as almas dos poetas boêmios; e se, hoje, um bando de estróinas saísse por aqui a invadir cervejarias, a furtar tabuletas, a decompor o "eco da Academia", e a cantar o hino de Fontoura Xavier:[7] "e tudo come!/ e tudo bebe!", não faltariam patrulhas que pusessem cabo a esses desregramentos, aferrolhando na cadeia os malandrins perturbadores da paz pública.

Consolemo-nos e vamo-nos às termas regeneradoras de Poços de Caldas!

s. a.

---

[7] Fontoura Xavier (1856-1922): poeta e diplomata gaúcho, cujo livro de poemas parnasianos de maior repercussão chama-se *Opalas* (1884).

Gazeta de Notícias[1]

Crônica de saudades...

O aniversário da *Gazeta* vem lembrar-me o tempo em que, desconhecido e feliz, com a cabeça cheia de versos, eu parava muitas vezes ali defronte, naquela feia esquina da travessa do Ouvidor, e ficava a namorar, com olhos gulosos, essas duas portas estreitas que, para a minha ambição literária, eram as duas portas de ouro da fama e da glória. Nunca houve dama, fidalga e bela, que mais inacessível parecesse ao amor de um pobre namorado: escrever na *Gazeta*! ser colaborador da *Gazeta*! ser da casa, estar do lado da gente ilustre que lhe dava brilho! que sonho!

Naquele tempo a *Gazeta* era para mim, como uma alta

---

[1] Esta crônica, bastante modificada, abre o volume de *Ironia e piedade*, publicado em 1916.

cidadela, coroada de estrelas, perdida entre as nuvens; o meu desejo andava, tonto e ansioso, rodando em torno dela como um animal faminto em torno de uma presa cobiçada. Felizmente, a minha mocidade não permitia mortificações prolongadas; depois de um namoro de meia hora, lá me ia eu, pela rua abaixo ou pela rua acima, sonhando e rimando. E tudo, então, me parecia digno de rimas: o sol que esplendia, a chuva que toldava o céu, o olhar de uma mulher que passava, o bater dos seus pés na calçada, uma criança que sorria, um velho que manquejava, as flores que fulguravam nas cestas dos vendedores ambulantes, as fachadas das casas, as jóias que ardiam nos mostradores dos ourives, e até a tristeza dos aleijados que pediam esmola. Tudo para mim era o ponto de partida de um sonho. Os meus passos moviam-se dentro de uma nuvem perfumada: nem sempre os meus sapatos tinham as solas perfeitas e nem sempre as minhas calças tinham a barra sem fiapos: mas o meu andar era soberano e firme, como o de um deus orgulhoso perdido na terra. Os meus dezoito anos e os meus versos eram uma riqueza tão grande, que a riqueza dos outros não me podia causar inveja...

Não era pois o desejo de ganhar dinheiro que me impelia para esta formosa *Gazeta*; ela não era uma rica matrona, arreada de jóias e dona de muitas apólices, aureolada pelo fulgor de um grosso dote capaz de lhe disfarçar a hediondez da decrepitude: era uma linda rapariga, amada e querida de todos, alegre como um canário, fresca como uma madrugada, e servida por um bando de adoradores. Como eu invejava esses felizes! Os da casa, os que dirigiam a vida da linda rapariga, já não me causavam tanta inveja. Mas, os de fora! como eu lhes silabava os nomes com ciúme e admiração! Eram Eça de Queirós, Machado de Assis, Ramalho Ortigão, tantos outros... Quando as minhas mãos abriam a *Gazeta*, e os meus olhos liam o nome de alguns desses mestres, assinando um soneto, uma crônica, uma novela, parecia-me estar vendo um ídolo, numa ara de ouro puro, incensado pela admiração e pelo aplauso de um milhão de homens.

É que a *Gazeta*, naquele tempo, era a consagradora por excelência. Não era eu o único que a namorava; todos os da minha geração tinham a alma inflamada nessa mesma ânsia ambiciosa. Não era o dinheiro que queríamos: queríamos consagração, queríamos fama, queríamos ver o nosso nome ao lado daqueles nomes célebres. Nós todos julgávamos então que a publicidade era um gozo, e que a notoriedade era uma bem-aventurança. Onde se vão esses sonhos? onde se vai essa crença no valor da glória literária? onde se vai essa fé no trabalho?

Hoje, não há jornal que não esteja aberto à atividade dos moços. O talento já não fica à porta, de chapéu na mão, triste e encolhido, farrapão e vexado, como o mendigo que nem sabe como há de pedir a esmola. A minha geração, se não teve outro mérito, teve este, que não foi pequeno: desbravou o caminho, fez da imprensa literária uma profissão remunerada, impôs o trabalho. Antes de nós, Alencar, Macedo e todos os que traziam a literatura para o jornalismo, eram apenas tolerados: só a política e o comércio tinham consideração e virtude. Hoje, oh! espanto! já há jornais que pagam versos!

Quando eu tinha dezoito ou dezenove anos, a *Gazeta* era o único jornal que acolhia e prezava a literatura. Por isso mesmo, os pretendentes formavam cauda aos pés da dama gentil... Nunca esquecerei, em cem anos que viva, a manhã do ano de 1884, em que vi um dos meus primeiros sonetos na primeira página desta amada folha que hoje faz anos. Doce e clara manhã! talvez fosse, realmente, uma agreste manhã, feia e chuvosa; mas a minha alegria, o meu orgulho de rimador novato, a minha vaidade de poeta "impresso" eram capazes de acender um sol de verão na mais nevoenta alvorada de inverno.

Depois, quando mais alguns anos passaram sobre a minh'alma; quando o amor dos versos rimados foi diminuindo à medida que crescia a responsabilidade da vida; quando deixei de crer (com que tristeza!) que o homem capaz de fazer versos não tem necessidade de fazer mais nada; então, um novo cerco, mais paciente e mais longo, começou. O que eu queria era ter aqui o meu dia marcado, o meu cantinho de coluna, o meu palmo de posse. Já não me bastava a glória de entrar às vezes na casa, para beijar a mão da linda senhora, e segredar-lhe ao ouvido um galanteio rimado: o que eu queria era um quarto no castelo, um lugar certo na mesa, um posto na fileira.

Essa satisfação tardou, mas veio.

Entramos dous no mesmo dia, ambos chamados pelo bom sorriso daquele doce mestre, cujo busto em bronze está agora mesmo perto de mim, na sala de trabalho da *Gazeta*. Entramos dous no mesmo dia, 24 de abril de 1890, trazidos pelas mãos de Ferreira de Araújo.[2] Aquele que entrou comigo já não vive, como já não vive aquele

---

[2] Ferreira de Araújo (1847-1900): de ascendência portuguesa e médico por profissão, Ferreira de Araújo tornou-se proprietário da *Gazeta de Notícias*. Quando de sua morte, Bilac dedicou-lhe comovente necrológio, recolhido depois em *Crítica e fantasia* (1904).

que nos pôs aqui dentro... Esse companheiro amado era Pardal Mallet:[3] juntos fundáramos *A Rua*,[4] um jornal vermelho que morreu de "mal de sete... números", e logo depois viemos colaborar efetivamente na *Gazeta*. Alguém, ao saber da estréia dos dous, disse com malícia: "Singular idéia essa, de meter dous macacos em loja de louça!...". Não quebramos nada: ou, se por excesso de mocidade e ardor, jogamos no chão alguma xícara ou algum prato, a benevolência do Mestre, que sempre foi moço e moço morreu, desculpou logo a estroinice.

Assim, há mais de treze anos que estou aqui, às vezes trabalhando, às vezes vadiando, ora nesta coluna, ora naquela, como um gato doméstico que ama a casa em que vive, e tanto se compraz de estar na sala como na cozinha ou no telhado. Na "Crônica", neste aposento reservado em que se apura a resenha semanal dos casos, vivo há pouco tempo. Já moraram aqui vários espíritos formosos: um deles, o que me precedeu, foi o [***] espírito de Machado

---

[3] Pardal Mallet (1864-95): jornalista de origem gaúcha, participou ativamente das atividades políticas e intelectuais de sua geração, no Rio de Janeiro.

[4] *A Rua* foi um jornal efêmero, que circulou no Rio de Janeiro entre abril e julho de 1889.

de Assis, um nababo egoísta, que, um belo dia, ali por volta de 1897, meteu dentro de um saco as luzes e os perfumes, as estrelas e as rosas que costumava espalhar por esta seção, e levantou acampamento, obrigando o leitor, habituado ao licor precioso do seu estilo, a contentar-se com a água chilra do meu.

Treze anos! Não sei como os leitores da *Gazeta* ainda não forçaram a administração a aposentar-me, com vencimentos por inteiro, para descanso meu... e principalmente dos outros.

Treze anos! Não sei dizer se tenho sido, nestes treze anos, mais feliz do que antigamente, durante aquele largo tempo de adolescência, mocidade, em que tinha a cabeça cheia de versos, e em que passava horas, ali defronte, naquela feia esquina, a namorar a *Gazeta*. A gente não sabe nunca quando é feliz, nem quando é infeliz. E a felicidade não é gênero de absoluta e imediata necessidade neste mundo... O essencial é viver e trabalhar, com ou sem brilho, mas sempre com boa vontade e bom humor, "en attendant bien doucement la mort", como dizia o velho Montaigne. Não sei se tenho sido mais feliz: mas também dos dias tristes a gente tem saudade. Tenho saudade, por que não o confessarei? do tempo do meu namoro: quem me dará hoje a febre daqueles dias, a ingenuidade daqueles versos, o ardor daquela ambição?

Quanta cousa tenho deixado por aqui, quanto sonho vago, quanta palavra alegre ou magoada, quanta sincera piedade e quanta ironia mal contida, na contínua contradição deste trabalho diário, que se desfaz e desaparece mais facilmente do que as pegadas de um caminhante sobre a neve!

Só Deus sabe, porém, se tudo isso se perdeu.

Talvez algum dia, nas linhas que a minha fantasia tem derramado por aqui, alguma alma tenha achado um pouco de consolo e de prazer. E isso basta para que a minha pena continue a escrever e para que o meu espírito continue a sonhar, nas colunas desta amada *Gazeta* que entra hoje no seu 31º ano de vida.

O que vejo é que, por causa das minhas saudades, a semana ficou sem história. Que importa? Quantos milhões de semanas terá vivido este velho e aborrecido planeta antes do nascimento de Heródoto? E todas essas hebdômadas ficaram, como esta, sem história.

O que teve história hoje foi a minha vida de jornalista... na *Gazeta*. Se não acharem nisto encanto ou novidade, paciência: as cousas novas e as cousas encantadoras estão ficando cada vez mais raras. Para mim é que há sempre encanto e novidade na recordação daquele tempo em que eu, ainda menino, dava a qualquer dos outros, já homens-feitos ou velhos, os mesmos epítetos de "medalhão" e de "mastodonte", que os meninos de hoje já me devem dar por aí. À vontade, meus amigos! eu gosto tanto da mocidade, que só me resolverei a ser velho no dia em que a Morte me convidar a acompanhá-la numa excursão pela treva. Lembrar com saudade a adolescência, ainda é uma maneira de ser adolescente.

O. B.

Gazeta de Notícias
2/8/1903

Pessoas

Eça de Queirós

Foi numa fria noite de dezembro de 1890 que o escritor desta "Crônica" teve pela primeira vez a ventura de apertar a mão de Eça de Queirós. Deram-lhe essa ventura Domício da Gama[1] e Eduardo Prado,[2] levando-o à pequena casa do bairro dos Campos Elísios, em Paris, onde Eça, casado e feliz, criara para gozo seu e gozo dos seus amigos um encantado recanto de paz e trabalho no meio da tumultuosa agitação da grande cidade.

Era um consolo — deixar as amplas ruas de Paris,

---

[1] Domício da Gama (1862-1925): contista e diplomata, seu livro mais importante é *Histórias curtas,* de 1901.
[2] Eduardo Prado (1860-1943): destacado intelectual paulista, antirepublicano, autor de *Fastos da ditadura militar no Brasil* (1890) e de *A ilusão americana* (1893).

cheias de uma multidão que patinava na lama gelada, falando todas as línguas, ardendo no fogo de todas as paixões, arrastada a todos os prazeres, e chegar ao tépido ninho do Amor e da Arte, e encontrar ali dentro a língua natal, o carinho meigo daquele grande espírito, e o sossego daquele lar português que a presença das duas senhoras iluminava e perfumava.

Por todo esse duro inverno [***] 91, o obscuro poeta brasileiro [***] no torvelim de Paris, foi muito [***] à casa de Eça de Queirós [***] de felicidade.

Com o esguio corpo dançando dentro da vasta sobrecasaca inglesa, Eça, nas deliciosas noitadas de conversa íntima, ficava encostado ao pára-fogo de seda chinesa, junto da lareira em que um lume alegre crepitava. Era ele, quase sempre, que falava. Não que tivesse a preocupação de se tornar saliente — porque nunca falava de si, e tinha, por assim dizer, um recatado e melindroso pudor de virgem, um retraimento envergonhado, sempre que, ao acaso da palestra, um de nós se referia ao seu alto mérito de escritor... Eça falava quase sempre, porque era um conversador inimitável, porque gostava de conversar, porque se deixava levar pelo curso das próprias idéias.

Quem se atreveria a embaraçar, com uma palavra importuna, a correnteza daquela caudal?

E que conversador! os seus gestos tinham a expressão das mais cálidas palavras: a mão escorçava, desenhava, coloria, no ar o objeto, a pessoa, a paisagem que a frase descrevia. Cenas da morrinhenta vida das aldeias portuguesas, da Palestina, das Canárias, das grandes capitais da Europa iam passando, vivas e palpitantes, pela teia daquele animatógrafo surpreendente. E, mais clara, mais viva do que o talento do artista, avultava a bondade do homem, naquelas horas de liberdade de espírito e de meias confidências veladas...

Alto e magro, com o olhar ardente nas órbitas encovadas, sobre o forte nariz aquilino; com o queixo saliente entalado no alto colarinho; de uma sóbria e fina elegância de gentil-homem, sem uma nota espalhafatosa no vestuário, sem uma afetação no dizer — o criador d'*Os Maias* já não era, naquele tempo, o leão da moda, célebre pelas suas gravatas e o *blagueur*[3] impenitente, célebre pelos seus paradoxos.

Eça varrera da sua *toilette* os requintes que escanda-

---

[3] Termo francês que significa "piadista", "gozador".

lizavam a gente pacata como varrera do seu estilo os galicismos que escandalizavam Herculano...[4]

A vida de Paris, com o seu esplendor de feira do Gozo, não fascinava o espírito do artista. Quando saía, era para fazer uma ronda lenta pelos alfarrabistas do cais do Sena, uma rápida visita a uma livraria, a um museu, a um salão de pintura. Amava o seu lar, os seus livros, a sua mesa de trabalho e, principalmente, a sua profissão de escritor, o seu paciente e sublime ofício de corporificador de idéias e de desbastador de palavras.

Em 1890, já o amor e a felicidade doméstica haviam transformado o espírito do prodigioso escritor. Ainda, é verdade, nas *Cartas de Fradique Mendes*, aparecia, relampejante e mordaz, aquela luminosa ironia, que golpeava sem compaixão os ridículos da pátria, dando piparotes nas orelhas dos cretinos políticos, pondo rabo-leva nos janotas delambidos e crivando de bandarilhas o cachaço da imbecilidade triunfante. Mas a Pátria já não era então para ele "uma vasta choldra organizada em paz", povoada só de Basílios peraltas, de Acácios asneirões, de enfatuados Gou-

---

[4] Alexandre Herculano (1810-77): intelectual do romantismo português, Alexandre Herculano foi romancista, poeta, historiador, político e personalidade de destacada importância na cultura de seu país.

varinhos e de ignóbeis Damasos. Já era mais alguma cousa, já era tudo: era o sacrário em que se guardavam as tradições da raça e da religião e, principalmente, onde se guardava esta fina e adorada relíquia — a doce língua de Bernardim Ribeiro.[5]

Em um estudo recente sobre o romancista português, Eduardo Prado dizia que "Deus entrara em casa de Eça com o primeiro filho".

Deus — e a tolerância. A imbecilidade já lhe não merecia apenas sarcasmos e cólera. O longo conhecimento da vida dera-lhe a faculdade de se compadecer da miséria humana; e a decadência moral da moderna sociedade portuguesa, devorada, como todas as outras, pela politicagem asinina e pelo amor imoderado do dinheiro, já lhe não inspirava nojo e indignação: inspirava-lhe piedade. Ele compreendera que os povos são todos na essência os mesmos, com maior ou menor brilho nas exterioridades. E compreendera ainda que, quanto mais baixo cai um povo, tanto mais amor e tanto mais carinhoso apoio deve mere-

---

[5] Bernardim Ribeiro: poeta e prosador português do século XVI, autor do famoso *Menina e moça*, publicado em 1554.

cer daqueles filhos seus que são superiores pela inteligência e pelo caráter ao nível geral dos outros.

Então, cansado de chasquear da irremediável tolice das gentes de hoje, Eça deliberara servir ao seu país dando-lhe livros de puro ideal, que contribuíssem para salvar, no futuro, de um possível naufrágio completo, o nome português. Que é feito desse *São Cristóvão*, que, segundo se diz, estava ele escrevendo? Quanta obra-prima deve haver no espólio opulento do maior romancista de Portugal!

Mas o que mais se modificou ultimamente no inesquecível homem de letras foi sem dúvida a sua maneira de escrever. *Pour épater le bourgeois*,[6] Eça timbrava a princípio em desarticular e apodrecer a língua sagrada que praticava. Os seus galicismos, principalmente — *cigarreta, ar gôche, degringolada* —, ficaram célebres. Não parecia isso o desespero de um grande artista, condenado a escrever numa língua fadada a desaparecer e vingando-se assim cruelmente dessa fatalidade?

De 1890 para cá, nestes dez anos que o maravilhoso escritor do *Crime do padre Amaro* ainda viveu sobre a face da terra, o seu estilo — sem perder a vivacidade que fez

[6] Expressão francesa que significa "para escandalizar o burguês".

imortal a figura do Ega n'*Os Maias*, e sem se despojar do colorido quente e vibrante que torna indestrutíveis as páginas do "Sonho de Teodorico", em *A relíquia* — passou por uma transformação profunda, repeliu do seu seio os barbarismos e, fazendo uma reversão à primitiva pureza dos clássicos, transmudou-se em um estilo de ouro puro, trabalhado como uma custódia de Benvenuto Cellini,[7] mas guardando uma sobriedade que só os escritores de gênio podem ter. Que linguagem! que maravilha de precisão e de pureza!

A *Gazeta de Notícias* teve a honra de publicar, em primeira mão há poucos anos, a mais notável, talvez, das criações de Eça, na sua última *maneira*. Foi *O defunto*, essa obra-prima que bastaria, em qualquer literatura antiga ou moderna, para dar a um escritor o bastão de maioral das letras.

Toda essa novela admirável é animada de um vasto sopro de gênio. Os personagens ressaltam vivos da urdidura do estilo impecável; o entrecho, simples e humano, flui sem rebuscamento, sem uma contradição; e que forma!

---

[7] Benvenuto Cellini (1500-71): escultor italiano de enorme prestígio, desenvolveu suas atividades entre a Itália e a França.

nem todos os esmerilhadores de defeitos, nem todos esses caçadores de senões, que passam a vida, como eunucos literários, a catarem imperfeições nas obras-primas como quem anda a catar caramujos em rosais — nem todos eles trabalhando juntos poderão achar nas páginas d'*O defunto* um vocábulo que possa ser substituído por outro...

Ali, naquela Bíblia da moderna língua portuguesa, quando um verbo chama o substantivo, e se amalgama com ele na estrutura da oração — logo um adjetivo, o próprio, o verdadeiro, o *único*, aparece a ocupar o seu lugar. Tudo aquilo é firme, é miúdo, como a trama de uma seda de Macau.

Para escrever assim, é preciso pensar, sofrer, suar e gemer sobre o papel, numa agonia inominável; é preciso matar os olhos e espírito no labor acurado, como um lapidário os mata no desbastamento das 66 faces de um brilhante. Quando o escritor é medíocre, a obra que sai desse trabalho insano é um monstrengo arrebicado, suando afetação por todos os poros. Mas, quando o lapidário se chama Flaubert ou Eça de Queirós — o filho de todo esse pertinaz e sobre-humano esforço parece ter sido conseguido e gerado de um golpe, tão esplêndida se nos revela a sua aparente simplicidade!...

Se a primeira *maneira* de Eça de Queirós se pode caracterizar pela nobre ousadia, pelo atrevido e brilhante arremesso com que o escritor se insurgiu contra a apatia de sua gente e os preconceitos da sua terra — a segunda se caracteriza pelo culto fanático do estilo, pelo amor sem termo da Forma, pelo meticuloso trato da língua querida. *O defunto*, "Frei Genebro", "Civilização", "O suave milagre", "A perfeição", "José Matias" e toda a riquíssima coleção das crônicas publicadas pela *Gazeta de Notícias* e pela *Revista Moderna* são páginas imorredouras. Em sua primeira fase, Eça tinha um quê de cavaleiro andante, saindo à liça, contra abusos que nunca ninguém corrigiu, e nunca ninguém corrigirá. Em sua segunda fase, Eça foi o artista, na única e nobre acepção da palavra, artista-sacerdote, artista-asceta, artista divino...

Suave Mestre! nunca, com tão grande amor e com tão arrebatado entusiasmo, amou alguém, como tu, o idioma português! Quando a morte te veio buscar, não tinhas arredado o pé de junto do tear maravilhoso em que urdias, dia e noite, o teu estilo impecável... Ah! quem pudera ler já, Mestre querido, para as regar de lágrimas de admiração e de saudade, as últimas linhas que trabalhaste!

Dorme, adorado! morreste, sacerdote da mais nobre e

da mais bela das Artes, como uma vez disse que queria morrer José Maria Heredia,[8] e como devem querer morrer todos os artistas, "ainsi que fit fray Juan de Segovie/ Mourir, en ciselant dans l'or un ostensoir...".[9]

s. a.

Gazeta de Notícias
19/8/1900

---

[8] José Maria de Heredia (1842-1905): poeta francês de origem cubana, autor de *Trophées* (1893), uma das obras básicas do parnasianismo francês.
[9] "assim como morreu frei Juan de Segóvia/ cinzelando em ouro um ostensório..."

Zola

Uma das qualidades mais admiráveis de Zola[1] era o amor do método e da tenacidade. Como o semeador que, ao raiar da manhã, ao primeiro gorjear dos pássaros, sai para o campo a confiar à terra generosa a sua provisão de sementes, e só volta ao sossego do lar quando termina a árdua tarefa, assim aquele prodigioso escritor, operário tenaz e metódico, lançava todos os dias sobre o papel a sua sementeira de idéias com a alegre serenidade e a regularidade inalterável de quem ama e compreende o valor do trabalho em que se empenha. Ao cair da tarde, esgotada a

---

[1] Émile Zola (1840-1902): criador do naturalismo francês, Zola escreveu uma série de romances que pretendiam fornecer um painel da sociedade francesa sob o Segundo Império (1852-70). A esse ciclo romanesco ele deu o nome de *Rougon-Macquart*.

sua provisão cotidiana, o semeador dá um último olhar à terra palpitante, mira-lhe com amor o seio fecundo preparado para a glória da messe futura, e já pensa no trabalho do dia seguinte, na continuação do labor sagrado, que é a única preocupação e o único orgulho de sua existência... Zola, também, quando, ao fim do trabalho diário, contemplava o resultado de suas oito horas de produção intelectual, devia olhá-lo com amor e satisfação.

No primeiro capítulo do Gênesis, há um estribilho insistente: "E viu Deus que isto era bom!". A cada nova criação, o Senhor contempla o progresso da sua obra, e sorri, satisfeito.

E no último versículo do capítulo, ainda o estribilho manifesta a satisfação divina: "E viu Deus todas as cousas que tinha feito, e reconheceu que eram boas...".

Nem todos os criadores têm essa consoladora segurança na excelência de sua obra. Quase todo o trabalho humano é o produto de um longo sofrimento, em que os períodos de esperança e febre alternam com os períodos de abatimento e desânimo. Mas Émile Zola não conheceu nunca os desfalecimentos que desmoralizam o trabalhador, as dúvidas, as hesitações, as síncopes da vontade, as fases de trágico e tremendo desespero em que o espírito a si mesmo pergunta se não é uma loucura perder as forças num trabalho vão. Zola não duvidou nunca da nobreza e da utilidade da sua tarefa. A Vontade governou essa existência de infatigável labuta. O romancista poderia ter assinado, como seu, este pensamento um pouco nebuloso de *Louis Lambert*, de Balzac: "Se o espaço existe, certas faculdades dão o poder de transpô-lo, com uma tal rapidez, que ele fica abolido; do lugar em que estamos até a última fronteira do mundo, só há dous passos: a Fé e a Vontade".

Para completar a sua obra, que devia ser coroada pelos quatro evangelhos da humanidade de hoje, o Trabalho, a Fecundidade, a Verdade e a Justiça — Zola precisava ainda de um ano de vida. Um ano de vida! — o destino irresponsável negou-lhe essa pequena esmola.

A máxima de Louis Lambert, há pouco citada, é falsa, como tudo quanto sai do cérebro humano. Para interromper a marcha vitoriosa de uma vontade, basta um grão de areia no caminho — uma casa que desaba, um micróbio que os pulmões absorvem, um golpe de vento, um calorífero que funciona mal... Para que nunca Napoleão I tivesse existido, para que toda a história moderna do mundo fosse mudada — teria bastado que uma bala de canhão esmigalhasse a cabeça de Bonaparte em Toulon.

***

Para quem está convencido de que o esforço do homem não poderá nunca endireitar as cousas do mundo — Zola parece, a princípio, um ingênuo, querendo dar, com a sua literatura, remédio eficaz a males que dependem da própria essência da natureza humana.

Mas, não! o apóstolo da Verdade e da Justiça nunca se enganou sobre a incurabilidade de nossa miséria... Quando publicou, em 1897, o volume de *Paris*, Zola ainda não se havia empenhado na "questão Dreyfus".[2] O livro já era, da primeira à última página, um grito de revolta contra a injustiça.

Na primeira página, os quarteirões pobres da cidade aparecem, amortalhados no nevoeiro, "disparus dans la souffrance et dans la honte";[3] na última, a cidade fulgura "ensemencée de lumière, roulant dans sa gloire la moisson

---

[2] A questão Dreyfus agitou a França entre 1894 e 1899. Acusado de espionagem a favor dos alemães, o oficial do exército francês Alfred Dreyfus (1859-1935) foi preso, desonrado publicamente e condenado ao degredo na ilha do Diabo. Zola interveio a favor de Dreyfus com um libelo que se tornou famoso: *J'accuse*. Mais tarde, comprovou-se a inocência do oficial.

[3] "mergulhados no sofrimento e na vergonha."

future de verité".[4] Mas nesse mesmo livro, o romancista escreve: "Voyez ce que c'est que d'être dans l'absolu! on perd tout la sagesse et tout l'equilibre, quand on tombe à cet absolu qu'on se fait de l'idée de Justice...".[5]

Isso não impediu que o escritor caísse no mesmo erro que censurava ao seu Pierre Froment, e à sua encantadora Marie. Também ele se deixou dominar pela idéia absoluta de que condenar um homem que pode ser inocente é um crime. Não! o apóstolo não era um ingênuo... Ele bem sabia que o seu sacrifício seria inútil: mas sabia também que nunca mais fruiria no sono um repouso feliz, que nunca mais a sua alma adormeceria na paz da consciência satisfeita, que nunca mais poderia ver o céu e a terra com olhos satisfeitos, que nunca mais poderia viver e amar — se não pusesse a sua bondade e o seu talento ao serviço dessas duas grandes idéias da Justiça e da Verdade, aspirações intangíveis da alma humana.

Que importava a inutilidade do esforço? A grandeza

---

[4] "semeada de luz, levando de roldão em sua glória a colheita futura da verdade."
[5] "Vejam o que é se situar no absoluto. Quando se considera a idéia de Justiça como um absoluto, perde-se toda a sabedoria e todo o equilíbrio."

das obras da inteligência não se mede pela extensão do resultado prático, mas pelo que elas contêm em si de heroísmo, de nobreza moral e de bondade de intentos.

Que importava, também, a guerra dos interesses feridos, a revolta da hipocrisia desmascarada, a vingança da maldade acuada nas trevas?

Desde o começo de sua vida literária, Zola se acostumara ao sacrifício "de engolir todas as manhãs um sapo vivo". Não houve injúria que lhe não fosse assacada. Ele era o explorador da bestialidade humana, o remexedor dos mais ignóbeis detritos da vida, transformando a arte em servidora dos mais baixos instintos da plebe, profanando a vida, rebaixando o amor, amaldiçoando Deus, amassando com a lama dos alcouces livres que pervertiam a humanidade...

O trabalhador ouvia tudo isso, e sorria com desdém. De pedra em pedra, o edifício da sua obra hercúlea crescia e subia. Nascido do lodo, com a base no fundo asqueroso do pântano humano, esse edifício demandava o céu, a claridade serena, a alta glória da luz. Aquela imensa construção já estava, desde o lançamento da sua primeira pedra, delineada no sonho do construtor. Pouco importava que, em torno do operário, que vivia com os pés enterrados na vasa escura e podre, rissem ou blasfemassem os imbecis e os maus. Os pés do trabalhador estavam na podridão, mas as suas mãos iam erguendo pouco a pouco a torre ansiosa e brilhante em que palpitavam as esperanças de sua alma.

Cá embaixo ficavam o crime, a maldade, o egoísmo, o incesto, o parricídio, o lupanar, a ganância, o amor ao dinheiro — todos os vícios da vérmina humana, compendiados no lúgubre e doloroso poema dos *Rougon-Macquart*. Mas, do fundo desse atascal, a miséria dos homens bracejava e ansiava, pedindo a luz e o ar livre da altura. E os *Quatro evangelhos* deviam coroar o edifício — com a bênção dos quatro ideais da regeneração da espécie: a fecundidade que santifica o amor, o trabalho que anula a miséria, a verdade que emancipa a razão, a justiça que gera a bondade...

Quando a obra esplendeu, quase acabada, viu-se que aquele homem, tão acusado de ser o instigador das baixezas viciosas e o sacerdote da animalidade — era apenas um poeta, um grande poeta, cuja alma de criança sonhara pôr o céu ao alcance da terra, e que, dia e noite, via sorrir sobre as tristezas da vida contemporânea o prenúncio de uma vida melhor, o primeiro rubor de uma aurora fecunda, toda de paz e igualdade, toda de amor e fartura.

Em geral, os inovadores são prejudicados pelos discípulos. As grandes árvores são sempre o pasto da vegetação parasita, que se lhes agarra ao tronco, vivendo à custa delas. Zola foi uma das grandes árvores do espírito humano.

Muito cipó bravio e inútil agarrado aos seus galhos, e muito inseto nocivo viveu entre as suas folhagens opimas. Para poder admirar perfeitamente esse belo carvalho, é preciso despi-lo dos parasitas que se lhe aferram ao córtex.

Não se pode lançar à conta do prodigioso romancista o que os seus imitadores fizeram. Os imitadores copiavam apenas aquilo que podia agradar ao baixo gosto da multidão. O que eles não podiam copiar era a grandeza e a nobreza da idéia, da *alma mater* que inspirava o mestre.

Toda essa multidão de pornógrafos, que viveu um momento à sombra do prestígio de Zola, já desapareceu, ou desaparecerá em breve. Ele, não. Ele ficará como um orgulho da espécie, como uma glória da Inteligência humana. Dentro de alguns anos, já ninguém ligará importância ao que certos romances seus têm de escabroso e de cru — como já ninguém liga importância às durezas e violências de expressão obscena, que há na *Divina comédia* e nos dramas de Shakespeare. Se isso pudesse entrar em linha de conta, o nosso Camões teria de ser banido das [***].

s. a.

Gazeta de Notícias
5/10/1902

José do Patrocínio

À pequena distância do Méier, encravado num vale, entre montanhas verdes salpicadas das manchas brancas da casaria, assenta um vasto galpão, sempre fechado, num ar de sono e mistério. Quem passa por ele vê, através da larga abertura que o areja na parte superior, um emaranhamento rutilante de hastes metálicas que brilham como prata; só de muito perto, aplicando bem o ouvido, se pode perceber lá dentro o ruído de malhos sobre bigornas, um rumor confuso de trabalho, que é como o respirar sossegado do casarão; e só um fio de fumaça, que do seu dorso sobe para o céu azul, denuncia dia e noite a vida operosa que anima o seio daquela vasta mole de ferro e de telhas.

Ali dentro, o gênio humano está armazenando forças

para alcançar uma nova conquista; ali fermenta e ferve uma idéia imensa, ali cresce e se empluma, para a grande viagem da luz, um sonho radiante. E quem vê o pesado bonachão, que parece calmamente dormir, sob a soalheira ardente do dia ou sob a paz estrelada da noite, não pode imaginar que assombroso e misturado mundo de esperanças, de desesperos, de desenganos, de surtos de fé, de assomos de coragem, de sacrifícios, de desilusões, de milagres de pertinácia e de prodígios de trabalho está vivendo e palpitando entre aquelas quatro paredes mudas...

É aquele o *hangar* da aeronave Santa Cruz — o ninho em que se abriga, ainda desprovido das asas que vão tentar a conquista do céu, o condor gigantesco gerado do cérebro de Patrocínio;[1] dali, se Deus quiser proteger até o fim a sagrada coragem do grande brasileiro, há de em breve levantar o vôo a ousada nave dos ares, encarregada de espalhar em pleno vôo a glória do nome do Brasil.

Há em uma das salas do museu de Londres, atravan-

---

[1] José do Patrocínio (1853-1905): mulato de origem muito humilde, José do Patrocínio formou-se em farmácia, mas preferiu o jornalismo, setor em que se tornou um dos expoentes da campanha abolicionista. Foi também romancista e um dos fundadores da Academia Brasileira de Letras, em 1897.

cando o espaço, a reconstrução, escrupulosamente feita, do arcabouço ósseo de um mamute. Medindo seis metros de altura, recurvando no ar os formidáveis dentes de quatro metros de extensão, o esqueleto do *Elephas primigenius*, remanescente da idade quaternária, assombra a vista pela sua desmarcada grandeza: e o visitante, pasmado, começa a imaginar o que seria a força desse animal primevo, de que o elefante de hoje é apenas uma imagem reduzidíssima.

Imaginai agora um esqueleto de alumínio, que mede 45 metros de comprimento, 22 de largura, nove de altura, equilibrado no ar, à espera da seda que se há de adaptar, como uma pele resistente, à sua prodigiosa ossatura metálica. As longas hastes de metal rebrilhante recurvam-se como costelas de um monstro nunca sonhado, alongam-se aqui, arredondam-se ali, casam-se e ligam-se mais adiante, desenhando todo o corpo da ave maravilhosa. Um homem, posto ali, ao lado da portentosa construção, desaparece como uma formiga... É isso o esqueleto do Santa Cruz.

Mais adiante, em frente a uma das portas do galpão, aprumam-se as imensas turbinas também de alumínio: e a viração da tarde bate nas suas asas convolutas, e elas giram, com um gemido longo e contínuo — como hão de girar mais tarde, quando, adaptadas ao corpo do monstro voador, captarem os largos ventos, aproveitando-os e transformando-os em força e velocidade. Mais adiante ainda, outros membros do prodigioso animal descansam, fundidos e prontos, à espera do dia em que se tem de dar a última demão ao invento. E todas essas peças enormes, rutilando, enchendo o vasto *hangar* de uma fulguração viva, dão à gente a impressão de estar dentro de um laboratório fantástico onde um semideus, cioso de sua força, prepara empresas sobre-humanas, como a que causou o suplício de Prometeu,[2] encadeado à rocha do Cáucaso...

Mas a imensidade da construção não dá, como o mamute do museu de Londres, uma idéia esmagadora de peso e volume. A impressão, que predomina, é a da esbelteza da nave, toda arquitetada em linhas de graça e harmonia. Aquele colossal esqueleto é feito de um metal levíssimo, leve como o mais leve papel. Uma criança pode sem esforço levantar, com uma só mão, qualquer das costelas daquele tórax monstruoso. E, parada, suspensa no ar, a mole prodigiosa já parece palpitar num ensaio de vôo,

---

[2] Prometeu: figura da mitologia grega, considerado benfeitor da humanidade, porque roubou o fogo dos deuses para entregá-lo ao homem. Como castigo, os deuses acorrentaram-no a um rochedo alto, onde uma águia arrancava-lhe pedaços do fígado diariamente.

ansiosa por sair da imobilidade, rompendo as paredes do galpão, que a encarceram e abafam...

Mas a atenção de quem tem a felicidade de ser admitido a visitar o galpão Santa Cruz, não pode ficar monopolizada pelo esqueleto da aeronave. Em cada canto do galpão, trabalha uma turma de operários. O ar está cheio de um barulho de trabalho, de febre, de vida. A colméia da Glória moureja. Dentro daquele amplo ventre fecundo, todas as forças se empenham configuradas, colaborando na gestação do prodígio.

Aqui, junto do fogo, que crepita em [***], os ferreiros caldeiam o metal candente; ali, os carpinteiros reforçam estrados e esteios; acolá os maquinistas experimentam as máquinas aquecedoras do ar; mais adiante o engenheiro do Santa Cruz põe em ação os motores elétricos; e, a um canto, inclinado sobre a cova da modelagem, o velho Ayres, um operário que é um verdadeiro e grande artista, modela para a fundição as largas pás da hélice propulsora.

O que enche de orgulho, ali dentro, a alma de um brasileiro não é apenas o empenho maravilhoso de Patrocínio: é também o valor modesto, o obscuro merecimento daqueles companheiros que o amparam e ajudam. A construção da aeronave Santa Cruz vale por uma reabilitação do operário brasileiro, por uma glorificação da nossa força e da nossa aptidão industrial e fabril. Ali, só a matéria-prima não é nossa.

Não há uma só cavilha, um só parafuso, um só tubo, uma só manilha de alumínio [***] aço, uma só das complicadas e delicadas peças de que se compõe o extraordinário aparelho, que não tenha saído das mãos de operários brasileiros. E, se fosse permitido ao entusiasmo do cronista cometer indiscrições, que seriam imperdoáveis, já aqui se poderia adiantar que, no decurso daquele pertinaz e glorioso trabalho, tem havido verdadeiras descobertas e invenções que hão de dar muito dinheiro e muita glória...

No meio daquela azáfama, pálido e doente, devorado de desgostos, agita-se Patrocínio, multiplicando-se, atendendo a tudo. Cada tropeço encontrado come-lhe um ano de vida: cada uma das pancadas que ressoam ali dentro sobre a madeira ou sobre o metal, vem repercutir no seu próprio coração alvoroçado; dentro do seu próprio peito é que está verdadeiramente pulando e batendo as asas aquele enorme aparelho de alumínio. Para se assenhorear do segredo do esmalte das faianças, Palissy[3] alimentava o fogo

---

[3] Bernard de Palissy (1510-90): químico, geólogo, precursor da paleontologia e ceramista, Palissy, depois de uma vida pessoal extremamente sacrificada, conseguiu descobrir o segredo da composição dos esmaltes.

do seu forno de experiências com os móveis de sua casa, com as roupas dos seus filhos. Também Patrocínio, naquele recanto apertado do Méier, dentro daquele barracão em que vive o seu sonho, enterrou a sua saúde, a sua mocidade, a sua vida — e o seu jornal! o seu jornal, que era toda a sua glória, todo o seu passado, toda a sua alma! Para pôr em movimento aquele mundo, o criador aniquila-se e mata-se...

É preciso *ver* a aeronave Santa Cruz para reconhecer que tudo quanto tem sido dado, como auxílio, a Patrocínio, é menos do que pouco: é nada. Basta dizer que o governo entregou-lhe, para a conclusão da obra gloriosa, a fabulosa soma de vinte contos de réis! Pois bem: esse dinheiro não bastou para mandar vir da Europa a seda do balão...

Para a construção do arcabouço da aeronave, gastou-se mais alumínio do que todo aquele que até então tinha vindo ao Brasil. O que ali está não é só uma invenção maravilhosa: é o sacrifício de toda uma existência, é um fervor incessante de desgostos e desesperos, é um incansável e inenarrável desprender de talento, de energia moral e de sobre-humana coragem. Só a contemplação do que está feito enche a alma de espanto, e prostra-a maravilhada. E parece impossível que um homem possa encontrar, na sua frágil e contingente natureza, força bastante para perseverar em labor tão sobrenatural!

Para que, porém, pedir ao governo que se não limite a dar auxílios que pouco podem adiantar? Nós estamos na terra da chalaça e do desrespeito: o prêmio que se dá nesta pátria ao engenho e ao labor de Patrocínio é a pilhéria grosseira das badernas carnavalescas...

Mas Deus não te há de abandonar, servidor do Ideal! Tu pairarás, na tua aeronave, sobre as nossas cabeças e sobre a nossa indiferença: e, no dia do triunfo, haverá na tua boca um riso bom de perdão e de esquecimento — o riso dos entes superiores que se não deixam ofender pela protérvia imbecil dos medíocres!

s. a.

Gazeta de Notícias
8/3/1903

Carlos Gomes

Inaugura-se hoje, em Campinas, a estátua de Carlos Gomes.[1] Haverá, decerto, muitas flores, muita música, muitos discursos. De todos os pontos do Brasil, chegarão telegramas, em que palpitará o entusiasmo nacional. Os noticiaristas rebuscarão, para descrever a festa, os seus mais belos adjetivos; os poetas, com as tiorbas[2] engrinaldadas de rosas e de laços de fitas, cantarão os seus hinos mais ardentes; e, no meio desse transbordar de louvores e desse ferver de elogios, não haverá talvez quem pense no que foi a vida

---

[1] Antônio Carlos Gomes (1836-96): paulista de Campinas, Carlos Gomes desenvolveu sua carreira em Milão, onde estreou, em 1870, sua mais famosa ópera: *O guarani*, inspirado em romance homônimo de José de Alencar.

[2] Instrumento musical dotado de cordas, da família do alaúde.

desse homem, que, depois de morto, tanto carinho, tanta admiração, e tanta homenagem merece...

Não podendo ir a Campinas, e querendo associar-me à glorificação do artista — preferi escrever alguma cousa sobre o que ele sofreu enquanto vivo. Projetei narrar alguns episódios da sua existência, e relembrar algumas das conversas que com ele tive nas ruas, nos teatros, ou em casas amigas, entre paredes discretas... Mas o Acaso quis que um homem (que foi o maior, o mais dedicado, o mais constante amigo de Carlos Gomes) me confiasse por algumas horas todas as cartas que recebera do autor do *Guarani*. Passei uma noite a folhear essas cartas — e reconheci que a exumação de todas as minhas recordações pessoais não valeria, como comentário digno da festa de hoje, um simples resumo desta documentação fiel, espontânea, sincera, com que o próprio maestro comentou a sua vida, e que o seu amigo conserva como uma relíquia preciosa e sagrada.

O proprietário das cartas é o sr. Manuel Guimarães.

Uma amizade inalterável ligou em vida estes dois homens. O amigo, que ficou, não fala do amigo morto, sem que uma nuvem de saudade lhe tolde o olhar.

Todas as cartas são inéditas — e todas são interessantíssimas. Mas aproveitarei somente um volume da correspondência: e desse volume extrairei algumas das lágrimas de desespero, de dor, e de desengano, que Carlos Gomes chorou no seio do seu melhor confidente.

São doze anos de correspondência íntima e afetuosa; e são justamente os doze anos mais agitados, mais tumultuosos, mais torturados, mais *vividos* da vida do maestro.

A primeira carta é de Lecco (Lombardia), e tem a data de 26 de abril de 1884; a última é de Milão, e foi escrita em 18 de março de 1896 — quando Carlos Gomes, já com a boca devorada pelo carcinoma que o matou, se dispunha a partir para o Pará, onde vinha tomar posse do cargo de diretor do conservatório de música.

O que dá valor a estas cartas é o seu tom de absoluta sinceridade. Quem conheceu Carlos Gomes, sabe que nunca houve no mundo um homem mais simples, mais ingênuo, mais inocente. Ele próprio dizia: "Haverá alguém que possa odiar este pobre caboclo de Campinas?...".

Artistas há que, ainda quando estão escrevendo a amigos íntimos, têm a "preocupação da posteridade", e escolhem as suas frases, e velam os seus pensamentos, com a mira no "efeito". Já alguém disse que alguns homens célebres, até quando dormem, têm a atitude de quem está diante da máquina de um fotógrafo... Carlos Gomes não conhecia essas atitudes estudadas. Quando falava, em público ou na intimidade, falava como um caipira, com o coração à flor dos lábios; e, quando escrevia, escrevia tão naturalmente, que alguns trechos da sua correspondência não podem ser publicados, ou pelo desalinho e incorreção da frase, ou pela crueza da expressão...

Que vida agoniada, inquieta, sobressaltada, foi a deste glorificado de hoje — numa perpétua luta com os editores, com os empresários, com os cantores, e com os credores!

Já a primeira carta (1884) é um grito de angústia: "Não repare se lhe escrevo às carreiras, e, ainda mais, com demora. Tenho sofrido ultimamente contínuos desgostos, e de tal natureza que me paralisam os sentidos. Por minha parte, nada espero do futuro, porque sou muito caipira, e não posso ser adulador...". E daí por diante, não cessa o *caiporismo*...

Dizia-se que Carlos Gomes esbanjava o dinheiro — e até que jogava. Todos os seus amigos sabem que o pobre nunca pôs a mão num baralho de cartas... E, quanto ao esbanjamento do dinheiro — como pode esbanjá-lo quem somente o ganha em porções mirradas e contadas? E não teria o direito de ganhar muito dinheiro e de gastar muito dinheiro, o homem que, pelo seu talento e pelo seu trabalho, tanto honrou e elevou o nome do Brasil?... Mas, não! pela leitura da sua correspondência, vê-se bem que as quantias que lhe passavam pelas mãos, mal lhe bastavam para viver com decência, e para educar os filhos. Em 1889, o maestro veio com uma companhia lírica ao Brasil, levou-a por sua conta a São Paulo — e voltou de lá endividado. Em 1890 (carta de 19 de outubro), depois de *um ano* de negociações, vendeu, a uma certa casa editora daqui, a propriedade de *onze* peças de música, por 350$000! A carta é dolorosa: "Aceito, enfim, a proposta da casa X porque a força maior a isso me obriga... Eles todos, desde *O guarani* até o *Escravo*, ganham dinheiro, e riem do pobre autor... É inútil repetir-te que fico aqui esperando a quantia em francos o mais breve possível, pois sabes que vivo no inferno das necessidades, e sustentando a aparência de independente. Oh! que luta, que luta, meu amigo!". Mas não haveria aqui espaço bastante, para conter a narração dessas explorações de editores...

Em 1891 (carta de 3 de abril) Carlos Gomes vem de novo ao Brasil, com o empresário D, que deve montar algumas das suas óperas: "A patifaria de D chegou ao ponto de ter partido daqui (Milão) sem me garantir a passagem no vapor *Europa* a 14 do corrente. Não me chegando o adiantamento que ele me fez, tive de pôr no *prego* a lira com que presenteaste a Ítala. E, assim mesmo, não sei se poderei partir!...". Voltando à Europa, nesse mesmo ano — depois de ver fracassado o plano de direção de um teatro, com que o embalaram e enganaram — o maestro deixara aqui, com o seu amigo, algumas jóias. Mandou buscá-las depois, e, assim que as recebeu, empenhou-as: "Não sei como te agradeça [carta de 12 de junho de 1802] o cuidado que tiveste em remeter as jóias, que já estão depositadas no Mont de Pieté, pela quantia de 810 francos. As despesas extraordinárias, o resgate do *Condor*, o *seguro* dos meninos, a *copiatura* do *Colombo*, me obrigaram a isso. Coragem, Gomes! Tenho certa esperança de obter qualquer cousa em Chicago!...".

Oh! esta famosa viagem a Chicago!... mais de um ano de pedidos, de promessas, de desculpas, de demoras de pagamento — e, depois da má vontade da comissão, de exigências dos comissários, de impossibilidade de organizar bons concertos — e, finalmente, de *deficits*, de calúnias, e de desgostos...

Em 1805, já não é somente a falta de dinheiro o que atormenta o espírito do infeliz. Dois novos sofrimentos o torturam: a moléstia do filho (Carletto, que veio a morrer tuberculoso) — e a moléstia própria, o início da medonha enfermidade que o matou.

A carta de 2 de fevereiro de 1895 (Milão) é um largo brado de desespero: "É triste! é doloroso! É caiporismo do teu compadre! e até cômico: gastar o último vintém, disparar o último cartucho, para, no fim, ficar prisioneiro da feroz inimiga: a Miséria! Mas ainda não disparei o último cartucho — o crédito de que ainda gozo nesta terra estrangeira. Ando aumentando dívidas, mas, seja como for, hei de defender o meu filho, custe o que custar!... Carletto não apresenta melhoras... Não conto mais as consultas dos médicos desde o ano passado, nem as contas da botica... Imagina, compadre, como vou eu para o Pará!".

Nessa carta, há ainda esta linha terrível, em que aparece a idéia do suicídio: "Mancinelli (o maestro que se suicidou no Rio) era em vida um 'joão-fera', um *bicho-brabo* intratável — mas, por fim, *deu um exemplo imitável...*".

Carletto ficou em San Remo, cada vez pior, Ítala ficou em Milão — e Carlos Gomes veio ao Pará (primeira viagem): já então, o cancro progride: "A minha saúde [carta de 12 de julho de 1895, escrita a bordo] tem sofrido muito ultimamente. A antiga moléstia da boca piorou... A inflamação da garganta também se tem agravado — e isso quer dizer que o clima do Pará não é para mim. Mas que fazer? No Rio, não me querem, nem para porteiro do conservatório! Em Campinas, e em São Paulo, idem! No Pará, porém, querem-me de braços abertos... Não me querem no Sul? morrerei no Norte: tudo é terra brasileira... Amém!".

De todas as calúnias de que foi vítima em vida o grande artista, cuja estátua se inaugura hoje, a que sempre mais lhe doeu foi a que se levantou sobre a sua falta de patriotismo.

Dizia-se comumente, sempre que se queria magoá-lo, que Carlos Gomes se havia naturalizado italiano, e que impusera aos filhos a nacionalidade italiana; e até se apresentava como uma demonstração do seu antibrasileirismo a escolha dos nomes que ele dera às duas crianças: Carletto e Ítala...

A correspondência esclarece esse ponto, e destrói triunfalmente a calúnia.

Em 1º de dezembro de 1891, escrevia o maestro, de Milão, ao seu amigo: "Fui derrotado em Pesaro, onde me apresentei candidato ao lugar de diretor do conservatório.

"O motivo da minha derrota é simples e natural: não sou italiano. Se fosse ao menos naturalizado!... Eis aqui, compadre; sem que eu a procurasse propositalmente, posso hoje dar a melhor e mais eloqüente resposta a todo e qualquer brasileiro (de Manaus a Uruguaiana) sobre as calúnias que me levantavam de ter renegado a minha pátria... Se a imprensa de todo o Brasil quisesse registrar este fato, não faria mais do que um dever de justiça; mas será inútil: a calúnia sempre deixa a *catinga*.

"Outras derrotas posso também registrar, começando pelo Rio de Janeiro, onde nem lugar de porteiro do conservatório posso obter, e pela indiferença de São Paulo, Pernambuco, Pará, Barbacena, e até Campinas, que não responderam às minhas propostas e oferecimentos a respeito da fundação de conservatórios de música!"

Mas há ainda melhor: é o trecho da longa carta, escrita em 12 de setembro de 1895, de bordo do vapor *Brasil*, entre Pará e Pernambuco: "[...] Devo agora falar-te de uma nova desgraça a respeito do meu Carletto. A questão é séria e grave, tratando-se do recrutamento militar. Logo que nasceu o Carletto (29 de janeiro de 1873) *registrei-o no consulado-geral em Gênova declarando-o brasileiro*. Aos vinte anos, recebi aviso do Ministério da Guerra italiano, declarando que meu filho estava na lista da soldadesca [*sic*] para 1895, por ter nascido em Milão, ainda que de pai estrangeiro. Protestei, e houve troca de ofícios entre mim e o Ministério da Guerra em Roma. Afinal, o ministério italiano mandou-me um *ultimatum*, dizendo que competia ao meu rapaz, aos 21, declarar qual a nacionalidade que então entendesse adotar.

"Antes de deixar a Itália, este ano, tratei do assunto na Repartição do Recrutamento, em Milão (visto a ausência de Carletto, por motivo de grave moléstia). Responderam-me que tudo ficaria em regra logo que o *recruta* se apresentasse... Parti, portanto, da Itália, tranqüilo a respeito do melindroso assunto, certo de que o Carletto, voltando a Milão, chegaria a tempo... Não, senhor! o Carletto, voltando a Milão, teve o aviso do chefe do recrutamento, declarando-o *soldado de primeira categoria*, isto é, obrigado por três anos, visto não ter feito *em tempo* a declaração da nacionalidade estrangeira, à qual tinha direito por ser filho de pai brasileiro."

Felizmente, tudo se arranjou, não sem dificuldade. E, em outra carta de Milão (15 de outubro de 1895), há estas nobres e comovedoras palavras: "És o primeiro a quem escrevo a este respeito... Carletto acaba de receber do governo italiano a declaração formal de ficar livre do serviço militar, por ser considerado estrangeiro. Estrangeiro, por quê? pergunto eu: por ser filho do maestro Carlos Gomes, o qual foi, é, e há de ser sempre estrangeiro na Itália. Este fato é mais uma resposta aos meus inimigos do Brasil, resposta a todos quantos até hoje duvidam da minha lealdade como brasileiro legítimo e patriota! Carletto está enfim livre da farda italiana; quem o livrou foi o governo do Brasil, ou foi a legalidade?... se eu fosse naturalizado italiano haveria governo no mundo capaz de salvar o meu filho? Compadre, a mentira tem pernas curtas; por mais que possa correr, acaba por ser alcançada pelas investigações da verdade... Carletto está agradecido a Carlos de Carvalho, ao nosso ministro em Roma, aos deputados que o recomendaram ao nosso governo; Carletto agradece também a ti e ao compadre Castelões, pelas visitas feitas ao ministro das Relações Estrangeiras no Rio; mas Carletto agradece ao mesmo tempo a seu pai, por ser brasileiro, fiel à sua pátria...".

Agora, a última carta da coleção.

Carlos Gomes vai de novo partir de Milão: "A 1º de abril [carta de 18 de março de 1896] conto embarcar em Lisboa para o Pará, onde fui positivamente nomeado diretor do conservatório da capital. O meu emprego poderá durar de dous a três anos... Tudo é possível! é possível também que eu não continue por muitos meses ainda neste mundo... Não imaginas o estado gravíssimo da minha boca: a garganta e glândulas sempre inflamadas; no centro da língua uma ferida enorme... Há muitos meses que perdi o paladar; o meu alimento normal é leite e miolo de pão, nada mais. Qual é o homem que, neste estado, pode ver o fruto cor-de-rosa? Ninguém imagina o heroísmo com que eu suporto a minha situação. Acrescenta a este estado físico insuportável a agitação moral... Depois do *Colombo*, não consegui terminar trabalho algum principiado". E, mais adiante: "Bastava-me um emprego, o qual finalmente acabo de obter no Pará. Este fato me consola bastante. Pará é terra brasileira... Eu sempre desejei finalizar a luta na minha terra!".

E agora, o epílogo, o último passo doloroso da longa vida de torturas... É uma carta, já não do maestro, mas de um amigo de sempre: "Pará, 26 de maio de 1896. Meu caro... Desde o dia 14, o Pará hospeda com fidalguia Carlos Gomes, havendo da parte do governador Lauro Sodré toda a solicitude. Infelizmente, a junta médica, chefiada pelo dr. Pais de Carvalho, julga-o inteiramente perdido. É horrível o sofrimento do nosso maestro: a língua, inteiramente tomada, dificulta a fala, e só lhe permite alimentar-se com leite e caldo. Como ele é teu compadre e amigo, prepara-te para tudo quanto possa haver de mais desagradável...".

De fato, poucos meses depois, a 11 de julho de 1896, o grande artista morria. O emprego, tão ardentemente ambicionado, chegara tarde; o pão, tantas vezes pedido, já não achara boca com que o pudesse comer...

Não nos revoltemos contra essa dura fatalidade, que pesa sobre o destino dos homens de gênio — desconhecidos e desprezados em vida, e glorificados depois da morte. Na terra, sempre existiram cigarras e formigas. A cigarra nasceu para cantar, e a formiga nasceu para enriquecer: como se há de evitar que cada uma delas cumpra a sua missão, sujeitando-se às desvantagens ou gozando as vantagens que nessa missão estão compreendidas?

A formiga tem mais dinheiro, mas a cigarra tem mais glória. Infelizmente, a glória não é cousa que os prestamistas e os agiotas aceitem como penhor de qualquer empréstimo...

O. B.
Gazeta de Notícias
2/7/1905

Artur Azevedo

Que outro assunto, hoje, senão a morte de Artur Azevedo?[1]

A Crônica está de luto: perdeu um dos seus melhores servidores — talvez o melhor, porque foi de todos o que mais soube tratá-la, como ela quer ser tratada, com um espírito onímodo, dando a todos os assuntos uma leve graça fugitiva, e pondo a arte do dizer ao alcance de todas as inteligências, sem prejuízo da correção do estilo.

Foi a Crônica e foi o Teatro que deram a Artur Azevedo a larga popularidade que o favoreceu em vida, e que

---

[1] Artur Azevedo (1855-1908): irmão de Aluísio Azevedo, Artur foi jornalista, contista e um dos homens mais dedicados ao teatro brasileiro em sua geração. Sua intensa atividade intelectual nos jornais e no teatro fez dele uma referência básica para quem se deter nesse período.

ainda o acompanhou à cova, traduzida na multidão extraordinária que o levou ao cemitério; popularidade essa de que o escritor nunca se vangloriou, aceitando-a sem grande orgulho, sem dela abusar. Teatro e Crônica estão de luto pesado...

Quando comecei a minha vida de escritor, poeta obscuro, paupérrimo e desamparado, querendo abrir caminho na vida com os meus cotovelos fracos em que se puía o pano do meu único paletó — Artur já era o príncipe da Crônica: os seus artigos diários tinham um largo público, e o seu louvor e a sua censura criavam doutrina. Mandei-lhe um dia dois sonetos, e vi-os estampados no dia seguinte: lembro-me bem! foi o melhor dia da minha vida! nunca vi o céu tão azul! boêmio adolescente, atravessei a rua do Ouvidor como o conquistador da cidade e do país, tendo a ilusão de que as solas avariadas dos meus sapatos arrancavam chispas de estrelas das pedras do calçamento!

Já lá se vão mais de vinte anos...

A quantos outros escritores novatos Artur não deu, como me deu a mim, o amparo da sua popularidade, o prestígio do seu nome, a proteção da sua bondade generosa! Foi um criador de nomes e de reputações, esse dominador da opinião: e não é estranhável que tenha recebido muitas ingratidões em paga de tantos benefícios — porque parece ser uma condição essencial da vida a revolta da criatura contra o criador...

O cronista e o comediógrafo conservaram até a morte — e hão de conservá-la por muito tempo — essa popularidade que poucos homens têm alcançado na carreira das letras, no Brasil. Dizem os *incompreendidos* que só é popular quem abdica o orgulho artístico e renuncia ao gozo da Arte pura e nobre. Mas ainda não conheci um *incompreendido* que não quebrasse lanças para alcançar celebridade: o ódio do vulgo ignaro, o horror da multidão profana, o desprezo do louvor popular, só vêm depois, quando falha sem esperança a última tentativa da conquista... A verdade é que somente logra ser bem compreendido quem é simples: e a simplicidade é a virtude máxima do escritor e do artista.

Artur teve sempre essa virtude admirável entre todas. E nem por isso deixou de ser um puro, um legítimo artista, sempre que o quis ser. Foi um poeta lírico como poucos; e isto já é um grande louvor, em uma terra em que há tantos poetas líricos de primeira ordem. Há sonetos de Artur Azevedo que sempre hão de figurar em todas as antologias da nossa língua — e, no teatro, seu nome há de ficar como o do empreendedor fecundo e forte. A sua campanha em favor do levantamento da arte dramática no Brasil já está incorporada ao patrimônio da nossa história de povo civilizado, como uma demonstração de energia e de fé. Não houve remoques que a desanimassem, não houve desenganos que a enfraquecessem; até no delírio, antecâmara da morte, vestíbulo do nada, em que a sua inteligência esteve parada durante algumas horas, o defensor do Teatro balbuciava palavras em que ainda vibrava a maior preocupação de toda a sua vida...

Artur foi sempre um artista. E não me refiro apenas à sua arte de escrever. Foi artista em todas as manifestações da existência, no escrever, no pensar, no falar, no viver. Não havia províncias da Arte em que ele fosse forasteiro: familiar em umas, hóspede em outras, era conhecedor e freqüentador de todas, amando a música, adorando a pintura, admirando a escultura, estudando e compreendendo até as artes vassalas, as subartes que são mais da competência dos artífices do que da dos verdadeiros artistas.

Quando o fui ver pela última vez, já morto, já estendido no caixão que o ia levar ao fundo da sepultura, encontrei-o dentro de uma moldura que o definia, dentro de uma casa que o explicava.

Há sempre uma relação íntima entre o animal e o seu *habitat*.

Mas essa relação não é sempre a mesma.

Nas espécies inferiores, é o animal que pratica o mimetismo, adaptando-se ao meio, imitando-o, incorporando-se a ele: a minhoca tem a cor, o aspecto, a umidade da terra em cujo seio vive; o peixe tem nas escamas e nos olhos a fluidez, o brilho, a fosforescência das águas em que se agita; e o inseto e os répteis reproduzem, por instinto de conservação, a aparência da sua habitação preferida, imitando este a rugosidade da casca das árvores, aquele o verde opaco ou brilhante das folhagens, aquele outro a forma das flores ou o duro aspecto das pedras.

Mas na espécie superior, o mimetismo é, ao contrário, exercido pelo animal sobre o meio. É o homem quem comunica a sua fisionomia à casa: a inteligência humana, dominadora do meio físico, afeiçoa o *habitat* à imagem do habitante. Assim a casa é o prolongamento material e espiritual do morador. Não é preciso ser um psicólogo sutil, um profundo conhecedor dos segredos da indução e da dedução, para dizer, pelo simples aspecto de uma residência: "Aqui mora um artista ou um financeiro, um médico ou um engenheiro, um homem de trabalho ou um vadio gozador da vida". Parece que em todos os móveis, em todos os ornatos, em todas as alfaias, e até no chão, nas paredes e no teto de uma casa há outros tantos espelhos milagrosos que fixam a fisionomia, o modo de vida, a alma do seu proprietário...

Pensei tudo isto, na sala da casa do Campo de São Cristóvão, onde o corpo de Artur fez o seu último estágio antes do descanso definitivo no cemitério.

A sala estava alfaiada de luto. Mas os crepes, os veludos negros, as sanefas tristes em que brilhavam as cruzes de ouro, não tinham podido tirar ao aposento o seu aspecto de santuário de um artista. Contrastando com os ornatos funerários, contrariando-os, opondo-se a eles, e vencendo-os, avultavam os quadros, os livros, as estátuas. Entre dous tocheiros, apareciam, como um protesto contra a Morte, a carnação rosada de uma ninfa, o colo nu de uma deusa, o sorriso lindo de uma criança, em telas de mestres: as grinaldas de flores, com as suas largas fitas negras ou roxas, entremeavam-se com estátuas e estatuetas, em que a Vida e a Beleza ardiam e cantavam; e a coleção opulenta de quadros, de esculturas, de livros, de gravuras transbordava da sala, ganhava os corredores, estendia-se pelas escadas, conquistava todos os aposentos. Por todas aquelas paredes pompeavam o gozo de viver, o culto da formosura, a religião da Arte — toda a fisionomia, toda a vida, toda a alma do escritor que ali jazia inerte, e que dali a minutos ia descer a escada dentro do féretro oscilante...

O Artista ia deixar a sua casa, que era a continuação e o complemento da sua personalidade... Um véu de lágrimas me escureceu a vista: a casa ficava, como uma moldura sem tela, como uma peanha sem estátua, como uma estante sem livros...

Mas que importa que também desapareçam agora a estante, a peanha e a moldura? Não desaparece verdadeiramente o Artista, que ficará vivendo na história deste país, quando a Morte também já tiver consumido todos os corações e todas as inteligências que admiraram a sua inteligência.

O. B.

Gazeta de Notícias
25/10/1908

Emílio Rouède

Esse extraordinário Emílio Rouède,[1] que acaba de morrer em Santos, teve uma das vidas mais acidentadas que jamais conheci.

Era francês do Sul, viveu longo tempo na Espanha e em Marrocos, e correu grande porção do planeta, antes de vir fixar residência no Brasil; e, no Brasil como na Europa e na África, exerceu um sem-número de profissões: montou fábricas, fundou colégios, explorou todos os ramos do comércio e da indústria, foi artista, cientista, professor — o diabo!

Como Rouède tinha jeito para tudo, o governo, em

---

[1] Emílio Rouède (1850-1908): de origem francesa, Rouède demonstrou talento múltiplo, tendo sido teatrólogo, cronista, músico e artista plástico.

1893,[2] achou que ele devia ter jeito para conspirador político. Fugindo do Rio, para não ser preso, fora Emílio estabelecer-se no Rodeio, onde começou a ensaiar-se numa nova profissão: a de galinicultor. Constou no Rio que alguns conspiradores projetavam fazer voar, pela dinamite, o túnel grande da Central. E, como era preciso atribuir a alguém a concepção do atentado, ela foi logo atribuída ao pacato criador de galinhas. Rouède teve a casa cercada pela polícia, evadiu-se a custo, andou léguas a pé, e, depois de várias peripécias de romance, chegou a Ouro Preto, onde o fui encontrar estabelecido como pintor e fotógrafo, trabalhando de graça, e deliciando a gente ouro-pretana com o seu bom humor inesgotável e as *blagues* descabeladas.

Este caso do túnel grande teve um desfecho horrível. A força encarregada de vigiar as imediações do túnel ouvira falar de um certo Rouède dinamiteiro, e andava a buscá-lo pelos matos, e no interior dos trens que passavam, e nas pequenas fazendas de em torno. Certa vez, apareceu por lá um rapaz alto, corado, louro, com ares de estrangeiro. O sargento chamou-o à fala:

....

[2] Referência à Revolta da Armada de 1893, que determinou verdadeira diáspora entre os intelectuais cariocas. Bilac, por exemplo, foi obrigado a refugiar-se em Ouro Preto, então capital de Minas Gerais.

"É você o Rouède?"

"Não."

"Mas conhece o Rouède?"

"Conheço."

"Onde está ele?"

"Não sei!"

"É você mesmo! diga!"

O rapaz protestou. Esbordoaram-no. E como ele reagisse contra as bordoadas, fuzilaram-no barbaramente, deixando-o no meio da estrada, numa poça de sangue.

Esse rapaz, de quem fui amigo, chamava-se Fernando de Sá Viana, e era secretário do industrial Cota. Andava por ali em cobranças. E era florianista exaltado, jacobino intransigente.

À hora em que assim morria o falso Rouède, o verdadeiro estava talvez, ao sol de Ouro Preto, fumando regaladamente o seu cachimbo, e pintando a casa de Marília ou o Itacolomi.

Este caso entristeceu o pobre Rouède, até os últimos dias de sua vida. Ainda há alguns anos, quando o vi em São Paulo, doente, velho, alquebrado, minado pelas moléstias e pelos desgostos, disse-me ele, com melancolia: "Vê tu! não valeu a pena que alguém morresse por mim, para que eu ainda esteja a arrastar-me neste estado pelo mundo...".

O Rouède dinamitista! o Rouède arrebentador de túneis! Tanto ele, como o desventurado Fernando de Sá Viana, tinham duas almas de criança — boas e misericordiosas, incapazes da menor violência. O Fernando chorava, quando via alguém espancar um animal... O Rouède ficava sem almoço e sem jantar para socorrer o primeiro pobre que lhe pedia esmola...

Olavo Bilac

Correio Paulistano

13/6/1908

Literatura

Aluísio Azevedo

Devo à gentileza da Casa Fauchon a oferta de um exemplar da *Mortalha de Alzira*, romance publicado há tempos, nestas mesmas colunas, por Vítor Leal.

Vítor Leal... Lembram-se as leitoras do seu retrato, estampado na *Gazeta de Notícias*, quando este mesmo jornal encetou a publicação do seu romance de estréia, *O esqueleto*? Neste retrato, gravado por Hastoy, Vítor Leal aparecia como um mocinho esbelto, de bigodinhos encalamistrados,[1] chapéu desabado à Van Dick, cabeleira à 1830, e um grande ar de supremo desaforo e de insciência suprema na face e no modo de vestir. O primeiro capítulo do romance deixou no ânimo dos leitores a mesma

---

[1] Calamistrar: "frisar", "encrespar".

impressão deixada pelo retrato. O estilo do escritor era como a sua fisionomia: um estilo ultra-romântico, trajando gibão de veludo azul e botas de couro de Córdova, e mão tão pronta a fazer vibrar o alaúde em louvor da primeira dama, como a sacar da espada em castigo do primeiro insolente.

Outros romances sucederam ao primeiro. Vieram *Paula Matos ou o monte de Socorro* e a *Mortalha de Alzira*, ambos editados pela *Gazeta*, descobridora daquele escritor misterioso, que não aparecia na rua do Ouvidor, que não tomava vermute no Pascoal,[2] que não freqüentava teatros, nem corridas, nem redações, nem *boudoirs*, nem cervejarias, nem batotas. E todo mundo queria saber quem era Vítor Leal...

Bastaria, no entanto, olhar com atenção o retrato de Vítor Leal, para descobrir o segredo agora desvendado por Aluísio Azevedo no prefácio da *Mortalha de Alzira*. Havia com efeito nesse retrato os olhos adoráveis de Aluísio Azevedo (os mais belos olhos de homem que conheço, leitora!), a vivacidade felina da fisionomia de Coelho Neto,

---

[2] A Confeitaria Pascoal, junto com a ainda existente Colombo, era um dos pontos obrigatórios e elegantes da convivência social daquela época.

a *pose* à D'Artagnan de Pardal Mallet, e o nariz titânico, descomunal, de quem está agora escrevendo estas cousas. Éramos nós — o romântico Vítor Leal. Pardal Mallet e este mesmo cronista livre tinham escrito o *Esqueleto*. Os dois, aliados a Coelho Neto e Aluísio, haviam fabricado o *Paula Matos*. E Aluísio, desta vez desacompanhado, tomara a si a tarefa de sustentar os créditos do nome de Vítor Leal, escrevendo a *Mortalha*.

No prefácio desta belíssima novela, editada agora em volume pela Casa Fauchon, Aluísio Azevedo, em boa hora, resolve não recusar o seu nome à filha formosa que pedia pai. Em boa hora, digo, porque estou certo de que Aluísio não procriou *A mortalha de Alzira* sem amor. Os filhos nascidos de uma união de acaso, em dia de tédio profundo ou dispepsia embrutecedora, não costumam nascer com a robustez, a graça, a vivacidade que palpitam nas linhas deste livro. Daqui se conclui que Aluísio, levando a *Mortalha* à Casa Fauchon, praticou um ato honesto e caridoso. Foi como se a levasse ao registro civil. E fez bem. A filha ilegítima, agora reconhecida, não envergonha o pai: é digna do convívio fraternal do *Mulato*, da *Casa de pensão* e do *Coruja*.

Em torno do nome deste vigoroso operário das nossas

letras criou-se uma reputação tão falsa, como a que cercou durante algum tempo o nome de Zola: um naturalista! um terra-a-terra! um esmiuçador de cousas sujas! um banido do Ideal! um espontapeador da Poesia!

Ora, nada mais falso. Aluísio é um poeta. Só não será um poeta para quem julgue que, a fim de ser poeta, é indispensável viver uma vida extra-humana, amando e praticando cousas que se não vêem, como os viciosos solitários amam e gozam mulheres que não existem. Há nos seus livros de mais rigorosa análise da verdade páginas cujo estilo freme e fulgura com as palpitações do ideal que as inflama. Até mesmo no *Cortiço* — nesse estudo cru e repugnante da vida de estalagem — há um trecho da mais alta poesia: a eclosão da puberdade de Pombinha, página que não precisa de ser rimada, para que a alma do leitor nela se embale, como numa rede de ouro. Agora mesmo, tem Aluísio um livro no prelo — *Os demônios* — que é uma prova flagrante do que digo.

Um poeta que ama a vida da terra, apesar de todos os seus horrores e de todas as suas misérias — é isso o autor da *Mortalha de Alzira*. E vamos e venhamos, meus amigos: o que se passa no seio de ouro de Sirius ou no seio vermelho de Marte, não pode ser muito mais poético do que o que se passa no seio deste ordinário planeta que habitamos. É possível mesmo que os poetas de Aldebarã ou da Lua passem as suas noites de insônia a olhar para a Terra, pedindo ao seu sonho febril um par de asas que os conduzam para aqui.

Obra romântica, a *Mortalha de Alzira*? tanto melhor: esqueceremos o que estamos vendo, para ver o que viam Gautier e Hugo. Tem o defeito de ser um romance, cuja ação se desenrola em França? tanto melhor! o que se está agora desenrolando no Brasil só pode perturbar a digestão e desesperar a alma.

O livro é bom. Tanto basta. Vítor Leal fez bem em abandonar as penas de pavão com que revestia as suas asas de gralha, e Aluísio Azevedo fez bem em assinar este livro. O livro é bom. Que podemos exigir além disso?

O. B.

Gazeta de Notícias
17/10/1893

João do Rio

"A religião é um freio!", dizia o conselheiro Acácio, venerado filho do boticário Homais, e neto de monsieur de La Palisse.[1]

Parece, porém, que o Rio de Janeiro, esta árdega e desbocada cidade em que vivemos, não se contenta com um só freio: o Rio de Janeiro precisa de muitos freios, cuja ação combinada lhe modere e sofreie o ardor dos instintos em marcha acelerada para a abolição dos pecados.

---

[1] Acácio: personagem de *O primo Basílio* (1878), de Eça de Queirós; seu comportamento tornou-o sinônimo de obviedade, convencionalismo e fatuidade. Homais: personagem de *Madame Bovary* (1875), de Flaubert, farmacêutico que se caracteriza pela presunção e pela estupidez. Monsieur de La Palisse (ou Palice): Jacques de Chabanne, herói militar francês, morto em 1525; séculos depois, seu nome tornou-se sinônimo, em francês, de afirmação óbvia, truísta.

O Rio de Janeiro não tem Religião: tem Religiões. Os cariocas acreditam ardentemente ganhar o reino do céu, lançam mão de todas as amarras, e recorrem ao mesmo tempo ao auxílio de todos os credos e de todos os ritos. Ora, graças! Já não se dirá de nós o que dos Tasmânios incréus disse o missionário Clark: "Morrem sem pensar em Deus, como os cangurus", ou o que dos hotentotes disse Campbell: "Só vieram ao mundo para matar e comer". Nós viemos ao mundo para... crer e rezar.

Ninguém imaginava que houvesse tantas religiões por aqui: nós somos católicos, positivistas, budistas, protestantes, batistas, luteranos, calvinistas, hierosolimitas, sebastianistas, ocultistas, gnosticistas, cabalistas... que sei eu? O Rio de Janeiro é Credópolis: aqui, como naquele vale do Egito, em que Flaubert localizou a *Tentação de santo Antão*, todas as religiões da terra... e do espaço vieram reunir-se, e exibir-se em parada de mostra.

O meu companheiro João do Rio[2] deu-se agora a um

---

[2] João do Rio, pseudônimo de João Paulo Emílio Cristóvão dos Santos Coelho Barreto (1881-1921), um dos jornalistas mais conhecidos da sua geração, foi autor de contos e de reportagens que se tornaram famosas. Seu *As religiões do Rio*, junto com *O momento literário* (1907), tornou-se um dos primeiros exemplos bem realizados de jornalismo investigativo no Brasil.

inquérito sobre todas essas religiões, e os seus artigos, publicados nesta mesma *Gazeta*, têm revelado cousas maravilhosas. Ontem, encontrei João do Rio... Ele resplandecia: pareceu-me que cada uma das religiões estudadas e devassadas lhe tinha dado um pouco do seu clarão do Além-Mundo... João saía do Mistério, todo cheio de Mistério: tinha mistério na face, no corpo, no chapéu, nas botas. E, assim como as mulheres de Florença diziam de Dante, quando ele passava pelas ruas: "Lá vai aquele que voltou do inferno!" — também do meu querido João do Rio se pode dizer, com respeitoso espanto: "Lá vai aquele que voltou do Mistério!".

Essas revelações têm despertado um interesse justo. Não houve ainda, desde o princípio das eras até hoje, problema que, mais do que o problema religioso, apaixonasse a alma humana. Alguns psicólogos acreditam que há no cérebro humano uma região especial, onde reside o domínio privado da religiosidade...

O inquérito da *Gazeta*, conduzido com talento e brilho, vem provar que esse domínio da *religiosidade*, se existe, nunca terá talvez as suas fronteiras anuladas.

João do Rio tem corrido vários templos — uns encantadores e sóbrios, outros severos e solenes, outros lôbregos ou equívocos, ou sinistros, ou cômicos, instalados em bibocas ou em fundos de clubes de dança. E ainda o inquiridor não visitou as casas em que se praticam a quiromancia, a necromancia, a cartomancia, a piromancia, [***], a oniromancia,[3] e todas as outras artes da magia, que, pelo seu caráter cultual e místico, também fazem parte da grande repartição das religiões.

Somente agora, podemos avaliar os mistérios que a nossa Capital, sob a sua enganadora aparência de leviana futilidade, guarda e esconde no seu seio.

Mal sabíamos nós que vivíamos a acotovelar por essas ruas tantos sacerdotes!

Olhai aquele sujeito, que vai de rosto magro e chupado, pitando melancolicamente um cigarro, com um ar apagado e insignificante de quem não sabe o que está fazendo no mundo... Não vos deixeis iludir pela sua aparência nula: aquele sujeito é um vidente, que confabula de dia e de noite com os mortos e a cujo aceno imperativo e seco as

---

[3] Quiromancia: adivinhação por meio da leitura das linhas da palma da mão. Necromancia: adivinhação por meio da invocação dos espíritos. Cartomancia: adivinhação por meio das cartas de jogar. Piromancia: adivinhação por meio do fogo. Oniromancia: adivinhação por meio da interpretação dos sonhos.

almas fogem do limbo e vêm roçar de novo, com a ponta da sua asa imaterial, a Terra corrompida.

Vede aquele homem calmo, pacato, gordo, vestido com correção e limpeza, pisando firme, com a mão na algibeira da calça, sacolejando as chaves da burra. Pensais que aquele pacífico burguês só trata dos seus negócios e da prosperidade de sua casa comercial? Puro engano nosso: aquele homem vive dentro de um halo de espíritos, e conversa com eles, e deles recebe lições, e por eles conhece todos os segredos do éter infinito, em cuja amplidão, entre os mundos volantes, erram as Psiques e os Corpos Astrais...

Reparai agora naquele mocinho imberbe, esbelto, com um buço no beiço e um clarão de garotinho nos olhos. Cuidais que é um alegre colegial, somente preocupado com o *sum-es-fui*[4] e com o teorema de Euclides, dividindo o seu tempo entre o estudo dos preparatórios e o namoro das meninas janeleiras? Longe disso! aquele mocinho é um sacerdote de Mitra, para quem a Gnose[5] não tem segredos, e para quem o Talmude[6] é mais claro do que um copo d'água...

---

[4] Formas verbais do latim que significam "sou-és-fui".
[5] Conhecimento, sabedoria.
[6] Doutrina sagrada e conjunto de leis hebraicas.

E ali tendes um mendigo, sentado à soleira de uma porta, com a cabeça calva ao sol, estendendo o chapéu aos transeuntes. Não vos enganeis... Aquele mendigo é mais rico que Rockefeller e Morgan: sabe consultar os astros, possui um pedaço da pedra filosofal, vende aos centilitros o elixir da longa vida, e, versado em todos os arcanos da alquimia, sabe converter o chumbo em ouro, com o simples auxílio de uma pitada de pó e da boa vontade do divino Hermes Trimegisto...[7]

Nos bondes, nos teatros, nos cafés, nós vivemos irreverentemente a pisar os calos de grandes heresiarcas, de poderosos magos, de fortes arquiatros, de sagrados pastores de almas. Em cada uma das ruas de Botafogo, ou do saco do Alferes, da Gamboa, ou das Laranjeiras, há um templo, uma basílica, um delubro,[8] uma capela, um antro de pitonisa, uma caverna de oráculo: o Rio de Janeiro é Credópolis.

A todas essas religiões cujo culto é público ou secreto, mas que têm uma organização mais ou menos metódica, é

---

[7] Hermes Trimegisto: nome que os gregos deram ao deus egípcio Thot, considerado o inventor de todas as artes e todas as ciências. Os gregos ainda atribuíram-lhe um sem-número de livros secretos, relacionados com a magia, a astrologia e a alquimia.
[8] Templo pagão.

preciso juntar as religiões individuais, as superstições que são peculiares a cada indivíduo.

Este nunca sai de casa sem fazer quatro piruetas seguidas no patamar da escada; aquele não vai para o trabalho sem beijar sete vezes um pedaço de corda de enforcado; aquele outro tem na corrente do relógio um dente de veado morto no quarto minguante da lua de outubro; qual não realiza negócio senão em quarta-feira; qual não arrisca cinco tostões no jogo dos bichos sem oferecer um copinho de aguardente a santo Onofre; e um sujeito conheço eu (não lhe escrevo o nome para não o vexar) que, há doze anos, ao descer do bonde, entra na cidade pondo o pé direito na mesma pedra da mesma calçada da mesma esquina da mesma rua...

Também essas superstições são governadas pelo instinto de "religiosidade". Religião não é somente "um freio", como dizia o conselheiro Acácio: é um freio para as almas ardentes e impetuosas; mas, para as almas lerdas ou apáticas, não é freio: é acicate,[9] é chicote, é espora, é estimulante, é álcool, é choque elétrico... Da Religião se pode dizer o que dizem do hábito de fumar os fumantes incor-

---

[9] Estímulo, incentivo.

rigíveis: dá fome a quem não a tem, e aplaca a fome a quem a tem...

Estou em dizer que nunca se fez, no Rio de Janeiro, como pesquisa de psicologia social, um inquérito tão interessante como esse da *Gazeta*.

O século XIX, no seu último quartel, assistiu a um reflorescimento de crenças. O século XX está assistindo à exacerbação desse movimento de regresso à fé. O reverdecer, não da Religião, mas das Religiões, não se está fazendo apenas no Rio de Janeiro: faz-se em todo o mundo civilizado. Multiplicam-se as conversões, ressuscitam crenças mortas, exumam-se ritos antigos, reacendem-se apagadas seitas. Na culta Europa, em Paris e em Londres, já existem templos do masdeísmo, do budismo e do sabeísmo.[10]

Que quer dizer esse regresso à fé? É um sinal de progresso ou de decadência moral?

Pela mistura das religiões, pela complicação dos credos, pelo baralhamento das seitas — parece a princípio que há aí um sintoma de degenerescência. O primeiro sintoma de queda de Roma foi a importação e a implantação de todos

---

[10] Masdeísmo ou zoroastrismo: religião de origem iraniana, em que é extremamente forte a oposição Bem/Mal. Sabeísmo: seita judaico-cristã, sobrecarregada de magia e de astrolatria.

os cultos e de todas as religiões das províncias conquistadas. Nos últimos tempos do Império Romano, um imperador erigiu um templo "a todos os deuses". Mas, depois desse, veio outro imperador que erigiu um outro templo "aos deuses desconhecidos"... O espertalhão ponderou que bem podia ainda haver, em certos escaninhos do céu, algumas potestades divinas privadas de culto: e a cautela foi tratando de angariar a estima hipotética desses hipotéticos numes.

Mas essa manias de resolver problemas históricos, de diagnosticar moléstias sociais, de vaticinar o progresso ou a decadência de raças com o auxílio das lições do Passado, conduzem sempre a muito absurdo...

O que suponho é que não haja "regresso à Fé". Só há regresso quando houve ausência. E a Fé nunca esteve ausente. Há de existir crença enquanto existir pavor. O que sucede é que, só de quando em quando, a largos trechos de tempo, alguém se lembra de pesquisar essas cousas: e, então, a gente supõe que é uma novidade aquilo que não passa de cousa constante e contínua.

Enquanto houver mundo, haverá Religiões: a humanidade há de ser sempre este mesmo rebanho sensual e covarde, governado ao mesmo tempo pelo gosto da vida e pelo medo da morte, pelo amor do pecado e pelo terror do castigo...

O. B.

Gazeta de Notícias
6/3/1904

Prosadores bisonhos

Cada um de nós conhece e lembra as várias crises da sua existência material e moral — esses estágios da vida, assinalados por moléstias e convalescenças, beijos da fortuna e pontapés da adversidade, curtos minutos de glória ou amor e longas horas de desgosto ou de ansiedade: e todos somos capazes de traçar e limitar, no mapa dos nossos dias, com precisão e verdade, as crises sucessivas que nos vão brandamente levando à crise última, que é uma síncope sem ressurreição.

As cidades, que como nós são organismos vivos em constante evolução, também têm as suas crises; mas, dessas anamorfoses,[1] tão freqüentes como as nossas, cada um de

---

[1] Evolução contínua, sem salto brusco ou descontinuidade.

nós só pode lembrar uma ou duas, tão espaçadas parecem elas, perdidas na imensidade do tempo de duração das metrópoles, devoradora da vida de inúmeras gerações de homens.

Vamos morrendo e as cidades vão vivendo; uma doença que, em cada um de nós, pode durar um ano, pode nelas durar um século; e felizes de todos nós, daqueles que vivem bastante para poder apreciar, em conjunto, uma dessas peripécias críticas na existência de uma vasta aglomeração humana...

Estamos gozando essa felicidade, no Rio de Janeiro — os que atravessamos vivos estes últimos dez anos. Dez anos de "muda" em tudo: no aspecto e na essência, na forma e no fundo, na superfície e no âmago.

O último aspecto do atual metabolismo urbano (será o último?) é a transformação e a deslocação do celeiro imenso que há tantos anos abastecia e alimentava o Rio de Janeiro.

Os jornais, noticiando os preparativos para a mudança do Mercado, descrevem a lufa-lufa, a febricitante agitação, o movimento delirante, que, durante as madrugadas de anteontem e ontem, houve naquela velha zona da cidade.

Imagine! Se o trabalho de todos os dias ainda me permitisse tais lazeres, eu também teria ido apreciar, ao lusco-fusco da manhã, aquela revolução. Seria doce e delicioso, à minha alma de carioca, o espetáculo da mudança, que, na frase feliz da *Gazeta*, assinala "um momento histórico para a cidade": e eu teria o raro prazer de assistir, em poucas horas, ao trabalho completo da metamorfose de uma feia lagarta numa linda borboleta.

O *Jornal do Comércio*, que nunca foi muito amigo da retórica, diz que houve no Mercado velho "um verdadeiro dia de Juízo".

A imagem é feliz.

Dizem os santos padres que, no dia do Juízo Final, "haverá choro e ranger de dentes".

Mas, no Mercado velho, imagino que houve atos, gestos e barulhos incomparavelmente mais variados e misturados: cacarejavam as galinhas, cocoreavam os galos, grunhiam os porcos, grugulejavam os perus, guinchavam os macacos, grasnavam os patos, latiam os cães, miavam os gatos, palravam os papagaios, maritacavam os periquitos, chiavam os canários: e só não protestavam contra o incômodo da mudança os peixes, por dois motivos: primeiro, porque estavam mortos: e segundo porque, mortos ou vivos, estando fora do seu elemento natural, tanto lhes fazia estar no Mercado da praça das Marinhas como no Mercado da praia de d. Manuel...

E imagino ainda que a todos estes clamores dos bichos se devem ter juntado os clamores dos homens: praguejar de carroceiros, vociferar de carregadores, ordens de guardas municipais, intimações de guardas-civis — e, principalmente, abafadas e melancólicas lamentações de alguns mercadores fiéis à Tradição...

É ainda o *Jornal do Comércio* quem narra, em estilo adequado, a tristeza desses tradicionalistas: "O velho casarão do antigo mercado, em que tanta gente viu passar uma boa parte de sua mocidade, em que tanta gente fez fortuna à custa de muita persistência, esforço e trabalho, lá está abandonado, com as suas portas cerradas. Comerciantes houve, cuja saudade não se conformou com a mudança e preferiram, uns liquidar os seus estabelecimentos, outros mudar-se para os pontos centrais da cidade...".

Compreendo bem essa mágoa.

Não sou dos homens mais aferrados ao Passado e à religião dos hábitos, mas acho profundamente humano esse culto. Que é, afinal, o próprio sentimento de Pátria senão um resultado do costume e da tradição? Amamos profundamente a terra em que nascemos, a casa em que crescemos, as árvores que abrigaram com a sua sombra os nossos folguedos, os nossos sonhos e os nossos amores; amamos até os lugares em que sofremos... E, como em certa idade a principal preocupação humana é o dinheiro, com muito maior razão se explica que amemos a terra, o bairro, a rua, a loja em que prosperamos e enriquecemos...

É natural a mágoa dos mercadores tradicionalistas. E não me causará espanto que, qualquer noite destas, os rondantes da Candelária, ouvindo choro no Mercado abandonado, vão encontrar lá dentro um desses tendeiros inconsoláveis, na solidão da tapera imensa, carpindo o seu desespero, sob as lajes desertas, como Mário sobre as ruínas de Cartago...

Ai! não é só aos varejistas amigos da tradição que o velho Mercado deixa saudades!

Neste mesmo momento estou relembrando casos e cenas da minha turbulenta mocidade — casos e cenas da antiga vida boêmia, que se passavam ali.

Já lá se vão vinte anos... Nesse tempo, Zola era o autor da moda. Todos nós, rapazolas que começávamos a escrever, poetas incipientes, que já nos julgávamos gênios, e prosadores bisonhos, que já nos considerávamos glórias nacionais — todos nós tínhamos a mania do "naturalismo", do "documento humano", da *tranche de vie*.[2] E, alta noite, enquanto os "burgueses ignóbeis" dormiam — saíamos a correr estalagens, baiúcas, alforjas.

Às vezes, chegávamos ao extremo do disfarce espetaculoso: saíamos de casa, sem gravata, vestindo blusas de zuarte desbotado, e fumando cachimbos que nos davam náuseas.

Quase todas essas excursões, que eram verdadeiramente de pândega, mas que nós solenemente afirmávamos serem de severa documentação psicológica, iam acabar no Mercado, à hora em que os botes e as catraias chegavam, trazendo os peixes, as frutas, os legumes...

Apanhávamos ali, muita vez, furiosas indigestões de documentos humanos e de ostras cruas! Mas a ilusão era magnífica: estávamos realizando e estudando praticamente as cenas do *Ventre de Paris*...[3]

E ainda hoje (há quantos anos não vou ao Mercado!) tenho bem presente o espetáculo daquele pitoresco e rude

---

[2] Expressão francesa que significa, literalmente, "pedaço de vida". Usada de forma metafórica, no contexto do naturalismo literário, significa a atitude do escritor que pretende retratar, em seus romances, um naco do cotidiano.

[3] *Ventre de Paris*: alusão a romance homônimo de Zola, publicado em 1873, cuja ação se passa no célebre mercado parisiense de Les Halles, hoje extinto.

labor dos pequenos lavradores, dos pescadores, dos leiloeiros de peixe, dos "atravessadores", dos lojistas, gritando, disputando, brigando: às vezes, na meia-luz da manhã que rompia, havia lutas ferozes, corpo a corpo, na rampa escorregadia, e brilhavam lâminas de navalha...

Não é propriamente desse espetáculo, nem das indigestões de ostras e documentos humanos, nem do cheiro repugnante dos legumes pisados e dos peixes espostejados, nem dos guinchos dos macacos e do cacarejar das galinhas, que tenho saudade neste momento. Tenho saudade da minha inquieta adolescência — e daquela saúde e daquela despreocupação que me permitiam o uso e o abuso das noitadas e das madrugadas de "documentação"...

Mas não é disso que se trata! Trata-se da mudança do Mercado.

Os tradicionalistas irredutíveis, que preferiram a suspensão do negócio e do lucro à mudança, foram naturalmente poucos. Nem a humanidade progrediria, nem a vida humana poderia ser continuada através dos séculos dos séculos, se essa casta de gente formasse a grande maioria da bicharada raciocinante que formiga na face do planeta.

Tudo se renova, tudo progride, e nada morre. Morremos nós, que nada somos. Mas as cidades ficam e perduram, devoradoras de gerações.

E felizes daqueles de nós que conseguem viver bastante, para poder apreciar, em seu conjunto, uma das crises dessas grandes aglomerações humanas...

O. B.

Gazeta de Notícias
16/2/1908

Flaubert

Leio hoje nos jornais este telegrama, que me vem a evocar saudades velhas: "Paris, 21 — Telegrafam de Rouen que se inaugurou ali o monumento a Gustavo Flaubert,[1] com a assistência de vários membros da Associação dos Homens de Letras desta capital e de vários representantes da literatura e do jornalismo".

É o primeiro "monumento" que do grande Flaubert se levanta na sua cidade natal. Até agora, a única homenagem pública, prestada ao autor de *Madame Bovary* pela cidade de Rouen, consistia num pequeno medalhão, com o seu busto, aposto a uma das paredes da Biblioteca, ao lado do Hôtel de Ville — e a cuja inauguração assisti, em 1890.

---

[1] Gustave Flaubert (1821-80): nascido em Rouen, Flaubert foi autor de um clássico do realismo francês, *Madame Bovary*, publicado em 1857.

Já lá se vão dezessete anos! e, lendo agora nos jornais este telegrama, vivamente se me apresentam à memória todos os episódios daquela manhã de inverno em que se fez a inauguração do busto, e em que, tremendo de frio, cheguei à velha cidade das margens do Sena, em companhia de alguns companheiros cujos nomes todo o Brasil conhece.

Éramos quatro: Eduardo Prado, Paulo Prado,[2] Domício da Gama, e eu. Em Paris, alojamo-nos num vagão de primeira classe, de oito lugares, ocupando os quatro lugares do lado direito. Chovia torrencialmente. O trem expresso ia já partir, quando se abriu a portinhola do vagão, e vieram ocupar os quatro lugares do lado esquerdo quatro sujeitos encapotados e encharcados, nos quais reconhecemos logo quatro figuras das mais notáveis no movimento naturalista da França: Émile Zola, Edmond de Goncourt,[3]

---

[2] Paulo Prado (1869-1943): sobrinho de Eduardo Prado, Paulo Prado foi um dos mecenas do movimento modernista de 1922 e sua obra mais conhecida é *Retrato do Brasil*, de 1928.

[3] Edmond de Goncourt (1822-96) e Jules Goncourt (1830-70): irmãos que formaram parceria no romance e na pesquisa estética, e que se dedicaram a colecionar objetos de arte. Os *Diários* dos irmãos Goncourt são extraordinária fonte de informação sobre a sociedade intelectualizada de Paris na segunda metade do século XIX.

Guy de Maupassant,[4] e o editor Charpentier. Partiu o trem...

Nós, os quatro brasileiros, entreolhávamo-nos, e aguçávamos os ouvidos, ansiosos por ouvir a conversa interessantíssima, que certamente se ia travar entre aqueles homens ilustres. Viajar duas horas, ao lado de Goncourt, de Maupassant e de Zola! que inesperada *chance*, que milagrosa *aubaine*![5]

Foi uma decepção tremenda! Maupassant, Zola e Goncourt estavam endefluxadíssimos: tossiam e espirravam de três em três minutos — enquanto o editor Charpentier, encolhido a um canto do vagão, dormia e roncava. De quando em quando, um dos três grandes romancistas olhava através da vidraça a paisagem, alva de neve e vergastada de chuva, e dizia melancolicamente, entre os dentes cerrados: "Sale temps!...". Os outros sacudiam a cabeça com desconsolo, e repetiam: "Sale temps!...".[6]

E assim foi até Rouen... "Sale temps!... Sale temps!..."

---

[4] Guy de Maupassant (1850-93): escritor do realismo francês, contista célebre, autor de *Bola de sebo* (1880).
[5] Bela ocasião; sorte.
[6] "Tempo indecente!"

— foram as únicas frases notáveis que saíram da boca daqueles homens notáveis...

Em Rouen, vimos Maupassant descerrar a cortina que cobria o medalhão, e ouvimos um curto e lindo discurso de Goncourt; almoçamos largamente no melhor restaurante da cidade, rindo muito da conversa "literária" do autor de *Charles Demailly*, do autor de *Une vie* e do autor de *Germinal*; fomos depois visitar, com um religioso respeito, a coleção dos manuscritos de Flaubert na Biblioteca; fomos admirar as várias estátuas de Jeanne d'Arc de que se orgulha Rouen; e passamos o resto do dia a vagar pela cidade, e a perguntar aos populares, que encontrávamos, quem fora aquele Flaubert, cujo busto em baixo-relevo acabava de ser inaugurado.

E ninguém prestava atenção ao que perguntávamos. Só um *épicier*,[7] já velho, que cochilava, à porta da sua loja, defronte da Catedral, mostrou conhecer o nome e a glória do festejado. Disse-nos que Flaubert era "um escritor muito conhecido". Mas acrescentou logo que "o grande Flaubert não era aquele: era o outro, o pai do escritor, um médico

---

[7] Quitandeiro; merceeiro.

très savant,[8] que várias vezes fora *maire*[9] da cidade e deixara uma boa e sólida reputação de clínico sisudo e de cidadão prestimoso...

Grande Gustave Flaubert! a sua glória e o seu valor nunca estiveram, nem estão, nem nunca estarão ao alcance da inteligência de toda a gente.

Somente agora a cidade de Rouen lhe levanta um monumento... E é provável que hoje, em 1907, a opinião da cidade ainda seja a mesma que era em 1890: "Um bom escritor, sim, um bom escritor, muito conhecido... Mas não foi este o grande Flaubert: o grande Flaubert foi outro, o pai deste, o *maire*, o médico, que dirigia as eleições com uma grande prudência, e tinha umas receitas infalíveis para o alívio dos reumatismos e para a cura das bronquites rebeldes...".

Olavo Bilac

Correio Paulistano
24/10/1907

---

[8] Muito sábio, muito inteligente.
[9] Prefeito.

Jornalismo

Sem nervos

Um jornal da Bahia, de que vi um trecho transcrito nesta folha, doutrinando sobre a vida da imprensa, escreveu que "para ser jornalista é preciso não ter nervos".

Oh! ideal sublime! ser como as engenhosas máquinas americanas de escrever — uma fila de teclas, um rolo de tinta, uma bobina de papel —, mais nada... Deixar o jornalista que os acontecimentos, os louvores, os vitupérios, as calúnias, os processos de responsabilidade, as cartas anônimas passem por sobre a sua alma como as rajadas do vento passam por cima das rochas vivas sem que as enruguem nem abalem... Que grande força daria isso ao jornalista! — e notem que esse ideal é justamente cobiçado por um jornalista! Para esse filho de Gutenberg, podem ter nervos o político, o negociante, o industrial, o poeta: não o homem de jornal, que, para bem esclarecer a opinião, deve ficar inabalavelmente e impassivelmente plantado no meio do mar da opinião pública — como um farol que, para dar luz, não precisa sentir, e, para guiar os navios errantes, não carece de ter papilas nervosas na sua grossa pele de pedra e ferro.

Que pensarão disto os especialistas de moléstias nervosas? É a ruína desses especialistas que o jornal da Bahia deseja...

Porque é bom que se saiba: as moças solteiras e os jornalistas são os freqüentadores constantes desses consultórios complicados e cheios de instrumentos singulares: pilhas elétricas, cujos fios se entrelaçam no ar como teias de aranhas fantásticas, dinamômetros, aparelhos para a medição da força visual e da força tátil, cadeiras maravilhosas que têm de longe a aparência apavorante de guilhotinas.

Quando entrardes num desses consultórios e virdes um homem, no meio da sala, firmando-se no chão com um pé só, olhos fechados e braços abertos no ar — podeis desde logo assegurar que é um jornalista neurastênico em quem se procura verificar a existência do sinal de Romberg. Também quando, em vez de um homem, virdes, nessa mesma posição, uma senhora, podeis afirmar que é uma moça solteira.

Por quê?

Não entrarei em explicações sobre o caso das moças solteiras: o assunto é perigoso, e conhecido e estudado que [***].

A predileção que as moléstias cérebro-espinhais mostram pelo jornalista é digna de estudo. O poeta, o escultor, o [***] excitam-se, prodigiosamente, e [***], quando trabalham: mas só aturam a sua própria excitação. O jornalista é um aparelho receptor e condensador das comoções, dos abalos, das paixões de toda uma população. Imaginemos um exemplo. O jornalista X, bem-dormido e bem almoçado, sai de casa, a caminho do seu jornal. Toma um bonde elétrico. Abre todas as folhas e começa a ler. Já essa leitura principia a desorganizar-lhe o sistema nervoso. Em meio da viagem, o bonde elétrico (não fosse ele elétrico!) reduz a pó impalpável o corpo de um transeunte. X toma do lápis e registra o fato: e já é o seu próprio corpo de jornalista que sente a dor terrível do despedaçamento...

Depois, X vai à Câmara fazer o seu extrato dos debates: e, posto no meio daquela multidão que discute, que se irrita, que se arrepela, X condensa dentro da sua rede nervosa toda aquela explosão de opiniões: e, ao cabo da sessão, parece que X é que descompôs e foi descomposto. X é o homem-Congresso: dentro do seu cérebro, toda a política do país se baralha e confunde...

Depois, na sala da redação, X começa a receber as reclamações do público. Este, demitido injustamente por um diretor prepotente, vem pedir a defesa da imprensa: X fica com a alma cheia de indignação. Aquele outro, criador da roça, vem dizer que uma porca deu à luz, na sua fazenda, 846 porquinhos de uma vez só: X quase morre de espanto.

Depois, chegam as notas policiais: queijos furtados, cabeças quebradas, bêbedos apanhados na via pública, assassinatos, desastres, rolos — tudo isso entra precipitadamente e atabalhoadamente no sistema nervoso de X: X é o homem-multidão.

Depois, chegam os telegramas da Havas.

E é X quem experimenta os abalos revolucionários de Cuba, quem fica estraçalhado pelas bombas dos anarquistas, quem é condecorado com a grã-cruz da Legião de Honra, quem morre nas guerras de Formosa, quem governa no gabinete St. James, quem destroça as tribos de Massaua, quem...

Ao fim da noite, X não é mais um homem; X é o

mundo inteiro. E no dia seguinte lá está ele, no consultório de um especialista de moléstias nervosas, sujeitando-se à experiência de Romberg...

O jornal da Bahia, onde colho este assunto, não diz de que processo se há de lançar mão para aniquilar dentro do organismo da imprensa o derramadíssimo e atrapalhadíssimo sistema nervoso. Mas deve haver um processo... As crianças que se destinam à acrobacia sofrem demoradas e pertinazes deslocações, que acabam revolucionando todas as leis da artrologia. É possível que haja, para revolucionar as leis da nevrologia, outros métodos, igualmente eficazes.

Mas ocorre-me um medo: se acabam com os nervos do jornalismo, de que hão de viver os especialistas de moléstias nervosas?

Fantasio
Gazeta de Notícias
11/6/1895

Gramaticalismo

Quase todos os dias, um jornal qualquer, fazendo-se paladino da gramática, insere uma acusação contra tal inspetor de polícia, ou tal fiscal da municipalidade, ou tal empregado de obras públicas, acusando-os do alto crime de violação das regras gramaticais em ofícios, ou editais, ou guias. Contra os inspetores e maus funcionários das circunscrições policiais, então, a acusação é constante, diária, inalterável. E força é dizer que é justa: em regra geral, todo funcionário subalterno de polícia escreve *ispetor*, *uspital*, *surconcrição*, *policial* etc.

A acusação é justa. Mas é fútil também. A nossa imprensa parece estar atacada de *gramaticalismo agudo*, que é uma das moléstias intelectuais do século, admiravelmente estudadas por Pompeyo Gener[1] nas *Literaturas malsanas* — excelente compêndio de patologia literária, impresso no ano passado.

Mal de mim! o grande vício da instituição policial, para mim, como para todos os cidadãos da atribulada Sebastianópolis — não é a sua falta de ortografia: é a sua falta de zelo.

Pouco me importaria que fosse violada em ofícios a gramática portuguesa, contanto que livre de uma violação menos platônica estivesse a minha casa.

O que se requer num bom delegado zelador da ordem pública, não é fulguração de estilo, nem ostentação de peregrinas construções sintáticas — é, sim, olho vivo! é energia! é atividade! é compreensão nítida do seu dever!

Quem me dera a mim uma polícia radicalmente e absolutamente analfabeta! Não sabendo ler nem escrever, os Argos[2] da rua do Lavradio e das estações urbanas e su-

---

[1] Pompeyo Gener (1848-1920): formado em medicina e em farmácia, preferiu, mais tarde, a filosofia, a arte, a literatura, a história e a sociologia, sempre num viés positivista. Suas *Literaturas malsanas* (1894) é um estudo da patologia literária de seu tempo.

[2] Monstro da mitologia grega, Argos era dotado de força incomum e de inúmeros olhos, o que lhe permitia exercer vigilância constante.

burbanas não perderiam tempo em redigir ofícios retóricos e cartas de namoro, nem em ler Gaboriau[3] e Paulo de Kock;[4] e poderiam assim mais assiduamente vigiar os passos dos gatunos e mais eficazmente salvaguardar as barrigas cariocas do furor dos assassinos.

Mas, já não é lícito a ninguém maldizer da palhada de liberalismo a que se dá o nome pomposo de — "conquistas do século das luzes". Um dos molhos dessa palhada é justamente esta tola afirmação de que a instrução é um grande bem. E, pois, resigno-me: não podendo exigir polícia analfabeta, quero que me não dêem polícia de literatos, de poetas, de romancistas. Para mim e para toda a minha casa, já tenho em literatura bastante. O que não me é bastante, é a tranca que me fecha a porta da rua — atendendo a que a incúria da polícia ainda é mais perniciosa que a ousadia dos gatunos...

Não o entendem assim os jornais. E eis que, qualquer

---

[3] Émile Gaboriau (1852-73): precursor do romance policial francês, Gaboriau tornou-se famoso com *L'affaire Lerouge* (1866), folhetim inspirado nas *Histórias extraordinárias* de Edgar Allan Poe.

[4] Charles Paul de Kock (1793-1871): de origem holandesa, Paul de Kock foi romancista popular de enorme repercussão junto ao público francês.

dia, exigirão, para o cargo de polícia secreta, habilitações em línguas mortas e vivas, literatura nacional e estrangeira, e ciências naturais. Seja tudo pelo amor de Deus!

Quereis ver a que ponto está a imprensa atacada de gramaticalismo? Ouvi e horrorizai-vos! a imprensa já não se limita a exigir que tenham gramática os empregados policiais: a imprensa atreve-se a exigir que tenham, não só gramática, como bom senso, os inspetores escolares! os inspetores escolares! lestes bem? Aqui está o que encontro nas "Várias" do *Jornal* de ontem: "Até aqui julgavam todos que o famoso discurso de [***] ao Jovem Telêmaco, falando do 'mundo subjetivo', da alma que nasce e das represálias aquáticas, era o modelo do gênero de eloqüência que os estudantes qualificam com um adjetivo tirado do nome de certo animal. Estavam todos errados, porque há cousa melhor. Senão, admirem os leitores estes trechos extraídos de uma circular dirigida por um inspetor escolar aos professores do seu distrito".

Realmente, nem aquele herói de Edgar Poe, que entendeu o cabalístico papiro do "Escaravelho de ouro", seria capaz de entender essa circular do inspetor. Mas, com todos os diabos! que importa à Pátria, que importa às instituições, que importa à civilização ocidental, que importa à

Humanidade, que ninguém seja capaz de entender o que escreve um inspetor escolar?

O único dever de um bom inspetor escolar é ganhar caladamente os seus seiscentos ou oitocentos mil-réis mensais! Se querem agora obrigar os pobres homens a saber gramática e a ter bom senso — que tempo lhes sobrará para o cumprimento leal e aturado daquele único, básico e essencialíssimo dever do seu cargo?

Está tudo podre de *gramaticalismo*!

Fantasio

Gazeta de Notícias
27/4/1896

Ética

Parece que a polícia vai ser inteiramente reformada. Nós todos já andamos tão desconfiados desta história de reformas, que, quando uma delas é anunciada, ficamos logo com a pulga atrás da orelha. Mas, enfim, bem pode ser que desta vez a reforma seja boa...

Em todo o caso, como a semana foi chocha, aproveitamos o domingo para conversar sobre cousas policiais. Aqui vai uma idéia que não é nova, que já tem sido muitas vezes aventada e discutida sem resultado prático. Por que razão não aproveitam os poderes públicos esta reforma policial para, de uma vez por todas, regulamentar as relações da polícia com a imprensa?

Expliquemo-nos.

Um rapaz solteiro, amando uma rapariga também solteira, acha que o casamento é uma tolice, e, sem recorrer a ele, leva o seu amor às últimas complicações. A moça reconhece, então, que andou mal em prestar o ouvido incauto às harmonias da guitarra do Don Juan, e queixa-se à família. A família queixa-se à polícia. A polícia agarra o Don Juan por uma orelha, arrasta-o a uma pretoria, e obriga-o a reparar o mal que fez. Que mais quer, que mais pode querer a Moral Pública? Bom é o que bem acaba...

Mas não entende assim a imprensa. A imprensa, como se a solidez das instituições juradas e a paz do mundo dependessem desse banal incidente amoroso, corre sofregamente à polícia, cobre de garatujas febris o seu *block-notas*, e, no dia seguinte, o Universo fica sabendo que o sr. fulano abusou da boa-fé da menina beltrana, e que só quando o delegado sicrano o ameaçou de fazê-lo ir esfregar com as costas o chão duro do cárcere, se decidiu a receber a sua vítima como esposa legítima à face de Deus e dos homens. Vejamos agora as conseqüências dessa estúpida indiscrição. Correm os anos. O sedutor habitua-se à sua nova posição de marido, tem filhos [***] numa estação policial. Mas, um dia, um perverso qualquer, um inimigo covarde, para se vingar de qualquer cousa, para satisfazer qualquer mesquinho rancor, vai a uma biblioteca, exuma das páginas poeirentas do jornal a notícia com que a reportagem infamou o casal, e reedita-a. De maneira que, para encher um cantinho do vasto noticiário com uma nova que nenhum interesse pode ter para o público, a imprensa deixou, sobre o nome de um homem e sobre o nome de uma mulher, uma dupla nódoa indelével.

Mas, às vezes, a indiscrição é ainda mais absurda e ainda mais perniciosa. Trata-se, às vezes, de escândalos de adultérios; e a polícia solicitamente fornece à imprensa a relação minuciosa do caso, e os nomes de todos os comprometidos no escândalo e toda a série de pormenores escabrosos. Com que direito a imprensa e a polícia, coligadas, levantam os cortinados de um leito, para mostrar dentro dele, à multidão embasbacada, a gente que lá está ocupada em fazer cousas que pela sua alta e sagrada importância se querem bem escondidas?

Já nada mais é respeitado pela fúria da reportagem. Que necessidade tem o público de saber se fulano de tal, cidadão livre da livre América, podendo ter, em amor como em política ou em religião, as suas opiniões ou as suas preferências, prefere às mulheres claras as mulheres morenas ou às mulheres desimpedidas as mulheres cuja conquista é difícil ou arriscada? Parece que o caso deveria ser discutido e liquidado unicamente entre as partes nele interessadas, ou, quando muito, entres estas e a polícia, que é a zeladora da moral...

Parece que a gente, quando começa a sentir dentro do coração um começo de amor por uma senhora qualquer, deve a gente, antes de mais nada, dirigir-se às redações e contar o que sente aos redatores, e perguntar-lhes se acham ou não conveniente a continuação da aventura. Antes de obter a vênia da puríssima, da castíssima, da virginalíssima imprensa, nada se deve fazer! Antes de pensar na bengala do pai ou do marido da senhora amada, antes de consultar a própria consciência, os próprios sentimentos de honra e de dignidade, antes de pensar na dureza do banco dos réus e na aspereza das tarimbas do xadrez — deve a gente lembrar da pena do cronista X, e da pena do noticiarista Z!

Esses senhores são, de fato, os donos da nossa vida íntima. Dizem ao público o que comemos no almoço e ao jantar, a cor do cabelo da mulher que amamos, quantas bengaladas costumamos dar ao pelintra que nos corteja a consorte, o motivo por que nos casamos, a razão por que nos descasamos e se temos dissensões domésticas e se os nossos filhos nos respeitam, e se as nossas sogras fazem da vida um inferno...

E nem só em negócios amorosos a publicidade é nociva.

Um menor, uma criança, um caixeirinho de venda, seduzido pela tentação do jogo do bicho, abre a gaveta do patrão, surrupia algumas notas de 10$ e gasta-as. O patrão queixa-se à polícia, a polícia prende o pequeno e a imprensa publica o nome desse pobre-diabo, dessa pobre criança que não soube o que fez, que pode arrepender-se, que se pode regenerar, que pode vir a ser um homem de bem — mas que fica com o nome eternamente manchado por essa maldade do noticiário!

Direis que o evitar esse horror é cousa que não compete à polícia, mas à própria imprensa. Pois sim! se formos contar com ela... Direis, ainda, que a imprensa — essa alavanca do progresso, esse baluarte das liberdades públicas, esse etc. etc. etc. — deve sempre meter o seu sagrado, perspícuo, farejador e terrível nariz em todas as cousas da polícia para evitar que a Violência (com V grande, sr. revisor!) medre e floresça dentro da suja casa da rua do Lavradio. Ainda uma vez, pois sim! Assim como assim, a Violência há de medrar e florescer lá dentro...

Não há jornal de Paris, de Londres, de Berlim, de Roma, que faça o que fazem os jornais daqui, nesse particular. Por que diabo de razão há de a gente imitar o que os jornais estrangeiros têm de mau, e não há de aprender o que eles têm de bom? Lá fora, os jornais não dão, senão excepcionalmente, notícias de estupros, e raptos, de "dramas passionais", de adultérios; e quando não querem privar o público de seu acepipe predileto, indicam o nome dos comprometidos por meio de simples, sóbrias, discretas e serenas iniciais...

Mas, Santo Deus! Por que insistir? O melhor é calar o bico e deixar correr o marfim...

s. a.

Gazeta de Notícias
28/1/1900

Fotojornalismo

Vem perto o dia em que soará para os escritores a hora do irreparável desastre e da derradeira desgraça. Nós, os rabiscadores de artigos e notícias, já sentimos que nos falta o solo debaixo dos pés... Um exército rival vem solapando os alicerces em que até agora assentava a nossa supremacia: é o exército dos desenhistas, dos caricaturistas e dos ilustradores. O lápis destronará a pena: *ceci tuera cela*.

O público tem pressa. A vida de hoje, vertiginosa e febril, não admite leituras demoradas, nem reflexões profundas. A onda humana galopa, numa espumarada bravia, sem descanso. Quem não se apressar com ela, será arrebatado, esmagado, exterminado. O século não tem tempo a perder. A eletricidade já suprimiu as distâncias: daqui a pouco quando um europeu espirrar, ouvirá incontinenti o "Deus te ajude" de um americano. E ainda a ciência humana há de achar o meio de simplificar e apressar a vida por forma tal que os homens já nascerão com dezoito anos, aptos e armados para todas as batalhas da existência.

Já ninguém mais lê artigos. Todos os jornais abrem espaço às ilustrações copiosas, que [***] pelos olhos da gente com uma insistência assombrosa. As legendas são curtas e incisivas: toda a explicação vem da gravura, que conta conflitos e mortes, casos alegres e casos tristes.

É provável que o jornal-modelo do século XX seja um imenso animatógrafo, por cuja tela vasta passem reproduzidos, instantaneamente, todos os incidentes da vida cotidiana. Direis que as ilustrações, sem palavras que as expliquem, não poderão doutrinar as massas nem fazer uma propaganda eficaz desta ou daquela idéia política. Puro engano. Haverá ilustradores para o louvor, ilustradores para a censura, ilustradores para a sátira, ilustradores para a piedade.

Quando o diretor do jornal quiser dizer que o povo morre de fome — confiará as suas idéias a um pintor de alma fúnebre, que mostrará na tela os cadáveres empilhados pelas ruas, sob uma revoada de corvos sinistros; quando quiser dizer que o político X é um cretino que não vê dois palmos adiante do nariz — apelará para o talento de um caricaturista, que, pintando a vítima com um respeitável par de imensas orelhas, claramente exprimirá o pensamento da folha. Demais, nada impede que seja anexado ao animatógrafo um gramofone de voz tonitruosa, encarregado de berrar ao céu e à terra o comentário, grave ou picante, das fotografias.

E convenhamos que, no dia em que nós, cronistas e noticiaristas, houvermos desaparecido da cena — nem por isso se subverterá a ordem social. As palavras são traidoras, e a fotografia é fiel. A pena nem sempre é ajudada pela inteligência; ao passo que a máquina fotográfica funciona sempre sob a égide da soberana Verdade, a coberto das inumeráveis ciladas da Mentira, do Equívoco, e da Miopia intelectual. Vereis que não hão de ser tão freqüentes as controvérsias...

Quando é assassinado um homem — este jornal vem dizer que lhe coseram o corpo a facadas, aquele que o asfixiaram, aquele outro que lhe estouraram o crânio a tiros de revólver. Ora, o público tem pressa: como há de perder tempo em procurar a verdade dentro deste acervo de contradições e de divergências?...

Há dias, foi preso um sujeito por espancar uma mulher.

E os repórteres puseram em campo toda a sua fantasia, com tal gana que o pobre homem veio ontem a público elucidar o caso, conforme se vê nesta sua declaração, textualmente transcrita dos "a pedido" do *Jornal do Comércio*: "Os jornais deram desencontradas notícias acerca de um crime hediondo que uns vizinhos me imputaram. As versões são diferentes: o *Jornal do Brasil* anteontem afirmou que eu espanquei minha própria mãe; *O País* de ontem contou que eu bati em minha tia; *O Dia* relatou que eu ofendi a minha irmã...".

Concebe-se maior atrapalhação? A verdade é que a mulher espancada não era mãe, nem tia, nem irmã, nem mesmo avó do desgraçado! E é assim que se escreve a História...

Imagine-se agora a série formidável de complicações que podem trazer esses exageros de fantasia, quando empregados em caso sério, de alta monta para a vida moral da nação.

Uma folha virá dizer amanhã que o sr. presidente da República foi a tal ou qual festa trajando um terno de casimira *marrom*; outra diria que Sua Excelência levava calças cor de cinza e sobrecasaca preta; uma terceira afirmará que Sua Excelência vestia um dólmã branco... E a gente, diante de tantas opiniões diferentes, ficará com o juízo a arder, não podendo adquirir uma idéia assentada e perfeita sobre esse ponto, que tão grave influência pode exercer sobre a integridade da pátria e a solidez das instituições republicanas.

Outro caso interessante: o do amigo Galvez, que, depois de ter transposto a porta da eternidade, aparece agora espairecendo pela Puerta del Sol em Madri. É ele? não é ele? quem sabe? fotografem-no, e veremos...

Não insistamos sobre os benefícios da grande revolução que a fotogravura vem fazer no jornalismo. Frisemos apenas este ponto: o jornal-animatógrafo terá a utilidade de evitar que nossas opiniões fiquem, como atualmente ficam, fixadas e conservadas eternamente, para gáudio dos inimigos... Qual de vós, irmãos, não escreve todos os dias quatro ou cinco tolices, que desejariam ver apagadas ou extintas? Mas, ai! de todos nós! Não há morte para as nossas tolices! nas bibliotecas e nos escritórios dos jornais, elas ficam — as pérfidas! — catalogadas; e lá vem um dia em que um perverso qualquer, abrindo um daqueles abomináveis cartapácios, exuma as malditas e arroja-as à face apalermada de quem as escreveu... Daqui em diante, não haverá esse perigo: ninguém se arrependerá do que tiver escrito, pela razão única e simples de que nada mais se escreverá...

No jornalismo do Rio de Janeiro, já se iniciou a revolução, que vai ser a nossa morte e a opulência dos que sabem desenhar. Preparemo-nos para morrer, irmãos, sem lamentações ridículas, aceitando resignadamente a fatalidade das coisas, e consolando-nos uns aos outros com a cortesia de que, ao menos, não mais seremos obrigados a escrever barbaridades...

Saudemos a nova era da imprensa! A revolução tira-nos o pão da boca, mas deixa-nos aliviada a consciência.

s. a.

Gazeta de Notícias
13/1/1901

A propósito de um congresso

Acabava eu de ler, esta manhã, em vários jornais, a longa notícia das maroteiras de um curandeiro-feiticeiro, cujo antro sibilino, no Estácio de Sá, foi ontem descoberto e varejado pela polícia — quando, passando à leitura dos telegramas, encontrei este, de Buenos Aires: "O Congresso Jornalístico aprovou 'que não fossem aceitos os anúncios de adivinhas e curandeiros', aprovou as caixas de pensões em favor dos jornalistas, e 'condenou as subvenções dispensadas pelos governos para propagandas de caráter político'".

Aí está um congresso que ainda acredita ser possível restituir à Imprensa o seu antigo e sagrado caráter de Sacerdócio e de Apostolado... É uma ilusão da ingenuidade dos congressistas, ou é um recurso da sua hipocrisia.

A Imprensa não poderia deixar de ser industrializada, num século de tão espalhado e profundo industrialismo. Ainda é possível, graças a todos os deuses, a existência de "jornalistas" apóstolos e sacerdotes, pregando as boas idéias, e batalhando as boas batalhas, em favor da Verdade e da Justiça; mas o "jornal" não pode ser feito, sustentado, e imposto ao público, somente pelos "jornalistas". É preciso distinguir. Um jornal é um organismo extraordinário e até absurdo, formado de vários órgãos diferentes, que se conjugam mas se contradizem. Na primeira coluna de um jornal moderno, há o artigo de fundo, em que o diretor sustenta as suas idéias, ou as idéias do seu partido. Mais adiante, há o terreno neutro da colaboração literária, crítica ou política. Mais adiante ainda, há o noticiário, em que impera o repórter, cuja principal obrigação é manter sempre acordada e excitada, com escândalo ou sem ele, a curiosidade do público. E, enfim, há o vasto domínio do anúncio, que é independente e soberano, e onde o Dinheiro é rei. Todos esses órgãos funcionam juntos, uma aliança em que não é preciso que haja coerência. Assim é que muitas vezes o colaborador é ateu e anarquista, quando o redator-chefe é católico e conservador: o que constitui até um excelente meio de vida para o jornal, porque não há nada mais prático e rendoso no mundo do que acender uma vela a Deus e outra ao Diabo... Mas onde a incoerência e a contradição, num bom jornal moderno, se mostram mais claramente, é na comparação do domínio da redação com o domínio dos anúncios. Não há, por exemplo, no Rio de Janeiro, um só jornal que, no seu artigo de fundo, nas suas crônicas e nas suas notícias, se atreva a dizer que o jogo do bicho não é uma chaga social; todos os jornais declaram que essa jogatina ignóbil é um vício desmoralizador e funesto... Entretanto, todos eles (com exceção apenas do grave *Jornal do Comércio*) publicam anúncios e "palpites" dessa genial invenção do barão de Drummond...

Ainda agora, a propósito da prisão do curandeiro malandro do Estácio de Sá, todas as folhas fulminam a criminosa espertaza desses meliantes, e dizem que a polícia deve perseguir, sem piedade, os exploradores da crendice e da ignorância da gente do povo. Pois bem! só em um jornal de hoje, tive eu a pachorra de contar 23 anúncios de curandeiros, quiromantes, sonâmbulos, médiuns, videntes, hipnotizadores, e profetas!

Sem esse industrialismo, o jornal não poderia viver. Pode existir ainda hoje o tipo antigo e clássico do "jornalista-apóstolo". Pode existir, e existe. Mas a imprensa não é um apostolado. No meio do noticiário de escândalo e dos anúncios, o artigo do doutrinador é como um púlpito sacro, plantado no meio de uma feira...

Assim a primeira daquelas deliberações do Congresso Jornalístico de Buenos Aires, a que se refere o telegrama transcrito, é uma prova de ingenuidade, se não é uma pilhéria.

Mas é muito duvidoso que seja uma prova de ingenuidade. Não há no mundo muitos jornalistas ingênuos. Nesta profissão, os tolos nunca se demoram muito...

Aquela primeira deliberação deve ser uma pilhéria. Mas a última deliberação ainda deve ser uma pilhéria melhor...

"O Congresso condenou as subvenções dispensadas pelos governos para propagandas de caráter político."

Imaginai o que seria dos governos, se todos os jornais, obedecendo a essa virtuosa e austera doutrina do Congresso de Buenos Aires, lhes fechassem as suas colunas... e as gavetas dos seus balcões! E imaginai também, e principalmente, o que seria dos jornais!

Inefável pilhéria do Congresso Jornalístico.

Uma de duas: ou naquele Congresso havia proprietários e diretores de jornais, ou nele havia apenas repórteres e redatores desempregados. Neste último caso, a última deliberação, além de ser uma chalaça, foi um desses movimentos de natural despeito, tão comum em quem quer comprar, e por isso desdenha... E no primeiro caso, não creio que, no momento da votação, os congressistas, proprietários e diretores de jornais ousassem encarar-se mutuamente: dizem os cronistas da velha Roma que os *augures*, quando estavam exercendo de súcia a sua missão sacerdotal, nunca se arriscavam a olhar uns para os outros — porque tinham medo de não poder conter o riso...

Olavo Bilac
Correio Paulistano
24/11/1907

Jornais sem leitores

"Mas há jornais demais no Rio de Janeiro" — é o que mais se ouve, em todos os grupos, a propósito do reaparecimento de *A Imprensa*, fundada há alguns anos pelo dr. Rui Barbosa, e agora ressuscitada sob a direção do Alcindo Guanabara, que é, sem dúvida, o mais completo, o mais brilhante e o mais popular dos jornalistas cariocas da atualidade.

Parece, efetivamente, que já temos folhas diárias demais — porque todas as nossas folhas diárias, reunidas, não chegam a tirar 120 mil exemplares, por dia.

E é bom notar que uma parte considerável dessa tiragem geral vai para os estados...

Mas, se nos lembrarmos que o Rio tem uma população de, no mínimo, 800 mil habitantes, facilmente reconheceremos que aqui poderiam folgadamente viver e prosperar alguns cinqüenta jornais; o que se opõe a essa prosperidade de imprensa diária, como à prosperidade dos editores de livros, é o analfabetismo da população adulta. No Rio de Janeiro, a grande massa dos trabalhadores braçais é composta de homens que não sabem ler: se toda essa gente estivesse iniciada nos mistérios da letra de fôrma, os jornais teriam uma clientela vastíssima.

Em dez anos, conseguimos aqui remediar, até certo ponto, o analfabetismo infantil. As estatísticas, que a Diretoria de Instrução está preparando para a grande Exposição Nacional de 1908, hão de deixar claramente demonstrada essa conquista. Mas, contra o analfabetismo dos adultos, o governo é quase impotente. A imigração que recebemos para as fábricas, para a pequena lavoura, para o comércio, e para os serviços urbanos do Distrito Federal, vem quase toda, para não dizer toda, de países europeus, em que mais profunda e alastrada é a ignorância das classes populares.

Dos carregadores ou *homens do ganho*, que se postam em todas as esquinas das nossas ruas à espera de *carretos*, raros, raríssimos são os que sabem ler...

Há um ano, a prefeitura instalou, em algumas escolas,

cursos noturnos de primeiras letras para adultos. Mas a freqüência ainda é muito aquém da que se esperava: não há em todos esses cursos mil alunos!

E o mais triste é que, por mais que se dêem tratos à imaginação, não se consegue achar um remédio para esse mal.

Vivemos em um país que tem horror invencível ao substantivo *obrigatoriedade* e ao adjetivo *obrigatório*. Quando aqui se fala em *ensino obrigatório*, os positivistas bradam, os constitucionalistas se arrepelam, os sentimentalistas choram: todos vêem nessa medida um atentado à liberdade individual... Como se fosse digno de ter liberdade, e como se ao menos pudesse compreender o que é a liberdade, um homem que não sabe ler!

Por outro lado, precisamos tanto de imigração, que não podemos escolhê-la, e não temos o direito de exigir, em cada porto, ao imigrante, uma certidão de instrução primária.

É um problema terrível, que só o tempo há de resolver.

E aí está por que é que, tendo uma imprensa reduzidíssima, temos imprensa demais.

Não nos faltam jornalistas: faltam-nos leitores.

E já alguém disse um dia, com certa graça, que fazemos os nossos jornais para nós mesmos: vivemos a ler-nos uns aos outros, platonicamente...

Olavo Bilac

Correio Paulistano

14/12/1907

Jornal do Comércio

Muitos velhos leitores do *Jornal do Comércio*, amigos fiéis da tradição, escravos dos seus hábitos, tiveram há dias um movimento de surpresa e desgosto, quando viram a folha transformada, menor, mais bem paginada, de leitura mais fácil. A reforma não foi tão radical como poderia e deveria ter sido; mas, ainda que incompleta, bastou para surpreender os sexagenários e septuagenários que encaram com horror toda novidade.

O *Jornal do Comércio*, entretanto, está sendo há bastantes anos trabalhado por uma revolução íntima, que, sendo dirigida com muito tato e muita prudência pelo atilado espírito do dr. José Carlos Rodrigues, tem passado quase despercebida.

Ainda tenho bem presente à memória o que era essa

folha na minha adolescência, quando o meu espírito se ensaiava na vida das letras e da imprensa diária. Nós todos, rapazes daquele tempo, dávamos ao *Jornal* o apelido de "mastodonte". E bem o merecia a grave, pesada, seriíssima e formidável folha, em cujas colunas nunca aparecia um sorriso. O grande órgão era, ao mesmo tempo, um conselheiro Acácio e um gato-pingado. Nele, a gravidade e a tristeza se confundiam de modo íntimo. O seu bom senso chegava às raias da tolice; e a melancolia do estilo dos seus redatores dava à gente idéias de suicídio. Não era um jornal: era uma máquina de moer notícias. Não tinha idéias: tinha movimentos instintivos. Nunca se via na sua enorme face impassível de paquiderme monstruoso o relampejar de um pensamento alegre, de uma aspiração de amor, ou de uma revolta de ódio. O papão abominava os versos, toda a literatura, as anedotas, a arte livre, o teatro leve. Era horrível!

Mas, há cerca de dez anos, tudo nele começou a transformar-se pouco a pouco, imperceptivelmente. Primeiro, uma pequenina flor no peito; depois, uma gravata clara, contrastando com o negror da sobrecasaca abotoada; depois, a cartola substituída por um chapéu de palha... A graça e o bom humor, achando ali uma porta entreaberta, penetraram na casa, e instalaram-se nela.

Mas como o *Jornal* conservava sempre o seu imenso formato, os velhos leitores não percebiam que debaixo daquela antiga pele corria um sangue novo. Não viam como se renovavam os colaboradores da folha, nem como já o "mastodonte" se arriscava a sorrir, a ter idéias e opiniões, a discutir com calor as questões da política e da literatura, nem como a Polêmica se instalara naquelas colunas outrora dominadas exclusivamente pela Notícia incolor e seca. Houve até ali uma revolução escandalosa, que passou sem reparo: foi a velha grafia dos passados dos verbos: *formarão, forão, escreverão*, que, em toda a imprensa do Rio, o *Jornal* era o único a manter. De repente, da noite para o dia, o *Jornal* começou a grafar *formaram, foram, escreveram*; e os leitores tradicionalistas, sempre fascinados e dominados pelo prestígio do formato, não viram que, despindo-se dessa última usança do seu passado, o grande órgão acaba de dar o salto decisivo por cima do fosso da tradição.

Agora, mudado o formato, é que os fiéis dos hábitos adquiridos percebem a revolução...

E esta ainda está longe de se ter completado. Ainda hei

de ver o *Jornal* com as colunas cheias de gravuras, e com uma seção de *smartismo*, como "O binóculo".

O "mastodonte" é hoje criatura da sua época. O carro de bois transformou-se em automóvel...

Olavo Bilac

Correio Paulistano
18/7/1908

Ferreira de Araújo

As cousas tristes ou horripilantes, que houve durante o mês, não podem ter o seu comentário nas páginas de *Kosmos*. O mês foi uma vasta fermentação de escândalos, de desfalques, de denúncias, de exumações, de crimes, de desastres e de horrores. Nesse mar limoso e negro, ficou afogada toda a alegria das festas do fim do ano. E é melhor que a notícia de tais cousas fique apenas confiada às colunas de imprensa diária — colunas de vida fugaz, lidas à pressa e logo esquecidas. Nestas páginas calmas, de arte e brandura, guardemos somente assuntos consoladores e nobres.

Em Paris, nos belos jardins do Luxembourg, os poetas e os artistas franceses têm o seu lindo e modesto Panteon. Dos meados do século XVI (época em que o duque de

Piney-Luxembourg fez construir o palácio que ficou com o seu nome) até há bem pouco tempo, aqueles jardins eram apenas o lugar amável dos *rendez-vous* galantes — o plácido retiro, em que à roda da "gruta da rainha", ou à roda das estátuas de Margarida de Navarra, de Maria de Medicis, de Luísa de Sabóia, do *Gladiador* de Agasias, do *Fauno* de Lequesne, da *Velleda* de Maindron, se combinavam aventuras, encontros e amores jurados entre suspiros e beijos.

Ultimamente, começaram os bustos dos poetas e dos artistas a aprumar-se ali, sobre colunas de pedra, à sombra dos castanheiros meigos; de maneira que aqueles que cantaram a natureza e o amor, continuam a dormir embalados, em efígie, pelo ramalhar das árvores amigas e pelo murmúrio dos beijos dos namorados. Para apenas citar um nome — é no Luxembourg que está o busto de Banville,[1] o refinado artista das "Cariátides".

Livre-me Deus da pretensão de querer comparar o Rio de Janeiro a Paris... Paris é Paris: e não sei se existe atualmente ou se haverá ainda, na face da Terra, alguma cidade

---

[1] Théodore de Banville (1823-91): poeta parnasiano francês, Banville começou sua carreira literária com *Les cariatides*, livro de versos publicado em 1842.

que se lhe compare ou que se lhe possa algum dia comparar.

Mas, apesar de tudo, o Rio de Janeiro é a capital de uma nação que, sobre todas as outras do continente, sempre teve a primazia em cousas de Inteligência. Todas as outras a têm excedido, até hoje, em higiene e em conforto material. Mas, de todas, é ela a que possui a literatura mais vibrante, mais original, e mais forte. Uma só cousa tem prejudicado essa literatura: é o círculo restrito, em que se expande acanhadamente a língua que falamos e escrevemos...

Se os nossos escritores ainda não têm trabalho fácil e vida folgada, é porque ainda não existe no país uma grande massa de leitores. Ao analfabetismo já existente, vem dia a dia juntar-se o analfabetismo de uma grande parte das correntes imigratórias. Se, cuidando mais da instrução popular, nós começássemos desde já a dilatar por todo o país a esfera de ação da palavra escrita — os escritores que viessem depois de nós já não poderiam dizer que a língua portuguesa é um túmulo: teriam 20 milhões de leitores, e não haveria então literatura de mais fácil e profícua expansão.

É forçoso reconhecer que só nos falta isso: expansão literária. A matéria-prima já a possuímos: temos literatura nossa, como temos arte nossa — e esta supremacia intelectual e artística, ainda não a perdemos (graças a todos os deuses!) no continente sul-americano.

Por tudo isso, não é muito difícil desejar que também tenhamos o nosso Luxembourg, o nosso Panteon de artistas e poetas. O local já foi inventado e inaugurado, e já um grande poeta o anima com a sua figura: já Gonçalves Dias sorri, no Passeio Público, sobre a sua formosa herma; e daqui a pouco, irá fazer-lhe companhia Ferreira de Araújo.

Aí está um que não foi propriamente um poeta ou um artista, no sentido restrito e usual da expressão, mas que viveu servindo à Arte e à Poesia, e alimentando com o seu talento e a sua dedicação esta atmosfera moral de sentimento e de inteligência, que é o nosso maior orgulho de povo.

Não é somente poeta ou artista quem versifica e rima ficções, quem combina harmonia ou cores, quem cria poemas, estatuetas, óperas, ou telas; o jornalismo, quando compreendido como o compreendeu Ferreira de Araújo, é arte, e é poesia.

Se já temos — nós, os que escrevemos — um público, pequeno, mas inteligente, devemo-lo, em grande parte, a esse mestre exemplar, que, num tempo em que a imprensa diária ainda era um luxo caro, decidiu colocá-la ao alcance de todos, barateando-a, e popularizando-a.

Foi ele quem chamou ao jornal a gente moça, que se ensaiava nas letras. Na *Gazeta de Notícias*, que possuía a colaboração preciosa de Machado de Assis, de Eça de Queirós e de Ramalho Ortigão — começaram a aparecer os rapazes cheios de talento, mas ainda sem nome, que daquelas colunas se impuseram ao público; as "Canções românticas" e as "Meridionais" de Alberto de Oliveira[2] foram reveladas pela *Gazeta*; na *Gazeta*, apareceu Valentim Magalhães,[3] da *Gazeta* nasceu a corrente que, canalizada depois na *Semana* e na *Vida Moderna*, se espraiou num movimento de franca renascença literária — talvez o mais belo e fecundo de quantos já houve no Brasil, depois do período do "indianismo" de Alencar e Gonçalves Dias; e

---

[2] Antônio Mariano Alberto de Oliveira (1857-1937): poeta brasileiro, Alberto de Oliveira formou, com Bilac e com Raimundo Correia, nossa trindade parnasiana.

[3] Antônio Valentim da Costa Magalhães (1859-1903): depois de formado em direito em São Paulo, Valentim Magalhães retornou ao Rio, onde exerceu o magistério e o jornalismo. Sua obra literária é de importância secundária, mas sua atividade em prol da divulgação e da consolidação de nossa literatura confere-lhe lugar de destaque em nossa história literária.

foi dali que se revelou ao público, em folhetins de uma fulguração genial, o espírito radiante de José do Patrocínio, alma de chamas e perfumes, de raios e rosas.

Foi também na *Gazeta* que os pintores, os escultores, os músicos encontraram sempre defesa, amparo, propaganda. Ferreira de Araújo adorava todas as artes: e não esqueçamos que foi principalmente nas páginas do seu jornal que se travou a grande batalha da reconstituição da velha Academia de Belas-Artes, transformada em Escola Nacional, e entregue à direção dos artistas mortos, que a salvaram da caturrice acadêmica, e do marasmo senil em que ela jazia.

Esses dois serviços prestados por Ferreira de Araújo: a *democratização* da imprensa diária e o apoio dado a uma geração literária e artística, cujo talento não tinha campo em que se pudesse exercitar — já bastariam para tornar inesquecível o seu nome, na história da Inteligência brasileira.

Mas o fundador da *Gazeta de Notícias* não foi somente um chefe: foi também um soldado combatente, e dos mais brilhantes. A sua maneira de escrever criou escola. Aliavam-se no seu estilo a força e a graça, a impetuosidade e a leveza, a solidez e a malícia. Ele, sozinho, era capaz de escrever todo um jornal, da primeira página à última, desde o artigo de fundo até o folhetim humorístico, passando pela crônica política, pela crítica, pelo conto, e pelo *mot de la fin*.

Bernardelli[4] vai executar em mármore o busto desse grande mestre, desse grande amigo das letras e das artes, desse grande educador de cérebros e corações.

Sobre o fundo verde-negro das árvores do Passeio, o singelo monumento, levantado por iniciativa de toda a imprensa, servirá para avivar a gratidão que o Rio de Janeiro deve a quem lhe deu o jornal leve e barato, verdadeiro espelho da alma popular, síntese e análise das suas opiniões, das suas aspirações, das suas conquistas, do seu progresso.

Em trinta anos, a imprensa no Brasil ganhou um adiantamento espantoso. A prova disso é esta mesma *Kosmos*: uma tentativa como esta seria uma loucura no tempo em que o povo parecia ter mais medo de letra de fôrma do que do diabo...

Não esqueçamos, na hora da vitória, aqueles que desbravaram o caminho, aqueles que, com a sua coragem, tornaram possível este triunfo.

---

[4] Houve dois irmãos Bernardelli na história de nossas artes plásticas: Henrique (1857-1936) e Rodolfo (1852-1931). Henrique escolheu a pintura e o desenho; Rodolfo destacou-se na escultura.

Depois de Gonçalves Dias, Ferreira de Araújo; depois de Ferreira de Araújo, Castro Alves; depois de Castro Alves...

Pouco a pouco, iremos povoando de bustos aquelas alamedas, onde os grandes mortos reviverão, entre aromas e ruflos de asas. E o Passeio Público será o templo umbroso e perfumado dos numes tutelares da nossa Inteligência.

O. B.

Kosmos
janeiro de 1905

Cinema

Moléstia da época

Venho escrever esta "Crônica" depois de uma longa excursão.

Estou derreado, tenho dores nos rins e nas pernas, doem-me os olhos de ter visto tanta cousa, dói-me o cérebro de haver pensado tanto.

A minha viagem durou duas horas: entretanto, em tão escasso tempo achei meio de ver meio mundo: estive em Paris, em Roma, em Nova York, em Milão; vi Cristo nascer e morrer; desci ao fundo de uma mina de carvão; estive ao lado de um faroleiro, no alto de um farol, entre os uivos das ondas; assisti ao tumulto de uma greve na França; vi o imperador Guilherme passar revista no exército alemão na Westfália; vi Sansão ser seduzido e vencido por Dalila, e sepultar-se sob as ruínas do templo derrocado...

Creio que já todos terão compreendido que esta longa viagem foi... cinematográfica. Fui hoje arrastado por um conhecido a quatro dos dezoito cinematógrafos que fazem atualmente a delícia dos cariocas. Paguei o meu tributo à mania da época, e não me arrependo — apesar de estar fatigado como se houvesse realmente vagamundeado durante dous anos por terra e mares.

Dezoito cinematógrafos! Já foi feita a estatística. São dezoito e, na polícia, aguardam despacho outros tantos requerimentos de cidadãos que pretendem explorar o mesmo gênero de negócio. Funcionando já há dezoito — dúzia e meia. Só a Avenida possui quatro. E cada bairro da cidade possui pelo menos um; há um na rua Larga de São Joaquim, outro no Passeio Público, outro em Botafogo, outro no Haddock Lobo, outro no largo do Machado, outro em Vila Isabel, outro em São Cristóvão. Daqui a pouco haverá outro no Jardim Botânico, outro no Corcovado, outro no planalto da Gávea; e, assim que se construir o elevador elétrico para o Pão de Açúcar, logo um empresário instalará um aparelho Pathé ou Lumière no alto da majestosa atalaia da barra.

É atualmente a ocupação dos desocupados do Rio. E, como os desocupados do Rio são legião, todos os cinematógrafos são freqüentados e dão dinheiro. Já um jovem médico de talento, que estuda com fervor as psicopatias, o dr. Humberto Gottuzo, publicou há dias n'*O Brasil* um excelente artigo, afirmando que a mania cinematográfica é uma nevrose. Não sei! Prefiro acreditar que essa mania seja apenas resultado da vadiação carioca. Há indivíduos que passam todos os dias quatro ou cinco horas nos cinematógrafos da Avenida, de boca aberta, a ver tremer na tela branca a vida saracoteante das fitas...

Pois eu também fiz hoje, neste sábado de Finados, a minha estréia de freqüentador de sessões cinematográficas.

Fui matriculado nesse vício por um sujeito que vagamente conheço, e com o qual esbarrei ontem à porta de uma dessas casas. Ia entrar e convidou-me:

"Venha! Temos hoje toda a vida de Cristo em 39 quadros e mil metros de fita — um quilômetro do Novo Testamento! desde o estábulo até o Calvário! Não gosta de cinematógrafos?"

Respondi que nem gostava muito, nem aborrecia muito... E perguntei:

"E o senhor, gosta muito?"

"Assim, assim... Quando estou desocupado, como hoje. Que se há de fazer num dia como este? Três dias de folga a fio! Todos os Santos, Finados, domingo... Que horror! Como isto atrapalha a vida da gente!"

Não pude deixar de sorrir, ouvindo esta lamentação. O sujeito, que assim me falava, é o tipo modelar do vadio carioca. Há muitos vadios por aqui: mas nenhum é tão vadio como esse que nasceu rico, foi criado com mimo, cresceu na ociosidade, passou dez anos a cursar uma faculdade de direito, herdou duas centenas de apólices, e só tem na vida um trabalho: o de ir receber periodicamente os juros fartos e fáceis desse capital. É um preguiçoso que sai da cama ao meio-dia, almoça às duas da tarde, namora e passeia até as cinco, faz visitas, boceja em todas as festas, e fica até as quatro da manhã animando com a presença as salas de jogo dos clubes. E de quando em quando, em conversa, queixa-se da escassez do tempo. Já repararam como se queixam da falta de tempo as pessoas que nada fazem?...

O meu interlocutor não viu ou não compreendeu o meu sorriso. E continuou:

"É um escândalo! Há no ano 51 domingos, dez dias feriados, 25 dias santificados! Terra de vadios!... Eu nunca tenho tempo disponível para divertimentos: mas, hoje, que hei de fazer para matar o dia de Finados? Entre comigo! Um dia não são dias!"

Entramos. Sobre a tela tremia a vida dos mineiros de carvão no fundo da terra. Agitando-se como toupeiras, aquelas estranhas figuras apareciam de repente, surgindo de um buraco escuro, e desaparecendo logo em outro buraco. Sacudiam-se picaretas, subiam e desciam elevadores, havia quedas súbitas de terra e pedras, explodiam pedaços de rocha. E, no tremor convulsivo da cena, os atores pareciam atacados de um morbo trepidante, de um delírio agudo de trabalho e movimento...

O meu iniciador no vício cinematográfico olhava, mirava, admirava, embevecido, deliciado, enlevado. E, ao mesmo tempo, num acesso de lirismo industrial, entoava um hino ardente ao labor, à agitação, à febre, à vida intensa:

"Veja o senhor! Como é belo o trabalho! é a maior glória humana! E que gênio o do homem que inventou isto, esta máquina milagrosa que parece ter uma vida própria e uma inteligência individual, este aparelho prodigioso, que tão estupendamente apanha em flagrante e reproduz com tanta fidelidade o sagrado delírio, a febre fecunda, o rebuliço fértil, o alvoroço criador do Trabalho Humano! Chega a ser monstruoso que haja tanta gente, no mundo, vivendo sem trabalhar..."

Desdobravam-se agora na tela os episódios da história de Sansão e Dalila. E dizia-me o apologista do Trabalho:

"Esta fita está um tanto estragada. E este cinematógrafo não é dos melhores. Quero, daqui a pouco, levá-lo a outro, que é muito superior a este. Estive lá ontem: é magnífico. E o de São Cristóvão? também é muito bom: estive lá anteontem. Já fui também ao do largo do Machado, ao de Botafogo, ao do Haddock Lobo..."

E, pouco a pouco, o meu companheiro, tão admirador do Trabalho Humano, foi confessando conhecer todos os dezoito cinematógrafos do Rio de Janeiro, do primeiro ao último: e acabou por declarar que era raro o dia em que não entrava em sete ou oito!

Acabou a sessão... Saímos. E, dócil, sem protestar — como é fácil perverter um homem! e que terrível é o contágio da vadiação! — acompanhei-o a um segundo cinematógrafo. E fomos ao terceiro. E fomos ao quarto!

Quando me lembrei da "Crônica" eram dez horas da noite...

E aqui estou a escrevê-la, derreado, tonto, moído — e aterrado por esta idéia: terei contraído também a moléstia da época? desandarei, agora, no fim da vida, em madraço freqüentador de cinematógrafos?

São mais de onze horas... Já da tipografia vieram súplicas, pedidos, exigências, protestos: "Os originais da 'Crônica'?! vêm ou não vêm esses originais?! todo o trabalho vai ser perturbado! mandem essa 'Crônica', com todos os diabos!". E, às pressas, sem pesar palavras, escrevo, escrevo, escrevo... E o secretário da redação, exasperado, lança de minuto em minuto em que escrevo um olhar de fera faminta...

Deus de misericórdia! decididamente não há nada pior do que as más companhias...

O. B.

Gazeta de Notícias
3/11/1907

Nova carta de ABC

A *Gazeta de Notícias* conta hoje o caso de um menino de seis anos que, por um prodígio de atenção e de vontade, aprendeu a ler, por si mesmo, só com o estudo pertinaz e constante dos programas dos cinematógrafos. O pequeno sabia que tal ou qual fita tinha o título de *Casamento do Diabo*, ou de *História de um avarento*, ou de *Apuros de um barbeiro*. Mostravam-lhe no programa as linhas em que vinham publicados esses títulos; e a forma especial de cada palavra se lhe gravava imediatamente no cérebro. No fim de um mês, já ele estava senhor de alguns cem ou 150 vocábulos; e, por um trabalho de análise, começou a conhecer especialmente cada uma das letras de que se compunham as palavras já conhecidas. Todos nós aprendemos a ler indo da parte para o todo, começando pelas letras, passando às sílabas, e acabando pelas palavras e pelas frases. Este petiz inverteu o processo, e veio do maior para o menor, do todo para a parte, das frases para as letras.

O caso é digno de registro e comentário, mas não é espantoso nem fenomenal.

A paixão sempre opera milagres. Se fosse já um rapaz adolescente, esta criatura aprenderia a ler por si mesma, só para poder compreender as cartas de uma namorada; e na idade de seis anos, o entusiasmo pelos espetáculos cinematográficos lhe deu a mesma inteligência e a mesma força de vontade que mais tarde lhe daria uma paixão amorosa.

Outra paixão, que é capaz de produzir igual prodígio, é a cobiça do dinheiro. Conheço, aqui no Rio, um carregador, que, sendo analfabeto, e reconhecendo com desespero que esse defeito o prejudicava grandemente no exercício da profissão, começou a fixar na memória a configuração das palavras que via escritas nas placas das esquinas, indicando os nomes das ruas: em pouco tempo, já reconhecia, nos envelopes das cartas que lhe confiavam, as palavras iguais às que vira escritas nas placas; continuou a educar desse modo a atenção, e conseguiu, pelo mesmo processo, o mesmo resultado conseguido pelo menino de que trata a *Gazeta*.

A propósito do caso deste *carregador*, há uma consideração que imediatamente se impõe ao espírito, e vem a ser que esse pobre-diabo, matriculando-se numa escola noturna para adultos, teria aprendido a ler em menos tempo e com muito menos trabalho... Mas nem todos gostam dos caminhos retos e dos processos simples: há criaturas que nascem complicadas, e passam a vida numa contínua complicação, complicando tudo, e não podendo absolutamente compreender o que não é complicado. Lembra-me agora um exemplo disso. Não há aí, em São Paulo, quem não conheça ou não tenha conhecido a pessoa que me fornece o exemplo. É um homem (francês, creio eu) que é banqueiro, ou sócio de banqueiro, ou *croupier* de clube de jogo. É um velho, muito amável, muito alegre, muito estimado pela gente que freqüenta os banhos e as batotas de Poços de Caldas... Esse homem não sabe ler nem escrever — e, entretanto, traz sempre consigo um livro de notas, em que toma todos os apontamentos da sua vida! Não sabe ler nem escrever — é um modo de dizer... Lê e escreve — mas lê e escreve uma língua sua, exclusivamente sua, inventada só para o seu uso, uma língua que só ele entende; os seus caracteres não são pictográficos, nem ideográficos, nem chineses, nem cuneiformes, nem fenícios, nem árabes, nem góticos, nem romanos: a sua escrita é uma mistura complicadíssima de estenografia e de criptografia — mas de estenografia que nenhum estenógrafo pode entender, e de criptografia que nem Scott, nem Gronsfeld, nem Bacon, criptógrafos famosos, seriam capazes de decifrar...

Indubitavelmente, a outro qualquer homem seria muito mais fácil aprender a escrita comum, pelos processos comuns: mas há gente que só é capaz de fazer o que é difícil.

Voltemos, porém, ao caso do menino. Abençoados sejam os cinematógrafos, já que a sua paixão pode substituir o mestre-escola! Em um país como o nosso, que conta na sua população (horror inconfessável) 70% de analfabetos, tudo quanto possa concorrer para remediar essa desgraça deve ser acolhido com entusiasmo.

Esperemos que haja muitos casos como o deste menino! E já que os governos não se decidem a gastar com a instrução do povo ao menos metade do dinheiro que gastam em outras cousas — apelemos para os cinematógrafos, transformados em escolas de ensino intuitivo! Todos os caminhos levam a Roma...

Olavo Bilac

Correio Paulistano

19/1/1908

Sacrilégio

Já se descobriram, no uso e abuso da concorrência do povo aos cinematógrafos, alguns inconvenientes. Os médicos, que inventam tão poucos remédios eficazes, são em compensação de um gênio inventivo quando tratam de descobrir moléstias. Deus de misericórdia! tudo faz mal à gente neste mundo — até o aperto de mão, até o beijo, até o cinematógrafo! Daqui a pouco, só haverá um meio de não ficar doente: morrer...

Descobriu-se agora que o cinematógrafo produz moléstias de olhos e moléstias de coração. Só? É provável que ainda se declarem, por causa desse divertimento, epidemias de dança de São Guido, de epilepsia e de loucura furiosa!

Mas tudo isso é balela. A única e formidável acusação que se pode fazer a esta mania moderna é outra: é a de estar contribuindo poderosamente para viciar e apodrecer a pobre língua portuguesa, tão digna de melhor sorte.

Os empresários mandam fazer na Europa os dísticos em português (?) que, entre uma e outra vista, explicam as fitas cômicas ou trágicas. E esses dísticos vêm escritos numa língua fantástica, que é uma mistura de todas as línguas que se falam no mundo.

Ainda ontem, como a cidade estivesse às escuras, por causa da greve dos operários do Gás, entrei num cinematógrafo, para fugir à tortura das trevas que amortalhavam a cidade.

O programa anunciava, com grandes gabos, uma fita extraordinária. Era a velha história da "Bela Adormecida no bosque", que tem encantado a infância de muitas gerações de homens. História que, como todas as mentiras e todas as ficções, sempre há de interessar as crianças e os homens maduros ou velhos, porque não há homem que não goste de sonhar e de ser enganado...

Mas, na exibição da fita, a que martírios e a que profanação é submetida a língua portuguesa! O sacrilégio começa logo no título da história, que assim aparece escrito na tela branca, em letras de fogo: "A bela ao bosque dormiente!". Outra cena chama-se: "Cento anos dormindo!".

E, para explicar uma outra, há este comentário espantoso: "Quão tenhais demorado, meu príncipe!".

Deuses imortais! como se não bastasse, para assassinar a nossa língua, a mania da Elegância, que impõe o uso dos mil vocábulos estrangeiros que nas línguas da Europa servem para exprimir as cousas elegantes!

É esse o inconveniente e é esse o crime dos cinematógrafos. E antes as moléstias dos olhos e do coração, antes as epidemias de loucura furiosa, da dança de São Guido e de epilepsia!

Olavo Bilac

Correio Paulistano
13/4/1908

Cidades

Entre a febre e o teatro

Seriamente, não é sem medo que trato desta cousa de regeneração do teatro nacional. A Arte, a pacífica e serena Arte, dá sempre origem, não sei por quê, a discussões terríveis. Há pelo mundo mais caras quebradas por causa de versos e quadros do que por causa de pontos de honra. Lulu Júnior, agitando agora esta questão, teve uma idéia imprudente, que ainda vai causar muito distúrbio e muita descompostura. Queira Deus que não! e abordemos o assunto, já que o ofício da gente é este.

"Lúcifer", d'*A Bruxa*,[1] escreveu que não sabe para que quer o Brasil possuir teatro, quando ainda não possui ou-

---

[1] *A Bruxa* foi uma revista semanal de caráter satírico, cuja primeira fase, em que colaborou Olavo Bilac, estendeu-se de 1896 a 1897.

tras cousas infinitamente mais necessárias. Eu, por mim, acho que, antes de dar ao Brasil essas cousas necessárias, melhor seria privá-lo das cousas perniciosas que o desmoralizam. Que venha quanto antes o teatro, sério e artístico, vencedor do *Tim-Tim* e das bambochatas que por aí se representam: apesar de pensar que cada povo tem o teatro que merece, não vejo inconveniente em que alguns homens de boa vontade e de paciência inesgotável se esfalfem a dar Arte a um povo que só quer bambochatas.

Mas o que me parece um contra-senso é que o Conselho Municipal se meta a regenerar o teatro, quando não trata de sanear a cidade. O meu ilustre amigo Artur Azevedo (que é o batalhador mais convencido, mais glorioso e mais esforçado desta pendência) não negará isto. Tendo nós febre amarela, e tendo, ao mesmo tempo, um teatro normal, teremos um bem compensando um mal — o que não será felicidade pequena. Mas, ainda assim, cuido que muito melhor seria ficarmos privados de teatro, contanto que também ficássemos privados de febre amarela.

Esse horrível telegrama de Bordéus em que a Havas nos diz que o paquete *Chili*, saído do Rio de Janeiro, chegou a Pauillac carregado de febre amarela, faz ao Brasil um mal infinitamente e incalculavelmente maior que todo o mal que lhe possam fazer o *Tim-Tim*, e o *Pão-Pão* e as outras drogas congêneres.

Os poderes municipais que fazem para sanear a cidade, para matar essa hedionda febre amarela que está insaciavelmente agarrada ao nosso peito, a mamar-nos a vida, o crédito, a reputação? O Rio de Janeiro está cada vez mais sujo. Há ruas que têm a vegetação das florestas virgens, e outras que pela sua porcaria fazem lembrar as ruas porquíssimas de Fez. Nos aterros que se estão fazendo no cais, vão, de cambulhada, com a terra, cadáveres de burros e de cachorros. E toda a cidade cheira mal. E os poderes municipais cuidam em plantar no meio dela um Teatro Normal — flor de arte e civilização no meio de um atoleiro.

Tratar o progresso artístico antes do progresso material é qualquer cousa como usar perfume no lenço, e não banho... é qualquer cousa como ensopar de óleo o cabelo antes de o ter ensaboado!

Santo Deus! venha o teatro, mas faça-se antes o possível para não ter febre amarela. Os poderes municipais terão tempo de sobra para fomentar a arte dramática: limpem a cidade primeiro, porque ela, coitadinha, está convertida em um monturo!

Ontem, tendo lido de manhã o telegrama de Bordéus,

passei a ler os anúncios dos teatros. E, palavra de honra!, a decadência da arte dramática me deixou insensível como uma porta fechada. Tomara eu que já não houvesse teatros, mas barracas de feira; que já não houvesse atores, mas porcos sábios; que já não houvesse atrizes, mas macacas ensinadas: — contanto que também não houvesse, com todos os diabos! essa febre amarela que tão satisfeita se refocila e se avigora na sujidade do Rio de Janeiro.

Fantasio

Gazeta de Notícias
29/2/1896

Petrópolis

P etrópolis... Falemos de Petrópolis, amigo leitor...
Há nos noticiários, às vezes, cousas que me irritam desmarcadamente. Esta, por exemplo. "Ontem, em Petrópolis, houve uma conferência política...", ou esta: "Em Petrópolis, o presidente do estado...", ou ainda esta: "No 1º distrito eleitoral de Petrópolis..." Santo Deus! por que há de haver política, por que há de haver presidente de estado, por que há de haver eleições em Petrópolis?

Todas essas cousas chatas e vulgares deviam ficar em Niterói, à beira-mar, nas ruas baixas e feias: a política dá-se bem, ali, com o cheiro de maresia, com a umidade, com o calor, com o suor, e com os bondes da Cantareira!

Mas em Petrópolis! a oitocentos metros acima do mar, no pináculo verde da serra da Estrela, perto do céu, perto dos astros, perto de Deus! naquela altura abençoada que possui todas as manhãs os primeiros bafejos da luz! naquele paradisíaco retiro tão alto, que à noite a gente quase chega a poder conversar com os habitantes vermelhos de Marte e com as habitantes alvas de Vênus! A política ali, e as conferências, e as secretarias, e as tricas eleitorais, e as urnas, que, como mulheres fáceis, se deixam violar por todo mundo!... É horrível!

Quisera eu, que todo mundo, ao subir a serra, ao chegar à estação de Petrópolis, sentisse, completa e cabal, uma verdadeira ressurreição da alma — lembrando-se de que todas as cousas tristes da vida, os negócios, o trabalho, a política, a ambição, a hepatite, a dispepsia, o mexerico, ficaram cá embaixo, no atoleiro mercantil da cidade, sem asas para poder galgar a montanha verde, em que a Natureza irradia com tanta beleza, e onde há o culto do conforto e do luxo.

Calma e linda cidade, feita para as recatadas delícias das luas-de-mel, para os comedidos e fidalgos *flirts*, para o doce e bem-aventurado ócio, filho da Ventura, pai dos Sonhos que embalam a alma! — que idéia foi essa de te converter em capital de estado?

Ainda eu compreendo a existência das tuas fábricas de

tecidos, ó Petrópolis! principalmente de fábricas em que não haja abuso de vapor, mas abuso de água, de muita água cristalina e rumorosa, espumando nas represas, movendo os teares — água fresca e alegre, cuja voz canta a beleza dos sítios agrestes e perfumados, de onde desce para vir ajudar o trabalho dos homens. Mas a existência das repartições de estado, isso é que não, Petrópolis, isso é que não!

Mas Deus é grande! A burocracia, mais cedo ou mais tarde, se há de aborrecer da pureza daquele ar, e há de descer à sua rasa e abominável planície. Nesse dia, Petrópolis não terá nenhum defeito...

Há quem prefira Teresópolis ou Friburgo; há quem, mais amigo ainda da natureza virgem, prefira o mato cerrado, o campo autêntico, a autêntica vida rústica. Para mim, Petrópolis é o ideal.

Amo devidamente o mato cerrado, quando o vejo celebrado em bons versos; e devidamente amo a autêntica vida rústica, quando a vejo descrita em livros de arte, como *O sertão* de Coelho Neto. Mas na vida prática, meus amigos, confesso que só amo a natureza civilizada, tratada com arte e carinho pela mão do homem. Certo, é agradável o cheiro da mata, como são agradáveis a frescura das grotas e a meia-escuridão dos recessos de bosque, emaranhados de cipós. Mas tudo isso é perigoso. No bosque há espinhos que dilaceram a face e as mãos, e cobras que mordem, e formigas que sem cerimônia sobem pelas pernas da gente, e, sobretudo, que pavor! certos bichinhos que não cheiram propriamente a ervas orvalhadas, nem a moitas de jasmins desabrochados... Para um homem civilizado, só há um lugar habitável: é o lugar onde se pode conservar a roupa limpa, os sapatos lustrosos e as mãos sem calos: todos os outros lugares podem ser infinitamente belos, mas só podem servir de habitação a quem, possuindo uma alma simples, gosta de dispensar os cuidados do barbeiro, do alfaiate, da engomadeira e do engraxate, para aproximar o mais possível a sua vida da vida dos animais inferiores. Os homens querem-se na cidade, pisando paralelepípedos. Os coelhos, os veados, os porcos-do-mato, é que se querem na floresta, esmagando cobras com as patas.

No tocante a florestas, só amo as florestas como a da Tijuca — de entradas planas e cuidadas, varridas duas vezes por semana, como se fossem corredores de casa, dando cômodo trânsito a carros; as outras, as virgens, as autênticas, não as disputo àqueles que, como Antônio Conselheiro, são variantes mais ou menos aproximadas do Calibã[1] shakespeariano.

Assim, amo a vida civilizada encaixada na moldura rústica da natureza primitiva. Quero ver os troncos rugosos encontrando-se e torcendo-se, confundindo estreitamente no ar as copas altas, abrigando a algazarra dos ninhos e os amores dos pássaros; quero ver as catadupas de águas bravias, franjando-se de espuma nas cristas das rochas; quero ver despenhadeiros e alcantis, rios e capoeirões; mas quero ver tudo isso sem incômodo, debruçado a uma janela, de dentro de uma sala em que haja poltronas, e livros, e tapetes, e copos de cristal...

Por isso, prefiro Petrópolis! Quando cuidaria o antigo Córrego Seco, modesto e selvagem, ao ver chegar a primeira leva de colonos alemães, que um dia sobre as suas terras se levantariam palácios e rodariam carruagens de luxo? Quando os casais alemães, nutridos a queijo fresco e a cerveja loura, entregues ao amor e ao trabalho, deram filhos e melhoramentos ao lugar — logo o resto da gente

---

[1] Calibã: personagem de *A tempestade*, de Shakespeare. Encarnação da rudeza, da grosseria e da desordem, Calibã opõe-se a Ariel, espírito refinado e sociável.

pensou que devia ser deliciosa a vida, ali, naquela altura, sem miasmas, sem febre amarela.

E, logo, a corte de d. Pedro II começou a ir passar o verão naquele canto da Estrela — patrimônio da coroa: bem pífia corte essa, sem fausto, sem arte, sem dinheiro... Mas, enfim, sempre era uma corte: e a cidade de Pedro foi melhorando e tornando-se a habitação da moda, durante as asperezas do verão fluminense. Hoje, é aquele encanto! A natureza selvagem está ali perto, ao alcance dos olhos e da mão: onde há folhagens mais verdes? onde mais vivos sóis desabrocham no céu? onde mais frescas águas brotam do solo? onde mais serenas manhãs se abrem, sob neblinas alvíssimas, como noivas sob véus de rendas fúlgidas? onde mais perfumes se desprendem das moitas? onde têm mais brilho as estrelas, por noites caladas e frias?

Ali tens tu, leitor amigo, as flores da mata... Se não as queres, aqui tens as camélias formosíssimas, filhas da civilização, primores nascidos e criados à custa de cuidados sem conta. Aqui tens tu a água leve que não custa vintém; se não a queres, aqui tens, nos hotéis, os vinhos finos que custam os olhos da cara...

Em torno de ti, tens o mistério e o sossego da serra: há por ali lugares que a planta do pé do homem ainda não profanou; se és Antônio Conselheiro, embrenha-te por esses matagais. Mas se, como eu, preferes os lugares em que não há carrapichos e cobras, aqui tens as ruas calçadas; e os carros que te evitam a fadiga das caminhadas a pé (outro hábito de selvagem que não se dá bem com o meu temperamento); e as lojas de jóias, de *bibelots*, de modas, de perfumarias; e as cervejarias em que se toma uma cerveja loura como Diana e leve como uma nuvem; e o teatrinho Fluminense onde Dell'Acqua exibe os seus cenários fulgurantes e os seus atores de pão; e o teatro da Floresta; e o da moda; e os hotéis onde se dorme bem; e as recepções onde os olhos da gente têm a inenarrável felicidade de admirar as mais belas mulheres do Rio; e os bailes, onde à claridade ofuscante das lâmpadas elétricas, revoluteiam colos nus; e o Casino-Hotel...

Salve, Petrópolis! pequeno e esplêndido trecho, asseado e suave, da civilização, encravado no vasto seio bruto da Natureza: aí, posso ouvir o barulho das ramarias e das cachoeiras, sem ter os sapatos sujos de lama e a pele picada de mosquitos; aí posso à vontade sentir que sou animal, sem precisar esquecer-me de que sou homem; aí posso respirar o mesmo ar que respiram as aves livres e os livres quadrúpedes, sem me privar da delícia de sorver um *ver-*

mouth-coq-tail numa taça de *baccarat*; aí posso, enfim, reintegrar-me de quando em quando no seio da Mãe Criação, sem ter para isso de tirar a gravata e os punhos... Salve, Petrópolis fidalga! mansão do Bom Gosto, onde o ar é puro e a gente é bem-educada!

Por isso mesmo, Petrópolis, por isso mesmo que és fina, e bem-educada, e fidalga — é que há muita gente que não gosta de ti: nós, em geral, no Brasil, entendemos que o reino da democracia é o culto da má-criação; e, além disso, estamos tão habituados a viver, ou no interior das confeitarias sujas, ou nas ruas imundas e fétidas, que falamos sempre mal do que é limpo e elegante.

Há quem odeie Petrópolis porque a julgue a capital do *Snobismo* e da *Pose*: santo Deus! pois se há gente que gosta de não se lavar, com medo de que se lhe ache ridículo o abuso do banho!...

Ainda há poucos dias, um jornal, falando do Casino-Hotel de Petrópolis — essa casa que Echeveria e Lassale ali mantêm como uma verdadeira Escola de Bom-Tom e *Chic* —, dizia que aquilo era um antro de jogo e de jogadores... Pudera! pois se aquela casa é excelente! se nela se dão festas a que concorre o que Petrópolis tem de mais notável! se ali os garçons não andam, como nas nossas confeitarias elegantes do Rio, sem *paletot* e com a camisa suja! se ali se pode passar a noite com decência e conforto, conversando com gente que tomou chá em pequena! se ali não se fala de política, nem de obscenidades, nem da vida alheia! se ali crescem, se ali viçam, em plena força, essa delicada flor da civilização e essa frágil flor das Boas Maneiras, a cuja cultura, em geral, o brasileiro é tão estranho! — como não se há de procurar desmoralizar a casa, que assim comete o alto crime de dar bons jantares, e concertos de música que não é a do *Rio Nu*, e bailes que não são carnavalescos, e festas de uma harmonia incomparável?

Ai! amigos! e que houvesse jogo! e que houvesse jogo! que haveria nisso de altamente condenável, de provocador das cóleras humanas e celestes, de destruidor dos alicerces da instituição? O jogo mau, o jogo pernicioso e perverso, que corrompe tudo, que chama a miséria e a prostituição, que avilta o caráter, faz odiar o trabalho e amar a ociosidade, é o joguinho barato, o joguinho do meio da rua e da turma da batota, jogo em que se metem patrões e criados, patrões e criadas, velhos e crianças, jogo que aí está às escâncaras, na rua Nova do Ouvidor, e no Agave, e no Pantheon, e nos Belódromos, e nos Frontões, e nos *Bookmakers*, e nas charutarias, e nas vendas, e nas repartições públicas, fervendo, desvairado, brutal, com permissão da polícia, que se confessa impotente para matá-lo, e com a animação nossa que o anunciamos, que o apoiamos, que o protegemos! Tem graça, esta acusação de ser antro de jogo, atirada a uma casa que, como o Casino-Hotel, é o único reduto a que ainda se acolhe no Brasil a sociedade que se quer divertir com luxo, porque tem dinheiro para gastar, e pode gastá-lo como bem quiser! Tem graça! e é um belo sinal do tempo!

E que houvesse jogo, amigos! O jogo, entre pessoas que se conhecem, que se prezam e estimam, faz parte da educação: é uma cousa que se deve saber praticar, assim como se tem a obrigação de saber dançar, conversar e comer... Mas a acusação falsa é o pretexto... A verdadeira causa do motim é querer estragar o que está bem-feito! Aqui, há um prazer, estranho e mórbido, em sujar as paredes pintadas de novo, e em torcer as grades dos jardins, e até em quebrar os bancos de pedra do parque da Aclamação... Oh! oráculos divinos! quando chegará o dia em que nos teremos de convencer da necessidade da Cortesia e da Decência?

Salve, apesar de tudo, Petrópolis! que falem de ti, que esbravejem contra ti, à vontade! se até já tenho ouvido dizer que o teu clima não presta!... Salve, apesar de tudo, e prospera! e apura-te! e sê sempre um oásis de asseio e frescura neste vasto deserto de sujidade e calor!

E olha: — vê se, quanto antes, a burocracia se aborrece da pureza do teu ar, regressando à sua chata e abominável planície! uma repartição de estado em teu seio, com amanuenses, e contínuos, e escriturários, e pretendentes, e estampilhas, e paletós de alpaca, e papeladas, e reposteiros verdes e amarelos — é como um caramujo gosmento no seio pálido de uma camélia...

Calma e linda cidade — feita para as recatadas delícias das luas-de-mel, e para os comedidos *flirts*, e para o doce e bem-aventurado ócio, filho da Ventura, pai dos sonhos que embalam a alma! —, quem foi que teve essa desastrada idéia de te converter em capital de estado?...

Fantasio

Gazeta de Notícias
13/2/1897

Cidade de mesentéricos

Há casas vastas e belas que ficam longo tempo fechadas, num silêncio de morte, num sono de aniquilamento.

Conhecem os senhores cousa mais triste do que um palácio desabitado? Enquanto os outros prédios, em torno, abrem o seio, durante o dia, ao sol, e à noite, despejam para fora, pelas janelas rasgadas, o palrar da alegria, da música e das conversas — a casa vazia fica fechada e triste como um túmulo.

O Rio de Janeiro está, quase sempre, assim... Cidade macambúzia, cidade de dispépticos e de mesentéricos, Sebastianópolis parece estar sempre carregando o luto de uma grande catástrofe. Já alguém notou que o carioca anda sempre olhando para o chão, como quem procura o lugar em que há de cavar a própria sepultura. E quem escreve estas linhas já viu, uma noite, a polícia prender três rapazes que, havendo ceado bem, se recolhiam à casa cantando um coro de uma opereta qualquer. E prendê-los por quê? Porque cantavam... Triste cidade!

Santo Deus! que sejam tristes, soturnas e embezerradas as cidades do extremo Norte da Europa, que uma névoa perpétua amortalha — cousa é que se compreende. A tristeza do céu entristece as almas... Mas que seja melancólica uma cidade como esta, metida no eterno banho da luz do sol — luz que se desfaz em beijos e sorrisos pelas copas das árvores, pelas fachadas das casas, pelos buracos das ruas —, isso é cousa que não se entende!

Felizmente, agora, o Rio de Janeiro parece sair do seu letargo.

Voltemos à imagem da casa desabitada. Que alegria, quando, depois de longo luto, abrem-se as janelas do prédio à luz e ao ar, e espanam-se os móveis, e sacodem-se as cortinas, e o piano acorda cantando uma valsa leve, e as crianças se espalham pelos corredores, correndo e chalrando!

Assim, o Rio de Janeiro, atualmente, nestes dias de festa. Antes da chegada do presidente Rocca,[1] a chegada do governador Viana...

---

[1] Julio A. Rocca (1843-1914): presidente argentino eleito para dois mandatos, 1860-86 e 1898-1904.

Passeatas, banquetes, espetáculos de gala, corridas — as costureiras trabalhando sem descanso, todo o comércio rejubilando —, uma delícia para todo mundo!

Ah! quem dera que fosse sempre assim, Sebastianópolis!

E por que não és tu sempre assim, uma feira franca do riso e do pagode? Talvez porque o nosso temperamento seja realmente mais sujeito à melancolia do que à jovialidade? Não! há quem diga que a nossa tristeza depende exclusivamente da nossa imundície.

Diz-se que, certa vez, um homem, pouco dado ao uso do banho, sentiu-se atolar no pântano de uma melancolia sem tréguas. Foi consultar um médico, que lhe aconselhou o uso de banhos diários. E logo ao segundo banho o sujeito ficou tão curado, que morreu... de um frouxo de riso.

O remédio é fácil de experimentar. Mal não fará, com certeza: e é mais que provável que faça bem, e grande bem...

Ah! quem poderá viver bastante para te ver saneada, ó cidade do Rio de Janeiro?

A gente, desde que se entende, ouve dizer que o Brasil só não está hoje inteiramente povoado por causa do flagelo periódico da febre amarela. Sabem isto os governos, sabe isto o povo. Todos os médicos que há sessenta anos saem das nossas faculdades, dizem e escrevem que a causa da febre amarela é a falta de saneamento das cidades. Ninguém ignora que o vômito-negro, por anos e anos, devastou as populações de Galveston, de Filadélfia, de Memphis, de New Orleans, e que dessas cidades desapareceu para sempre — assim que, saneadas e acostumadas à limpeza, elas deixaram de oferecer ao desenvolvimento da epidemia um meio favorável. Torres Homem, Ferreira de Abreu, todos os grandes clínicos do Brasil se têm esbofado em pedir o saneamento — declarando terminantemente que ele é o único meio de combater e aniquilar a pirexia assassina.

Mas nada se tem feito. Os dias passam, e a gente continua a esperar que as redes aperfeiçoadas de esgotos, as drenagens do solo e os abastecimentos d'água caiam do céu por descuido — como se o céu tivesse algum interesse nisso.

Agora, parece que o sr. prefeito municipal resolveu meter uma lança em África, pedindo ao conselho que o autorize a abrir largamente os cofres do município em favor da idéia.

Claro está que isso só pode merecer aplauso. Mas... — forte desgraça é esta! Sempre há de aparecer este *mas* cruel, esta abominável adversativa que atrapalha tudo! Mas... que idéia é esta de pedir a uma corporação médica que estude mais uma vez o saneamento?

Ninguém se cansaria ainda em reeditar a bolorenta série dos injustos epigramas com que tem sido crivada a classe dos médicos — desde a prosa de Molière até as desaforadas redondilhas de Bocage. Já se sabe que há no Brasil médicos que são glórias legítimas e incontestáveis desta terra. Mas sabe-se também que entre os médicos brasileiros, e principalmente entre os médicos do Rio de Janeiro, há uma rivalidade feroz, uma luta sem tréguas, uma guerra de morte.

Passam-se meses sem que venham a público manifestações desse desacordo profundo: de repente, porém, um alarido cresce nos ares, e, pelas colunas pagas ou não pagas dos jornais, começa a ferver o escândalo, e começam a chocar-se as injúrias, e é um nunca mais acabar de acusações, de doestos, de denúncias, de revelações escabrosas.

Agora mesmo estamos assistindo a uma dessas batalhas edificantes. A galeria baba-se de gosto, e as empresas dos jornais apanham o melhor do combate, que é o dinheiro dos combatentes. Se à cabeceira de um doente, por causa de uma talha malfeita, ou de um tifo mal combatido, há tão ásperas lutas, que não haverá à cabeceira da cidade, por causa do saneamento?

Enfim, o que devemos todos fazer é pedir a Deus que ilumine o Concílio, mantendo sobre ele a sua infinita Graça — e pedir aos médicos que economizem palavras, porque não há de ser com elas que a municipalidade saneará o Rio de Janeiro.

s. a.

Gazeta de Notícias
30/7/1899

Metrópole de desocupados

Há dias, um jornal, apelando para o espírito de justiça do prefeito, pedia-lhe que dilatasse o prazo concedido aos proprietários para a pintura das fachadas dos seus prédios — "por não haver na cidade pintores bastantes para tão grande trabalho".

A razão alegada é interessante. Não convém que isso fique perdido, sem comentário, nas curtas linhas de uma reclamação escrita às pressas. Os noticiaristas registram; os cronistas comentam. O noticiarista retira da mina a ganga de quartzo em que o ouro dorme, sem brilho e sem préstimo; o cronista separa o metal precioso da matéria bruta que o abriga, e faz esplender ao sol a pepita rutilante. Naquela notícia e naquela razão há um lindo pedaço de ouro, que convém aproveitar...

Há poucos meses, um estrangeiro, jornalista de Buenos Aires, perguntava-me na rua do Ouvidor: "Que faz toda esta gente, que ampara as paredes das casas com as costas?". E dizia-me o seu espanto ao ver nas praças, nas esquinas, no cais, nos jardins, às horas habituais do trabalho, a multidão inumerável dos desocupados, dos que se consumiam na ociosidade, mãe dos pensamentos maus... Desviei desse assunto a conversa, e não respondi. Que poderia responder? apenas que o trabalho era um mito no Rio de Janeiro e que, para os dous terços da população carioca, as horas ligavam-se às horas, todas vastas, todas inúteis, dissipadas na bandarrice, na maledicência e no ócio...

Ora, quem não trabalha por não achar trabalho, não merece censura. As próprias abelhas, que são a imagem viva do trabalho mais infatigável, envelheceriam e morreriam depressa, se, em todo o perímetro da porção da terra explorada pelo seu vôo afanoso, não achassem onde colher a matéria-prima para a sua indústria.

Aqui mesmo, no centro da cidade, nesta rua do Ouvidor que é o centro da madraçaria, há, no segundo andar de uma casa de comércio, uma colméia, propriedade de um apicultor entusiasta. Certa vez, admirando aquela maravilha de inteligência das abelhas, perguntei ao apicultor:

"Onde vão elas buscar o mel?". E ele, com um sorriso: "Onde o encontram... Nos jardins públicos e particulares, no Silvestre, no Corcovado, na Tijuca... E fazem essa viagem muitas vezes por dia, e nunca se perdem no caminho...". Mas imaginemos que numa extensão de léguas e léguas não houvesse vegetação, e que, por um acaso impossível (Deus nos livre de tal calamidade!), não se pudesse encontrar uma só flor no Rio de Janeiro, nem nesses vales e nessas montanhas que o cercam... — pobres abelhas! não achando trabalho, sucumbiriam de pesar e de marasmo, depois da longa tortura do descanso forçado!

O Rio de Janeiro era, há poucos meses, uma metrópole de desocupados. Ninguém reconstruía as casas incendiadas ou desmoronadas, ninguém edificava prédios novos. O Dinheiro, atacado de uma covardia sem nome, não se animava a circular, e dormia improdutivo nos bancos, nas caixas econômicas, nos pés-de-meia bolorentos. As ruas não se calçavam nem varriam. A cidade era um cemitério de vivos...

Quanto o Capital se acovarda, o Trabalho morre. Toda a gente que vive do esforço braçal, todo o operariado que ganha dia a dia o seu pão e nunca chega a juntar economias, tinha de sofrer as conseqüências dessa estagnação da atividade. E era por isso que só se via gente desocupada e triste pelas ruas...

Agora, já um jornal diz que "não há operários bastantes para a tarefa...". E os operários andam contentes, porque lhes sobra o trabalho cá fora, e já não lhes míngua a comida no lar.

Quando os pobres têm alegria, tudo vai bem. Já a sua resignação é uma segurança de tranqüilidade geral, porque, como escrevia o grande Lamennais, "la société repose toute entière sur la resignation des pauvres...".[1] Mas a resignação não é a felicidade: a felicidade é a paz, é a esperança, é a alegria.

Os ricos são quase sempre alegres: só não são alegres quando se deixam dominar pelo tédio; e, como o tédio é uma doença que só é contraída por quem a quer contrair, a tristeza da gente rica não deve inspirar compaixão. A tristeza da gente pobre, sim! essa é terrível e dolorosa, porque é a tristeza dos que não pedem muito, dos que pedem pouco, dos que pedem quase nada: apenas o direito de

---

[1] "a sociedade repousa completamente sobre a resignação dos pobres." Hugues Félicité Robert de Lamennais (1782-1854): filósofo e escritor francês, Lamennais definiu-se, intelectualmente, mediante sua contestação a princípios da Igreja Católica, com a qual rompeu em seu livro *Les affaires de Rome* (1836).

viver, apenas um pouco de pão e um pouco de paz. Quem pode ter pena dos ambiciosos, que só se satisfariam se pudessem meter o sol na gaveta e as doze constelações do zodíaco dentro do bolso do colete? Para os insaciáveis, a tristeza é um castigo merecido e necessário; mas, para os modestos, ela é uma injustiça que dói e desespera...

Anteontem, às primeiras horas da tarde, eu atravessava, em bonde, a larga avenida do Mangue, vindo de trabalhar e indo trabalhar, com o espírito ocupado e, por isso mesmo, fora do alcance do tédio e acessível à alegria.

A tarde era formosa e consoladora. Os leques das altas palmeiras-reais balançavam-se de leve, em realce vivo sobre a esplendente porcelana azul do céu. Os bondes que subiam ou desciam, ao longo do canal, estavam cheios de gente que olhava as obras, que apontava os progressos do novo calçamento, ou que simplesmente mirava o esplendor do céu e a verdura dos leques das palmeiras, deliciando-se com a beleza do espetáculo e com a doçura do ar.

Duas horas. Pela porta principal de uma escola acabava de sair uma grande multidão de crianças, risonhas, falando em voz alta, derramando pela rua uma lenta e ruidosa maré de frescura, de mocidade, de animação. E enchia o ar o rumor do trabalho, o sussurrar da colméia humana — choques de picaretas, tinir de metais, rodar de carroças, pregões de vendedores.

Mas não era somente ao longo do canal que se agitavam os trabalhadores, calceteiros, ferreiros, britadores, carpinteiros. Ao longo das casas, de espaço a espaço, via-se uma escada encostada à parede, e, no alto dela, um homem que cantava, ultimando um reboco ou rematando a pintura de um friso de telhado. E quem olhasse atentamente a face de qualquer [***] felizes, [***] de alegria e de paz, que ninguém pode fingir, como ninguém pode esconder...

Não é difícil verificar que os registros da polícia acusam uma diminuição considerável de rixas, de conflitos, de furtos e, em geral, de todos esses pequenos crimes tão comuns nos bairros pobres, nas zonas da cidade que servem de residência à rude gente de trabalho. É que o trabalho está mais fácil, e a ociosidade é menor.

Administrar não é somente gerir: é também, e principalmente, assistir, acudir, prover. Quem administra não pode, está claro, dar ventura e riqueza a todos. Mas pode, e deve, dar trabalho aos homens de boa vontade. Dar trabalho não é ministrar socorro: é ministrar justiça.

O homem pobre, que vê a sua atividade sem emprego, não tem a esperança infatigável. Bate a uma, a dez, a cem portas: quando o desespero lhe entra na alma, aí está a taverna, com o seu balcão tentador, aí está o álcool com as suas alucinações, aí está a gazua para os roubos e a faca de ponta para o assassinato.

Infelizmente, a retórica, que se encarrega de estragar tudo, desmoralizou todas as belas frases que se podem escrever, em louvor do trabalho.

"Trabalhar, meus irmãos, que o trabalho..." Toda a gente conhece de cor esse estafado hino de Castilho.[2] Toda a gente o conhece, e ninguém o toma a sério. As velhas frases são como as velhas moedas: por mais belas que sejam, vão passando de mão em mão, vão perdendo o cunho e a serrilha, vão ficando vulgares e indistintas. O vulgo acaba por envolver, na mesma indiferença e no mesmo desprezo, a ênfase das grandes frases retumbantes e as idéias que essa ênfase queria exprimir e acentuar.

Mas, já que os homens são ridículos, dispensemo-los. Não cantemos o trabalho: amemo-lo e abençoemo-lo. O que, segundo o Gênesis, foi para Adão, logo em seguida ao primeiro pecado, uma punição e um opróbrio, é hoje a salvação única e o único remédio. Pai da fortuna e da alegria,

---

[2] Antônio Feliciano de Castilho (1800-75): poeta romântico português, Castilho fundou a *Revista Universal Lisbonense* em 1841 e batalhou pela renovação pedagógica em Portugal.

é o trabalho que está regenerando o Rio de Janeiro, transformando-o, de vasta e lúgubre necrópole que era, em uma radiante e feliz colméia em que o esforço, em vez de ser um sacrifício, é um consolo e um gozo.

Já era tempo de ressuscitar. Dizem as leituras sagradas que Jesus deu a vida de novo a Lázaro, que havia quatro dias estava na cova. Mas Jesus já não anda pelo mundo, e quatro dias não são quatro séculos...

O famoso conde da Cunha, primeiro vice-rei do Brasil, escrevia, há quase dous séculos: "Os naturais do Rio de Janeiro distinguem-se pela preguiça...". Justa ou injusta naquele tempo, essa acusação do severo vice-rei ainda hoje nos é lançada em rosto. Mas o que parece certo é que não temos tido preguiça natural; o que tem havido é falta de estímulo, falta de coragem — e falta de governo.

Permita o céu que o Lázaro agora ressuscitado não torne a meter-se na cova por sua própria vontade — e que se perpetue o trabalho, que é a alegria do pobre!

O. B.

Gazeta de Notícias
21/6/1903

Somos maometanos

Este abril, que, logo no seu segundo dia de vida, teve como saudação de boas-vindas o repique festivo dos carrilhões da Aleluia, veio trazer-nos uma farta messe de alegrias. Uma chuva torrencial se despenhou do céu, afugentando os últimos calores, lavando a cidade — e além desse grande serviço higiênico, dando-nos o regalo de um espetáculo raro: as ruas transformadas em rios, as praças mudadas em lagoas, os bondes metamorfoseados em gôndolas, e homens e cachorros nadando, como peixes, pela vasta extensão das águas espalhadas.

Vão agora chegar os dias suaves do outono — deste nosso generoso outono carioca, tão doce, tão meigo, que flui como uma primavera risonha, sem desfolhar as grandes árvores, sem lhes envelhecer as copas frondosas, ameigando-lhes apenas um pouco o verde intenso das folhagens.

Saudemos o outono — mas não nos queixemos do verão. Aonde vós ides, ó duros verões de antanho, sufocantes e inclementes, com o vosso hediondo cortejo de febres e de agonias?! O verão de agora não chegou a alucinar o Rio de Janeiro. A coluna do azougue, nos tubos termométricos, não realizou ascensões notáveis: deixou-se ficar abaixo de 30°, com uma amabilidade cativante...

O boletim demográfico, anteontem distribuído, consigna um fato que chega a parecer maravilhoso: de 1873 para cá, não houve um só mês de fevereiro em que apenas se dessem sete casos fatais de febre amarela, como agora acaba de acontecer; e a soma dos óbitos devidos a essa torpe inimiga, em janeiro e fevereiro de 1904, é inferior a idêntico obituário de qualquer mês de qualquer dos últimos 31 anos!

Ontem, todos os jornais deram à população uma notícia agradável: foi suspenso o regime sanitário a que estavam sujeitos os navios que daqui saíam, e já em Montevidéu (oh! espanto!) não há quarentena para os passageiros do Rio. Por isso, é justo repetir que abril merece fervorosa gratidão, pela sua bondade: paguemos-lhe, em louvores, o que ele nos está dando, em alegria, em sossego, em céu azul, em frescura de ar, em lindas rosas perfumadas!

A propósito das excelentes condições sanitárias da cidade, já ontem ouvi uma conversa em que se manifestava o nosso incorrigível costume de não acreditar na competência, nem no trabalho, nem na energia dos servidores públicos. Falava-se da guerra ao mosquito — e alguém observou:

"Seja como for, o que é certo é que, com a guerra ao mosquito, já a febre amarela desapareceu..."

E, logo, uma outra pessoa, torcendo o nariz, e enxugando os cantos da boca, murmurou com desdém:

"Ora! foi por acaso... O que isso prova é que o Osvaldo é um sujeito que tem sorte!"

"Que tem sorte"... Nós somos, em matéria de fatalismo, tão maometanos como os súditos do xá da Pérsia e do sultão de Marrocos. Acreditamos na sorte: é a sorte quem nos governa, e é a ela que atribuímos tudo quanto de bom nos sucede. E o interessante é que o nosso fatalismo e a nossa superstição servem apenas para atribuir à sorte a responsabilidade das cousas boas, sem lhe atribuir a responsabilidade das más. Quando tudo vai mal, a culpa é dos funcionários que são incapazes, ou desidiosos, ou venais: mas, quando tudo vai bem, a glória é da sorte — do Destino responsável e cego.

O vício é antigo, e tem raízes profundas no organismo... Como o Brasil foi descoberto por acaso, não falta quem jure que, do descobrimento do Brasil até hoje, toda a nossa organização social tem sido uma questão de "sorte" — uma obra do Acaso...

Ainda agora, se o governo conseguiu resolver sem conflitos o caso do Acre, se o empréstimo para as obras do porto foi tomado, se a cidade começa a progredir, se as desapropriações se fazem sem protesto, se os terrenos da Avenida se vendem rendosamente, se a febre amarela desapareceu — nada disso foi devido à inteligência, à energia, à competência do governo: à Sorte, ao Destino, à Providência, à misericórdia de Deus é que devemos todas essas felicidades... Realmente, a misericórdia de Deus deve ser infinita — para assim se comprazer em conceder favores a um povo que tão pouco acredita e confia em si mesmo!

Ah! meus amigos! a felicidade é uma palavra oca... O que chamais felicidade, ou "sorte" ou boa estrela, é apenas o prêmio inevitável e fatal que a Vida concede a quem tem decisão e coragem. A coragem e a decisão, que não podem existir sem fortaleza de alma, podem talvez naufragar... Mas esses naufrágios são pelo menos mais honestos do que os outros, causados pela Imprevidência e pela preguiça.

Nesta vida miserável, ninguém pode ter a certeza de vencer: mas quem tem o nobre desejo de acertar já possui uma virtude de alto valor...

Esta crônica é a última da série: um cronista mais digno da *Gazeta* e dos seus leitores virá substituir vantajosamente o escritor que aqui esteve hospedado por largos anos, numa interinidade honrosa, ocupando o lugar outrora ocupado pelo grande mestre Machado de Assis.

Agora, os meus artigos não serão uma resenha da vida carioca: refletirão aspectos da vida estrangeira, e virão pontualmente da Europa, por todos os paquetes, trazendo, durante algum tempo, impressões de outros climas e de outras gentes.

Traçadas à pressa, no atropelo da partida, estas linhas ficam aqui como um agradecimento à bondade, que o cronista sempre mereceu do público. Não nos despedimos — o público e eu: separamo-nos por pouco tempo, por poucos dias. Até breve.

O. B.

Gazeta de Notícias
10/4/1904

Lutécia

Tarde triste, de céu fechado, pesando sobre os escuros casarões da velha Paris.

Saindo do Louvre, atravesso o rio, pela ponte das Artes, e piso a margem esquerda, onde se refugiam, longe da vida tumultuosa dos grandes *boulevards*, o estudo e a pobreza, a vida tranqüila dos que amam os livros.

Para lá da água turva do Sena, fica a barulhenta Cosmópolis — sala de visitas da Europa e de toda a Terra —, centro de reunião de todos os povos, onde se encontram e baralham todas as nacionalidades, todas as raças, todos os idiomas, todos os costumes, na confusão de Babel. Aqui, porém, estamos na Lutécia secular e veneranda, de cujo seio ancestral já em 1200 tinha surgido a universidade, *alma mater* do Pensamento Moderno, onde todos os espíritos curiosos e ávidos de saber se vinham nutrir dos princípios da Escolástica.

Aqui nasceu, ou antes renasceu, dos destroços da civilização antiga, a civilização de hoje; aqui a Loba Latina, que amamentou Rômulo e Remo, se veio abrigar, quando escorraçada, pelos bárbaros, do reduto das suas sete colinas sagradas...

A poucos passos daqui, na ilha da Cidade, eleva-se Notre-Dame, como uma imensa nave ancorada no Sena, levantando as suas torres como esguios mastros, e esticando à popa, como possantes remos de pedra, os seus góticos botaréus em arco recurvo. Mais longe, na outra margem, apunhala o céu a torre Saint Jacques. E, encravada no Palácio da Justiça, dorme o culto severo da Santa Capela... A vizinhança desses três monumentos, que são os remanescentes da Lutécia primitiva, dá a este lugar o caráter de um santuário. Santuário da Tradição, da Ciência, do Estudo. A universidade fragmentou-se, segmentou-se em vários corpos distintos: mas o seu vasto corpo dividido não ultrapassou o rio.

A Sorbonne, os liceus, as faculdades, as escolas, ficaram todas para cá do Sena, vivendo nos mesmos bairros pacíficos e silenciosos, nas mesmas ruas que serpenteiam entre edifícios negros, e cujo aspecto austero não é modificado pela alegria moça e irreverente dos estudantes e das *grisettes*.[1]

A Ciência é nova, como são novas as folhagens que em cada primavera rebentam dos castanheiros, e como são novos os amores que animam as trapeiras em que os rapazes pobres estudam, os *ateliers* em que os *rapins*[2] trabalham, as cervejarias em que Mimi e Musette continuam a encantar os boêmios de Murger.[3] Mas toda essa florescência jovem de ideais e de sentimentos vive ainda agarrada ao velho tronco sacratíssimo do passado.

A ponte das Artes enfrenta o Instituto de França. Os anos têm ido depondo sobre a face desse sacrário das letras francesas os sinais indeléveis da sua passagem. Pesado e lúgubre, coberto de uma fúnebre cor de velho chumbo, o Instituto eleva no céu revestido de névoas a sua cúpula se-

---

[1] *Grisette*: designação, em francês, que se dá às operárias de condição humilde, empregadas em oficinas de moda, cujo avental cinza, *gris*, deu-lhes o nome. Por extensão (e preconceito...), significa também "moça de hábitos ousados".

[2] Aprendiz em um ateliê de pintura.

[3] Referência a Henri Murger (1822-61), escritor francês, cujo livro, denominado *Scènes de la vie de bohème* (1848), tornou-se um clássico sobre a boêmia literária e artística da França.

vera — a famosa *coupole* em que se vêm cravar todos os dias as frechas da ironia dos *novos*, mas debaixo da qual não há em toda a França um só homem de letras que não ambicione obter uma cadeira... e a imortalidade.

Montando guarda ao sacrário, Voltaire e Condorcet em bronze, sobre os seus pedestais de granito, cismam, imóveis e rígidos, com o olhar perdido ao longe: e, instintivamente, quem passa por ali diminui o andar e abala o rumor dos passos para não perturbar a meditação dessas duas sentinelas da Inteligência Francesa — desses dous demolidores do fanatismo e da intolerância...

Poucas carruagens, poucos ônibus vêm quebrar a quietude deste canto de Paris. Em frente ao Instituto, beirando o rio, partem, de um e de outro lado da ponte, os dous cais prediletos dos bibliófilos: o cais Conti e o cais Malaquais. É aqui o reino do *bouquin*, o império do livro. Sobre o largo parapeito dos cais alinham-se, a perder de vista, as caixas dos *bouquinistes*. São feias e grosseiras caixas de madeira ordinária, pintadas de negro: mas já todas conservam apenas vestígios longínquos dessa pintura — como a vaga saudade do tempo em que eram moças...

Velhos, como elas, são os livros encerrados no seu seio — à espera da visita do estudante modesto que procura um compêndio barato, ou da operária que cá vem à caça de um volume único, de uma edição primeva, de um manuscrito comido de traças, de um breviário da Idade Média...

No bojo dessas caixas anciãs, dormem em santa paz, lado a lado, entrerroçando fraternalmente as suas lombadas sujas, os mais desencontrados e disparatados produtos do engenho humano: os versos de um cançonetista de Montmartre fazem cócegas no vasto dorso das Tábuas de Callet; um código antigo esmaga a prosa pretensiosa de Bourget;[4] um missal, já sem capa, não cora com a vizinhança de um volume desapartado das *Memórias* de Casanova.[5] E não raro, nesse misturado acervo de antiqualha e de novidade, aparecem verdadeiras preciosidades bibliográficas, transviadas por ali não se sabe como...

O revendão de livros é sempre também um homem velho, embrulhado em roupas incríveis, cheirando a mofo. Os fregueses — exceção feita dos estudantes e das *grisettes*

---

[4] Paul Charles Joseph Bourget (1852-1935): escritor francês, Bourget rebelou-se contra a orientação do romance naturalista, criado por Zola, tornando-se, assim, um dos precursores do romance de caráter psicológico.
[5] Jacques Casanova de Seingalt (1725-98): nobre veneziano, Casanova era um aventureiro incansável e namorador incorrigível, cujas memórias pessoais são mais que um retrato pessoal, porque retratam também uma época.

— são todos figuras de outros séculos, trazendo sobrecasacas antediluvianas, cartolas fantásticas, cabeleiras grisalhas sobrando nas costas, sobretudos no frio com algibeiras pejadas de folhetos — como aquela imortal figura do Colline, de Murger, tipo clássico do erudito boêmio que vive, envelhece e morre estudando, de que não se contam os exemplares espalhados pelo Quartier Latin.

O ar que se respira aqui, entre este monumento, entre estes prédios vetustos, entre estes livros empoeirados, não é o de Paris: é o ar da Lutécia.

Paris é a margem direita, com os seus palácios, com as suas avenidas, com os seus cafés refulgentes, com os seus hotéis luxuosos, com os seus teatros elegantes: Paris é o esplendor dos Campos Elísios, é o luxo do Bois, é a *blague* de Montmartre, é o delírio e a festa perpétua dos *boulevards*, é a futilidade do prazer, é a prosperidade dos que vêm esbanjar dinheiro nesta vasta Feira das Vaidades.

Aqui, porém, vive e subsiste Lutécia, a cidade plantada à beira do *Sequanne*,[6] pela tribo dos *Parisii*, entre os quais já o conquistador Júlio César veio achar desenvolvido o amor das Artes e das preocupações do espírito...

Passo a passo, numa lenta excursão respeitosa, sigo até

---

[6] Designação latina do rio Sena.

o cais Voltaire, enveredo pela rua da Universidade, pela rua Jacob, pela rua Dauphine, parando diante das escuras lojas onde se vendem gravuras amareladas, bronzes azinhavrados, móveis decrépitos, velharias de toda espécie — circulo todo um largo trecho da *urbe* venerável, e venho parar de novo no cais Conti, diante da mole pesada e melancólica do Instituto.

A tarde vai caindo e morrendo, numa síncope lenta. Os *bouquinistes* vão rareando.

O sol, quase a desaparecer, consegue romper as nuvens e despeja um feixe de raios pálidos sobre a cúpula do templo das Ciências e das Letras. Um bando de pássaros — destes alegres e familiares pardais de Paris —, fugidos das árvores das Tuilleries e do Luxembourg, vem revoar em torno do zimbório e sobre as estátuas de Voltaire e Condorcet. E, seguindo o vôo jovial dessas aves inquietas, na luz suave desse moribundo sol — cuido ver a eterna graça, a eterna mocidade, a eterna inquietação do espírito latino, pairando sobre a velhice da Lutécia.

Olavo Bilac

Gazeta de Notícias

17/6/1904

Revolta da Vacina[1]

Se eu quisesse fixar aqui, resumidas e enfeixadas na "Crônica", todas as tristes recordações que me ficaram desta abominável semana, toda esta página não bastaria para contê-las.

Quando há barulhos assim, costuma o povo dizer que o "diabo andou solto"... Ai de nós! o diabo, se existe, já não se vem perder pelos andurriais da terra, a perverter os corações e a complicar a vida: ele já nos ensinou tudo quanto nos podia ensinar — e, se há algum nome perverso, que ainda nos arraste ao mal e à ruína, é um monstro

---

[1] A Revolta da Vacina foi uma rebelião popular que tomou conta do Rio de Janeiro em novembro de 1904, tendo como pretexto a obrigatoriedade da vacinação contra a febre amarela, determinada por Osvaldo Cruz.

bem humano e bem nosso: é o demônio da ambição, que se entoca em certas almas...

Mas algumas dessas recordações devem ser avivadas e escritas: não há desastre que não encerre uma lição — e este pobre povo, que tem tantos insensatos no seu seio, não deve perder lições.

O que primeiro me entristeceu, naquela amargurada manhã de 14, quando já estava armado o motim criminoso, foi o aspecto da Avenida. Por ali viera, num tropel destruidor, o bando dos Pratas Pretas e dos Troviscos,[2] ao serviço dos ambiciosos e dos retóricos, levando tudo de roldão diante da sua estúpida fúria.

Passando pela rua Senador Dantas, a alcatéia arrancara, torcera, espezinhara, destruíra todas as pobres árvores pequenas, que, ainda fracas e humildes, dentro de suas frágeis grades de ferro, só pediam, para crescer e dar sombra, um pouco de sol ao céu, um pouco de umidade à terra e um pouco de carinho aos homens.

Já com essa brutalidade sem nome, o bando feroz mostrara bem claramente a natureza do seu instinto e das suas intenções... Na Avenida, as suas vítimas foram os

---

[2] Bandos organizados de capoeiristas.

postes de iluminação elétrica. Árvores e luz, para quê? para perfumar e purificar a atmosfera? para auxiliar, iluminar, animar o trabalho? mas o pântano só quer a podridão, e a alfurja só quer a treva: abaixo as árvores, e extinga-se a luz!

Quando cheguei à Avenida, ao meio-dia, os operários, tendo em vão tentado resistir às ameaças das feras, recolhiam à pressa as suas ferramentas: as enxadas, as picaretas, os martelos caíam com sinistro fragor, dentro das arcas. Era o medo pânico do trabalho diante da calaçaria amotinada, era a fuga da civilização diante da barbárie vitoriosa. A tempestade soprara sobre as colméias, atirara-as por terra, onde as esmagavam as patas da matuta desenfreada; tontas e perdidas, as abelhas voavam em debandada; a rapina vencia a indústria; a ferocidade triunfava do labor; e havia naquele largo trecho da cidade, no ar e no chão, nas ruínas dos prédios, em tudo — um tremer de aflição e de horror, como se até as cousas inanimadas compreendessem e amaldiçoassem a infâmia daquele atentado!

Depois, à noite, quando já, em outra esfera, se representava o último ato do drama, andei pela cidade, às escuras, na curiosidade sofredora de quem prevê uma catástrofe.

Como o teu coração pulsava na terra, amarguradamente, minha pobre cidade!

Aqui e ali, de cinqüenta em cinqüenta metros, ardia um lampião: pelo bico arrebentado do combustor a chama jorrava, alta e espalhada, como a de um archote, dando clarões de incêndio às fachadas das casas; fora desses círculos de luz violenta, a escuridão aumentava pelo contraste; e, na escuridão, reboavam os passos da tropa, o estrupido dos cavalos, o fragor das carretas de artilharia, em marcha para o Catete. Todas as casas fechadas se recolhiam na sombra e no susto; os raros transeuntes passavam, como fantasmas, aparecendo fugazmente numa réstia de luz e desaparecendo logo absorvidos pela negrura das ruas.

E eu perguntava a mim mesmo, embrutecido pelo espanto, que mágoa, que ressentimento, que receios, e que despeito pudera levar esta gente a um ato de tão completa insensatez, obrigando todo o Brasil a perder em um dia o que ganhara em quinze anos, revoltando-se contra um governo que só quer dar luz, avenida, saúde, árvores, limpeza, dignidade ao povo, dando trabalho aos que querem trabalhar, provendo os lares de pão, preparando a grandeza futura de uma pátria, que só ainda não é grande e bela por ser suja e despovoada...

Mas a minha pergunta não tinha resposta; e, pelo caminho que eu seguia, continuavam as tropas a passar aceleradamente em silêncio, no escuro, pela cidade deserta.

No Catete, guardando o Palácio, as baionetas e os tubos das metralhadoras reluziam. Todo o bairro, da Glória ao Botafogo, era uma vasta praça de guerra. E, na incerteza do resultado daquela aventura, sem saber se o governo venceria o motim, ou se os amotinados poderiam no dia seguinte dar com o seu triunfo um golpe de morte no prestígio e na reputação de todo o país, apinhava-se a gente nas janelas de todos os prédios — faces espantadas e pálidas, olhos fixos na tropa que esperava ordens...

Há quantos anos já, esse amaldiçoado espetáculo de uma revolta não comovia a cidade! Parecia que, enfim, acalmada a luta entre as ambições, o Brasil, sem inimigos fora das fronteiras, ia fazer o congraçamento definitivo de todos os seus filhos, reunindo-os no propósito de salvar a nacionalidade da ruína, pelo saneamento das cidades, pelo povoamento dos campos, pela instrução e pela paz. Mas as ambições ainda viviam — e é preciso agora recomeçar todo o trabalho perdido.

Dez anos de governo civil teriam naufragado num desastre irreparável, se o homem que nos governa tivesse experimentado um minuto de desfalecimento. A esta hora já se aproveita contra nós essa prova de indisciplina. Poucos dias de agitação já bastaram para nos fazer um mal tão grande, que muitos anos serão necessários para remediá-lo. Que seria então se a revolta vencesse, se alguns descontentes e alguns desordeiros pudessem forçar o Brasil a mudar de governo, com essa mesma tranqüila facilidade com que cada um de nós muda de camisa?

Não sei se os facínoras da Gamboa recebiam ordens dos chefes do movimento — e se nessas furnas onde se enlapam os Ratos Brancos e os Bocas Queimadas havia ciência dos planos que se urdiam em outro lugar. É provável que não. Aquela gente, para se desencadear, numa tromba devastadora, pela cidade, não precisa de instruções nem de planos concertados. Ali há sempre navalhas afiadas e trabucos carregados, à disposição de todas as causas e a serviço de todos os patrões.

Em todas as cidades, existe esse exército do crime; o que não há, porém, em todas as cidades, é gente culta, inteligente, polida, civilizada, que dê à vérmina humana o exemplo da desordem e da maluquice...

E não há também em todas as cidades, como há aqui, uma tão considerável massa de gente ignorante, não sabendo ler nem escrever, e sempre disposta, pelo seu analfabetismo, a ouvir e aceitar todas as desbragadas mentiras que os exploradores lhe impingem. Se esta cidade não estivesse cheia de analfabetos, ninguém lograria convencer a pobre gente ingênua das estalagens que o governo queria vaciná-la com caldo de ratos mortos de peste...

E aí estão os três elementos de desordem: a ambição dos que sabem ler mas não têm juízo, a ferocidade desocupada dos vagabundos e dos facínoras — e a ingenuidade dos analfabetos, que, coitados, são sempre os menos responsáveis e sempre os que mais sofrem.

Se cada um dos ambiciosos matar dentro da própria alma esse demônio da ambição, que lhe envenena a vida, que lhe perturba o discernimento, e só sabe gerar pensamentos maus; se uma lei bem-feita e bem aplicada, ainda que violenta, pudesse livrar a cidade desses bandidos que guarneciam o indecente *Port-Arthur*[3] da Gamboa; se tratássemos já e já de decretar a instrução primária obrigatória, pondo a gente pobre e humilde a coberto da exploração dos que especulam com a sua ignorância — nem

---

[3] Porto Artur: durante a guerra russo-japonesa de 1905, Porto Artur foi tomada pelos japoneses, depois de heróica resistência por parte dos russos.

haveria levantes militares, nem haveria *Port-Arthur* de sicários, nem gente bem-intencionada mas inculta se amotinaria contra a vacinação... E todos e tudo lucrariam com isso, desde a gente que trabalha até a gente que governa, desde a limpeza das ruas até a nossa dignidade de povo, desde os inofensivos postes de iluminação pública e as pobres árvores até o crédito do país.

Semana, maldita, some-te, mergulha no grande abismo onde tudo cai, no abismo insondável do Tempo, onde há esquecimento para tudo — para as ambições, para a ignorância, e até para a maldade consciente!

O. B.

Gazeta de Notícias
20/11/1904

Inauguração da Avenida

O meu bom povo, o povo da minha linda e amada cidade está delirante.

Delírio, não digo bem: o delírio é barulhento, é espalhafatoso, é vibrante; e tereis notado que, na Avenida, ainda não houve um grito alto de triunfo e de júbilo, uma dessas aclamações frenéticas em que a alma popular se abre chispando e estrondando em girândolas...

Delirante, não: o meu bom povo está estatelado de júbilo e de espanto — está presa de uma dessas comoções embatucadoras, que, às vezes, secam a garganta, fazem todo o sangue refluir para o coração, e concentram toda a vida nos olhos da gente. O seu silêncio não é frieza: é excesso de alvoroço moral.

Já vistes alguma vez uma criança pobre, dessas que raras vezes têm a sorte grande de uma verdadeira alegria, receber

INAUGURAÇÃO DA AVENIDA

um brinquedo caro, um boneco ricamente vestido, um dixe[1] de preciosa beleza? A criança, a princípio, tem medo de aceitar o presente inesperado; estende as mãos, retrai-as — como quem receia uma cilada do Destino mau... Anima-se por fim, apanha o brinquedo com mil precauções, com as mãos trêmulas; apalpa-o de leve, de manso; toma-lhe o peso, e mede-o com os olhos ávidos; e fica a mirar o tesouro, tonta, aparvalhada, sem falar, sem rir, sem chorar...

O meu bom povo está como essa criança.

Que é que lhe haviam dado os governos até agora? impostos e pau; ruas tortas e sujas; casas imundas... e às vezes atravessadas por balázios; estados de sítio e bernardas;[2] febre amarela e tédio...

Ele, o deserdado, não se queixava. Lá diz Perrault, no seu conto imortal, que a Gata Borralheira passava as noites olhando o borralho, sem esperança e sem revolta, como quem sabe que só veio ao mundo para trabalhar e sofrer... Assim o povo carioca, resignado, ia vivendo a sua vida triste, habituado ao vasto persigal[3] que lhe davam por morada, sem outro ideal que o de comer duas vezes e tra-

....

[1] Ornamento, jóia, enfeite.
[2] Revolta popular, motim, desordem pública.
[3] Curral, chiqueiro, pocilga.

balhar dez horas por dia, com o só divertimento de politicar um bocadinho e a só comoção de arriscar todos os dias dez tostões na cobra ou no peru...

E eis que, de repente, alguém lhe tapa os olhos, e leva-o assim vendado a um certo lugar, e retira-lhe a venda, e mostra-lhe uma avenida[4] esplêndida bordada de palácios, e cheia de ar e de luz — e diz-lhe: "Recebe isto, que é teu! folga e regala-te! teve um fim o teu aviltamento, e começa a ter o que todos os outros povos já têm: um pouco de decência na tua casa, e um pouco de ventura na tua vida!".

E o povo esfrega os olhos, belisca-se para verificar que está bem acordado, sacode-se, desmandibula-se de pasmo, começa a embebedar os olhos com aquelas maravilhas, e não acaba de perguntar a si mesmo se tudo aquilo é realmente seu, e se aquele paraíso não é uma cenografia de papelão e gaze, que o primeiro pé-de-vento vai esfarrapar e destruir. Assim ficou a Gata Borralheira, quando lhe entrou à cozinha a Fada Bondosa, e, com um golpe, de vari-

---

[4] Referência à inauguração da avenida Central, hoje Rio Branco. Em região reurbanizada a partir de 1904, a avenida Central tornou-se o grande símbolo da modernização carioca. Bilac fez dela e do saneamento da cidade o tópico mais importante de sua crônica.

nha mágica, lhe mudou os andrajos sórdidos em alfaias de seda e ouro.

O meu bom povo não está delirante, não — que ainda não voltou a si da surpresa.

Porque aquilo foi uma surpresa — uma como obra de encantamento e feitiço.

Enquanto a Avenida estava atulhada de pedras e andaimes, com os seus palácios cobertos de tapumes, e cheia do formigueiro dos operários, ninguém a atravessava de ponta a ponta, ou sequer de quarteirão a quarteirão. A gente, passando pelas vielas transversais, dava à direita e à esquerda um olhar distraído, e ia andando o seu caminho, murmurando: "E não é que a Avenida progride?" — ou não murmurando cousa alguma, e nem fixando a atenção no milagre que ali se operava.

Mas, no dia 15, foi como se um velário[5] se abrisse, descobrindo uma região de sonho. Os olhares, mergulhando na Avenida, pasmavam diante da sua prodigiosa amplitude. As ruazinhas, que outrora nos pareciam tão largas, estreitavam-se, afunilavam-se, espremiam-se, entre os palácios das esquinas; e eu, por mim, querendo entrar à rua do

....

[5] Toldo com que se cobriam os circos e os teatros, na Antigüidade, para protegê-los da chuva.

Rosário, fiquei parado, hesitando, inquirindo de mim mesmo se o meu corpo poderia passar pela abertura angusta daquele cano...

Por todo aquele dia e por toda aquela noite, o povo, debaixo das cordas de água que caíam, resistindo heroicamente à flagelação da chuva grossa, patinhando na umidade, ficou ali, indo e vindo, de boca aberta, olhando os prédios, sem acreditar no que via — pobre desconfiado de tão grande esmola.

Já lá se vão cinco dias. E ainda não houve aclamações, ainda não houve delírio. O choque foi rude demais. A calma ainda não renasceu.

Mas o que há de mais interessante na vida dessa mó de povo que se está comprimindo e revoluteando na Avenida, entre a Prainha e o Boqueirão, é o tom das conversas, que o ouvido de um observador apanha aqui e ali, neste ou naquele grupo.

Não falo das conversas da gente culta, dos "doutores" que se julgam doutos.

Falo das conversas do povo — do povo rude, que contempla e critica a arquitetura dos prédios: "Não gosto deste... Gosto mais daquele... Este é mais rico... Aquele tem mais arte... Este é pesado... Aquele é mais elegante...".

Ainda na sexta-feira, à noite, entremeti-me num grupo,

e fiquei saboreando uma dessas discussões. Os conversadores, à luz rebrilhante do gás e da eletricidade, iam apontando os prédios: e — cousa consoladora — eu, que acompanhava com os ouvidos e com os olhos a discussão, nem uma só vez deixei de concordar com a opinião do grupo. Com um instintivo bom gosto subitamente nascido, como por um desses milagres a que os teólogos dão o nome de "mistérios da Graça revelada" — aquela simples e rude gente, que nunca vira palácios, que nunca recebera a noção mais rudimentar da arte da arquitetura, estava ali discernindo entre o bom e o mau, e discernindo com clarividência e precisão, separando o trigo do joio, e distinguindo do vidro ordinário o diamante puro.

É que o nosso povo — nascido e criado neste fecundo clima de calor e umidade, que tanto beneficia as plantas como os homens — tem uma inteligência nativa, exuberante, pronta, que é feita de sobressaltos e relâmpagos, e que apanha e fixa na confusão as idéias, como a placa sensibilizada de uma máquina fotográfica apanha e fixa, ao clarão instantâneo de uma faísca de luz oxídrica, todos os objetos mergulhados na penumbra de uma sala...

E, pela Avenida em fora, acotovelando outros grupos, fui pensando na revolução moral e intelectual que se vai operar na população, em virtude da reforma material da cidade.

A melhor educação é a que entra pelos olhos. Bastou que, deste solo coberto de baiúcas e taperas, surgissem alguns palácios, para que imediatamente nas almas mais incultas brotasse de súbito a fina flor do bom gosto: olhos, que só haviam contemplado até então betesgas,[6] compreenderam logo o que é a arquitetura. Que não será quando da velha cidade colonial, estupidamente conservada até agora como um pesadelo do passado, apenas restar a lembrança?

Fui até a Prainha e voltei. Eram dez horas da noite. O povo redemoinhava sempre. A luz, ofuscante, palhetava de prata viva as fachadas novas, espancava com o seu clarão o céu carregado de nuvens, estendia-se em arrufadas e deslumbrantes toalhas sobre a multidão que burburinhava. E, ao passar pelas esquinas, quando o meu olhar se metia pelos apertados e escuros buracos das ruas velhas, eu comparava com os olhos e com o coração o que fomos ao que já somos e ao que haveremos de ser — e com uma tristeza, a um tempo suave e amarga, pensava: "Por que nasci eu tão cedo? ou por que não apareceu, há quarenta anos, gente capaz de fazer o que se faz agora?...". E, intimamente, inve-

---

[6] Rua estreita, corredor escuro e sem saída.

java a sorte dos que estão agora nascendo, dos que vão viver numa cidade radiante — quando eu e os de minha geração, pela estupidez e pelo desleixo dos enfunados parlapatões que nos governaram, tivemos de viver numa imensa pocilga de 2 mil quilômetros quadrados, como um bando de bácoros fuçando a imundície...

E, quando cheguei ao Boqueirão do Passeio, voltei-me, e contemplei mais uma vez a Avenida, em toda a sua gloriosa e luminosa extensão. E só então reparei nos coretos, nas bandeiras, nas sanefas, nos arcos de folhagem com que enfeitaram o *boulevard* recém-nado.

Para que folhagens, para que sanefas, para que bandeiras, para que coretos? Tirem-me quanto antes, já, desta Avenida, que é a glória da minha cidade, esta ornamentação de festa da roça! O enfeite da Avenida é a própria Avenida — é o que ela representa de trabalho dignificador e de iniciativa ousada, de combate dado à rotina e de benefício feito ao povo!

O. B.

Gazeta de Notícias
19/11/1905

O Rio convalesce

Não há interesse mais vivo, não há atenção mais ansiosa, do que o interesse e a atenção com que, depois de uma longa enfermidade gravíssima, as pessoas que amam o enfermo espiam na sua face, no seu olhar, nas suas maneiras, o lento progredir da convalescença. É a ressurreição...

No organismo, que a morte gulosa andou rondando, como uma fera ronda uma presa cobiçada, a vida reponta aos poucos, num brando anseio de maré que sobe; nos olhos, em que já tinham começado a crescer as névoas do aniquilamento, acorda vagamente a luz da saúde; o sangue começa a transparecer na face, ainda pálida — como uma nuvem cor-de-rosa sob a água límpida de um rio; todo o corpo desperta do torpor prolongado; a voz principia a adquirir calor e animação; o sorriso reaparece à flor da boca; o apetite renasce...

Mas as pessoas amigas, que ansiosamente acompanham esse moroso ressurgimento do enfermo, ainda têm desconfiança e susto. Não venha uma recaída estragar todo esse esforço do organismo! não seja essa melhora uma cilada da Morte insidiosa, que, às vezes, gosta de brincar com a sua presa, antes de a tragar, como um gato cruelmente se diverte com o ratinho prisioneiro, fingindo soltá-lo, fingindo distraí-lo, dando-lhe segundos de enganadora esperança, antes de lhe arrancar o último anseio de vida com uma dentada misericordiosa! E esse receio é um sobressalto constante, uma contínua preocupação...

Não de outro modo, os cariocas (os verdadeiros, os legítimos — porque há muitos cariocas que só se preocupam com a beleza e a saúde de... Paris) acompanham, atentamente, interessadamente, carinhosamente, e assustadamente, a convalescença do Rio de Janeiro — pobre e bela cidade, que quase morreu de lazeira, e, por um milagre mil vezes bendito, foi arrancada às garras da morte.

Os médicos ainda se não despediram. A moléstia foi longa e séria — e o tratamento também há de ser sério e longo. Mas a cura parece, agora, infalível. A cidade engorda, ganha cores, faz-se mais bela de dia em dia. E, a cada novo sinal de saúde, a cada novo progresso da beleza, a cada novo sintoma de renascimento que lhe notam — os seus amigos exultam, e sentem a alma alagada de uma ventura infinita...

Agora, o que está particularmente interessando os cariocas é a rapidez maravilhosa com que se vai erguendo o majestoso pavilhão São Luís,[1] no fim da Avenida.

A qualquer hora do dia ou da noite, quando por ali passa um bonde, há dentro dele um rebuliço. Interrompe-se a leitura dos jornais, suspendem-se as conversas, e todos os olhares se fixam na formosa construção, que está pouco a pouco subindo, esplêndida e altiva, da casca dos andaimes, já revelando a suprema beleza em que daqui a pouco pompeará.

As velhas casas de em torno ruem demolidas. Rasga-se ali, no coração da cidade, um imenso espaço livre, para que mais formoso avulte o palácio. No alto das cúpulas imponentes, agitam-se os operários como formigas, completando a *toilette* do monumento. E a cidade não pensa

---

[1] Pavilhão São Luís: designação original do antigo Palácio Monroe, depois Senado Federal, hoje desaparecido por causa das obras do metrô carioca.

em outra cousa. Ficará pronto ou não, em julho, o palácio? Ferve a discussão, chocam-se as opiniões, fazem-se as apostas — porque o carioca é um homem que nada faz sem aposta e sem jogo.

Sim! o Pavilhão ficará pronto! será dignamente hospedada a Conferência Pan-Americana, e aqueles que, por birra ou vício, apostaram pela não-conclusão do trabalho, hão de perder o seu dinheiro e ficar corridos de vergonha...

E, por felicidade, não é apenas materialmente que a cidade convalesce: é moralmente também. A população naturalmente vai perdendo certos hábitos e certos vícios, cuja abolição parecia difícil, se não impossível.

Verdade é que, para outros vícios, é ainda necessária a intervenção da autoridade, com o argumento sempre poderoso e decisivo da multa... Mas, voluntária ou obrigada, espontânea ou forçada, o essencial é que a reforma dos costumes se opere.

Ainda ontem, a prefeitura publicou um edital, proibindo, sob pena de multa, "a exposição de roupas, e outros objetos de uso doméstico, nas portas, janelas e mais dependências das habitações que tenham face na via pública...".

Era esse, e ainda é, um dos mais feios hábitos do Rio de Janeiro...

Já não falo das casas humildes, nos bairros modestos da cidade. Que há de fazer a gente pobre, que mora em casinhas sem quintal, senão fazer da rua lavadouro, e das janelas coradouro da sua minguada roupa? Não falo das míseras vestes que, nas estalagens dos subúrbios, aparecem aos olhos de quem passa, estendidas em cordas, ou desdobradas no chão, lembrando os farrapos de Jó, de que fala Raimundo Correia, "[...]Voando — desfraldadas/ Bandeiras da miséria imensa e triunfante...".

Não! muita cousa deve ser permitida aos pobres, para quem a pobreza já é uma lei pesada demais...

O que se não compreende é que essa exibição de roupas de uso íntimo seja feita em palacetes nobres, de bairros elegantes. De manhã, ainda é comum ver, em casas ricas, essa exposição impudica e ridícula. Na janela desta casa, vê-se um alvo roupão de banho, sacudido ao vento matinal; e a casa parece estar dizendo, com orgulho: "Vejam bem! aqui mora gente asseada, que se lava todos os dias!...". Mais adiante, vêem-se saias de fino linho bordado, ricas anáguas de seda; e a casa proclama, pela boca escancarada da janela: "Reparem! aqui moram senhoras de bom gosto, que usam lençarias de luxo!...". Que cousa abominável! A casa de família deve ser um santuário: não se compreende que se transformem as janelas da sua fachada em vidraçarias de exposição permanente, para alarde gabola do que a vida doméstica tem de mais recatado e melindroso...

Não seria também possível, ó cidade bem-amada! que, em muitas das tuas casas dos bairros centrais, pudéssemos deixar de ver tanta gente em mangas de camisa?

Já sei que o calor explica tudo... Mas, santo Deus! se é só para se ver livre do calor, e não por economia ou pobreza, que essa gente quer viver à frescata, por que não adotar o uso de um leve jaleco de brim, ou de uma leve blusa de linho? A frescura do trajo não é incompatível com a compostura! e não há de ser o uso de um tênue paletó de fazenda rala que há de assar em vida essa gente tão calorenta!

Mas, vamos devagar! Roma não se fez em um só dia. Os convalescentes querem ser tratados com tino e prudência. Depois de uma longa dieta, os primeiros dias têm de ser de uma alimentação moderada e sóbria. Não vá a cidade morrer de pletora, quando escapou de morrer de anemia. Já que evitamos a inanição, não provoquemos a indigestão.

Tudo virá com o tempo, e a tempo.

O progresso já é grande, e será cada vez maior. Que é

que não é lícito esperar a quem já viu o que era o Rio há cinco anos e vê o que ele é hoje?!

O. B.

Gazeta de Notícias
20/5/1906

Recenseamento

Enfim, vai o Rio de Janeiro conhecer-se a si mesmo... Uma cidade sem recenseamento é uma cidade que a si mesma se ignora, porque não tem a consciência da sua força, do seu valor, da sua importância.

É mais que um serviço — e não é dos menores — que o Rio vai dever ao seu prefeito, a esse homem providencial, de quem já se pode impunemente dizer o maior bem, sem o risco de passar por adulador, pois que já não há, em toda a cidade, quem o não admire e o não louve.

Infelizmente, já se descobriu o meio de opor embaraços à realização da bela idéia. No mesmo dia em que o prefeito decretava a organização do recenseamento da população, era publicado um ofício do ministro da Guerra, solicitando a organização do alistamento militar... E o povo, cotejando essas duas medidas, juntando-as, pesando-as na mesma balança, começou logo a atribuir-lhes uma aliança oculta, um conúbio escondido, uma identidade de intuitos e de fins. A gente culta (que infelizmente não é legião) sabe que esses dois serviços nada têm de comum, e que o propósito da prefeitura é, única e exclusivamente, o de saber quantos habitantes tem a capital da República — cousa que, por vergonha de todos nós, ainda não se havia tentado averiguar. Mas, para a gente ignorante e desconfiada (a desconfiança e a ignorância são irmãs gêmeas), o recenseamento é o pretexto para o alistamento militar — e já o medo da farda e do serviço de caserna começa a sugerir às almas inquietas a idéia de se recusar a encher as listas censitárias.

Esse terror é natural. Antigamente, o recenseamento apenas era feito para auxiliar dois serviços profundamente antipáticos aos povos de todos os tempos: o do recrutamento militar e o da cobrança de impostos. O imposto e a farda — dois espectros, dois espantalhos! Já na velha Roma, no remotíssimo tempo de Servius Tulius, quando os *curatores tribuum* saíam, com as suas tabuinhas enceradas e os seus estiletes de marfim, a percorrer a *urbe*, e a recensear os habitantes, separando-os em *assidui* e *prole-*

tarii — um medo pânico se alastrava pelas vielas e pelas alfurjas da cidade, e um terço da população, sabendo que aquilo significava guerra ou imposto, cobrança de sangue ou cobrança de dinheiro, transpunha as portas, e ia refugiar-se no campo.

Hoje, o recenseamento tem um fim mais amplo, mais nobre, mais belo — um fim social. É uma parte essencial da estatística, que, sendo "o estudo numérico dos fatos sociais", é uma das ciências tributárias e auxiliares da sociologia. Como explicam os mestres da economia política, a vida social é um movimento perpétuo, uma transformação contínua, e uma constante renovação de fenômenos, que, por mais diversos que pareçam, sempre se podem classificar em um número relativamente limitado de categorias. Não há um só fato *individual* que deixe de ser interessante, porque os fatos *individuais*, reunidos, formam os fatos *sociais*; e não há meio de governar sem o conhecimento desses fatos. É a estatística que torna possível o governo. Ela é, por assim dizer, a "escrituração social": se uma casa de comércio não pode viver e prosperar sem o registro minucioso das suas compras e vendas, e sem os balanços periódicos que demonstram o bom ou mau estado dos seus negócios — também a sociedade humana não pode dispensar os seus guarda-livros, que são os encarregados da estatística...

Essa "escrituração social" tem sido até hoje criminosamente relaxada no Brasil. Os "guarda-livros" do país, ou são incompetentes, ou são indiferentes. Aqui a estatística é um mito. Para não ir muito longe, e apenas citar um fato simples e de fácil verificação, basta lembrar que, no Rio de Janeiro, a Biblioteca Nacional e o Museu Nacional não têm catálogos! É incrível, mas é verdade... Se nem temos sido capazes de organizar e publicar o catálogo de um museu ou de uma biblioteca, não é de espantar que não tenhamos organizado e publicado até hoje o catálogo geral da nossa população, das nossas riquezas, do nosso trabalho, da nossa vida...

Há pouco tempo, a Legação Japonesa no Brasil distribuiu, pelas repartições públicas e pelas redações dos jornais, o *Anuário financeiro e econômico do Japão* relativo a 1905. Lendo esse livro, que é um monumento assombroso e maravilhoso de estatística, é que se pode compreender o estupendo progresso daquela nação.

O que nós costumamos chamar "milagres" não é mais do que o resultado simples e natural da combinação destas duas forças: o trabalho e o método... Nesse anuário, tudo quanto constitui a vida do país está incluído, estudado, discriminado, catalogado, classificado: orçamentos, dívida pública, empréstimos, agricultura, indústria, viação, comércio. Há ali cousas que espantam; há, por exemplo, um quadro demonstrativo da produção do fumo, que é um assombro de exatidão e de minúcia: o fumo colhido foi contado de folha em folha... É com esse trabalho e com esse método que as casas de comércio prosperam, que as casas de família têm fartura e conforto, e que as nações enriquecem e se fazem fortes e respeitadas!

Agora reparo que a "Crônica" está perdendo o tom que lhe compete, e enveredando por um estilo que não é o seu.

Estas cousas são tão corriqueiras, que até as crianças das escolas primárias as conhecem...

E parece, realmente, que é pedantaria ridícula, e ridícula ostentação de ciência barata, o estar aqui o cronista a demonstrar as vantagens e a utilidade da estatística em geral, e do recenseamento em particular...

Mas estas idéias, tão simples, tão claras, tão vulgares, não podem, desgraçadamente, ser eficazmente incutidas no ânimo de toda a nossa população. Por quê? porque uma grande parte da nossa população não sabe ler...

Basta lembrar a última bernarda que tivemos no Rio: a

de novembro de 1904... Que foi o que causou esses sanguinolentos motins? Foi a intriga perversa de alguns especuladores políticos que excitaram o povo contra a lei da vacinação: e muita gente acreditava *que os médicos iam injetar no seu corpo sangue de rato atacado de peste bubônica*! Essa balela, que apenas parecia cômica, teve efeitos trágicos. Que utilidade poderiam ter, para destruí-la, os boletins profusamente espalhados pelas autoridades sanitárias, e as explicações dadas pela imprensa? Nenhuma. O papel benéfico da imprensa não pôde deixar de ser quase nulo, numa cidade que conta quase 1 milhão de habitantes, mas na qual todos os jornais diários reunidos não chegam a vender 100 mil exemplares por dia...

Assim, não há meio de contrariar eficazmente o equívoco, que a publicação simultânea das duas medidas veio criar. Se o Ministério da Guerra houvesse adiado a publicação do seu propósito — o povo, que confia no prefeito, porque dele só tem recebido benefícios e cuidados, veria no recenseamento mais uma prova da sua paternal administração, e auxiliá-lo-ia. Mas parece que há, neste país, uma doença orgânica, que leva muita gente, irresistivelmente, a perturbar e estragar, com consciente ou inconsciente maldade, tudo quanto se pretende fazer de bom.

Vão agora tirar da cabeça de certa gente que a entrega das listas censitárias há de expô-la ao recrutamento militar!

O que é verdade é que, para, abusivamente, e contrariando expressamente a letra da lei, pôr em prática o recrutamento forçado, as autoridades militares não carecem do recenseamento. Ainda há pouco, para organizar a parada espetaculosa de uma guarda nacional que não existe, alguns coronéis de mentira andaram complicando a vida doméstica dos cidadãos, privando-os violentamente dos serviços dos seus cozinheiros e dos seus copeiros...

O povo, porém, não compreende isso. Se lhe não demonstrarem cabalmente que o recenseamento civil, organizado pela prefeitura, nada tem de comum com o alistamento militar, organizado pelo Ministério da Guerra, ele, apavorado pelo fantasma da Farda, há de mais uma vez furtar-se ao cumprimento de um dever social, que tão facilmente e com tão grande utilidade para todos pode ser cumprido. Como, porém, fazer essa demonstração àqueles que, por culpa e desídia do Estado, continuam aviltados pelo analfabetismo, moralmente cegos, tristemente mantidos na ignorância, privados da compreensão dos seus direitos e dos seus deveres?

É aqui que tudo vem ter: o problema da instrução é

como, nas máquinas, o eixo central, em torno do qual os movimentos de todas as peças se combinam e conjugam. Por isso, é que não deixo de tocar este realejo, cuja música pode parecer enfadonha, mas é indispensável: e "si cette histoire vous embête,/ nous allons la recommencer!".[1]

O. B.

Gazeta de Notícias
17/6/1906

---

[1] "se esta história vos aborrece/ nós vamos recomeçá-la."

Exposição Nacional

Na Exposição.[1] Domingo.
Que falta à Exposição?

Nem luz, nem movimento. Durante o dia, o Sol, que é o Empreiteiro da iluminação do nosso sistema planetário, fornece de graça a sua luz ofuscante, que chega a ser demasiada: o dorso [***] da Urca e da Babilônia, a face espelhante do mar, as fachadas brancas dos Palácios, ardem, reverberando. À noite, a luz elétrica, estendida em fios, conglomerada em grandes massas irradiantes, chega a ofender a vista da gente, doendo nos olhos. E, exceto nas noites

---

[1] Crônica que se refere à Exposição Nacional de 1908, inaugurada na praia Vermelha, Rio de Janeiro. Para Bilac, esta exposição funciona como desdobramento da reurbanização carioca e como afirmação de nossa maioridade nacional.

e nos dias em que chove, o âmbito larguíssimo é pequeno para conter a inundação estuante da multidão, que se espraia pelas avenidas.

Mas, nesse movimento e nessa fulguração, há um silêncio que impressiona mal. Ainda nesse domingo, 23, dia de incomparável formosura, 60 mil pessoas andaram por aqui, torvelinhando; mas que silêncio! As bandas de música são poucas e têm preguiça. Só de longe em longe se ouve o eco abafado de uma música. E o rio humano se escoa sem uma crepitação alegre, sem uma espumarada de riso, sem um estalar de entusiasmo. Há senhoras que passam gravemente carregadas de sedas negras, pelo braço de homens fúnebres, que dão a impressão de estar acompanhando a procissão do Enterro. Até as crianças, chupando o dedo, pasmando para os pavilhões, têm uma solenidade que irrita...

Que falta à Exposição? falta barulho. Nas outras grandes cidades da Terra, onde a Natureza é triste, onde o solo sua melancolia e onde o céu chove tédio, uma grande Exposição como a nossa é sempre uma quermesse barulhenta e delirante, cheia de um vasto e tonitruoso clamor em que se misturam gritos e risadas, pregões de barraqueiros, guinchos de palhaços, berros de cocheiros, alaridos triunfais de músicas e cantos.

Escrevi "guinchos de palhaços"... À nossa gente *smart*, idólatra do *smoking*, adoradora da casaca, fetichista da Elegância, pode parecer absurdo e *shocking* (vá lá mais este peregrinismo!) que uma Exposição tenha palhaços. Tem, sim, senhores! Em Paris, em Londres, em Berlim, nas mais velhas e ricas, e elegantes capitais da Europa, as Exposições servem para entreter e divertir, ao mesmo tempo, a gente grave e a gente fútil, a gente rica e a gente pobre, a gente poderosa e a gente humilde. Há por lá restaurantes e teatros de luxo, onde o lugar à mesa e o lugar na platéia custam gordas quantias; mas, fora desses recintos privilegiados, o povo encontra as suas diversões favoritas.

Entremeando-se com os palácios suntuosos, há as barracas pitorescas, sarrafos e lona — em que a modéstia da construção não é difícil de conciliar com uma certa elegância de linhas e de decoração; e encontram-se aqui as danças exóticas, ali o engolidor de espadas, acolá a mulher elétrica, além o hércules de feira, mais adiante o domesticador de cobras, o homem-escafandro, o prestidigitador, o pintor de paisagens instantâneas, o acrobata, o ensinador de cães, e um sem-número desses saltimbancos alegres, que são a delícia das crianças de calças curtas e das crianças de cabelos brancos.

Nada disso é *up-to-date*, nem cheira a Victoria Essence ou a Féria; mas as Exposições não são feitas apenas para divertir banqueiros e diplomatas; e o povo tem o direito de exigir os divertimentos que são modestos e inocentes como a sua alma rude.

Tudo isso falta à nossa Exposição, e, faltando-lhe isso, falta-lhe o barulho, falta-lhe a animação, falta-lhe a vida. A gente *chic* é adorável: mas o seu mesmo *chic* lhe impõe o dever de ser sisuda, entediada, enjoada e melancólica; de modo que, se contarmos apenas com esse escol, com essa gema, com essa nata da sociedade, a Exposição há de ser sempre taciturna como fim de mês sem dinheiro e acabrunhadora como a leitura do *Corpus Juris*.

Onde está aqui, para as crianças, o teatrinho de João Minhoca? onde está a barraca da leitora de "buena dicha"? onde está a tenda do tirador de fotografias instantâneas? onde estão todos esses divertimentos ingênuos e baratos, que são o maior encanto da boa arraia-miúda, dessa forte e simples multidão sobre cujo trabalho e sobre cuja resignação assenta a felicidade dos remediados e dos ricos?

Onde estão aqui, principalmente, os cantores de modinhas brasileiras? Essa nota, profundamente nacional, seria um encanto para nós, e uma surpresa e uma revelação para os estrangeiros. Já sei que o violão anda muito desmoralizado nas rodas da alta: mas o povo continua a gostar muitíssimo dele, e basta isso para que ele conserve todo o seu prestígio.

A grande Indústria, a que consome e rende milhares e milhares de contos de réis, enriquecendo prodigiosamente os seus magnatas, está aqui muito bem representada, dentro desses imensos palácios, que são a glória dos arquitetos da Exposição. Mas em vão se procura cá fora, ao ar livre, nas alamedas, a exibição dessas pequenas indústrias, que, em qualquer Exposição da Europa, nos maravilham pela sua diversidade e pela sua originalidade, revelando o gênio inventivo do povo: brinquedos, jogos, utensílios domésticos, toscos instrumentos e aparelhos, mil nadas que pouco valem pecuniariamente, e valem muito como afirmação de inteligência, de vontade de ganhar dinheiro e de amor ao trabalho.

Claro está que a culpa de todas estas pequenas faltas não cabe à Comissão. Cabe à própria índole tristonha e apática do nosso povo, e à escassez da iniciativa particular, que é um dos distintivos da nossa raça. Em matéria de pequenas indústrias de rua, temos apenas o padre dos fósforos, a espanhola dos tapizes, e os mascates.

Glorioso domingo, gloriosa Exposição, glorioso esplendor de riqueza e de arte! Mas triste povo! Decididamente, só o Carnaval consegue abalar e entusiasmar esta cidade tão cheia de luz, de calor, de beleza — e tão vazia de bom humor...

O. B.

Gazeta de Notícias
30/8/1908

Liga dos Inquilinos

Desde que há homens na face da Terra — as três grandes causas de todos os sofrimentos, de todos os conflitos, de todas as guerras, de todos os crimes, têm sido: a casa, a comida e o amor.

Dessas três cousas, há uma que não tem a força das outras: a comida; estômago faminto sempre se arranja bem ou mal, com fartura ou penúria, com indigestão ou jejum.

Mas a casa!... Mas o amor!... Essas são as duas molas reais da existência humana, as duas necessidades terríveis da nossa vida. É raro, raríssimo, que a fome seja a origem de crimes, ao passo que por causa da propriedade de terras ou de casas, e por causa do amor, os tribunais nunca têm mãos a medir, quer estejam ocupados em decidir as pendências e os litígios entre proprietários ou entre amantes, quer estejam ocupados em processar os réus de assassinatos causados pelo delírio da posse material ou da posse amorosa. O teto e o beijo! — eis aí os dois inimigos da tranqüilidade humana!

Já os trogloditas, os homens-chimpanzés, e os primeiros lapões, e os primeiros esquimós, e os primeiros celtas, eram governados exclusivamente por essas duas necessidades. Para o homem primitivo, comer era um problema de solução fácil: a caça era abundante, era farta a pesca — e havia na face da Terra inculta e no seio das águas bravias carne demais para aplacar a exigência do mais válido estômago. Mas o teto e a mulher! O que o homem primitivo, como o homem de hoje, defendia e prezava acima de tudo era o seu lar: a casa e a companheira. A casa era uma rude grota natural, ou uma caverna artificial cavada na rocha, ou uma construção megalítica de penedos sobrepostos, ou uma cabana lacustre levantada à flor da água sobre espeques de madeira tosca, ou um ninho aéreo equilibrado no cimo da alta árvore frondosa: dentro dessa casa, vivia a Mulher, que devia ser nesse tempo uma grande macaca muito feia e muito cabeluda — mas que já era uma das preocupações máximas, um dos maiores cuidados, uma das paixões supremas do homem.

Ainda assim, a mulher era mais fácil de arranjar do que a casa: para conquistar uma mulher, bastava ao homem bárbaro aprisioná-la no meio do bosque, subjugando e matando em poucos minutos o seu legítimo dono; mas para construir uma casa, que luta e que labor! Os machados cortavam mal, as madeiras eram duras, não havia pregos, nem serrotes, nem plainas, nem parafusos...

De modo que naquele tempo (como ainda hoje) o amor era uma preocupação mais séria do que a comida; e a casa era uma preocupação mais séria do que o amor...

O que aí fica escrito não é a divagação de cronista sem assunto. É, sim, o comentário inicial de um assunto grave, que está atualmente preocupando o Rio de Janeiro, e já fez correr sangue em Buenos Aires.

À imitação do que se faz em Buenos Aires, também aqui se fundou uma Liga dos Inquilinos. Dada a rivalidade que sempre houve e sempre haverá entre as duas grandes cidades, seria absurdo que houvesse em uma delas alguma cousa que não existisse na outra...

À nossa Liga, como à de Buenos Aires, não pertencem os inquilinos que pagam seiscentos, setecentos, oitocentos mil-réis mensais pelos palacetes em que residem. Esses também são proprietários e pertencem à classe feliz, que não conta o dinheiro que despende.

Os membros da Liga são os operários, os pequenos empregados, os funcionários de baixa categoria, muitos dos quais ganham apenas cem mil-réis por mês, e são obrigados a pagar cinqüenta ou sessenta mil-réis por um quarto sem luz numa "avenida" infecta.

Não há quem ignore que, com as demolições e reconstruções que o aformoseamento da cidade exigiu, houve no Rio uma verdadeira "crise de habitação". O número de casas habitáveis diminuiu em geral, porque a reconstrução é morosa. Além disso, diminuiu especialmente, e de modo notável, o número de casas modestas, destinadas à moradia da gente pobre — porque, substituindo as ruas estreitas e humildes em que havia prédios pequenos e baratos, rasgaram-se ruas largas e suntuosas, em que se edificaram palacetes elegantes e caros. E que fizeram os proprietários dos casebres e dos cochicholos que as picaretas demolidoras pouparam? viram na agonia da gente pobre uma boa fonte de renda, e aumentaram o preço dos seus prédios. É uma crise completa e terrível: há poucas casas para os humildes, e essas mesmas poucas casas alugam-se por um preço que não é acessível ao que possuem os poucos desfavorecidos de fortuna, os que apenas podem ganhar ordenado exíguo ou minguado salário.

Tudo isso justifica a fundação da Liga dos Inquilinos. Unem-se os inquilinos infelizes contra os proprietários cruéis. Nada mais justo. Todos os fracos recorrem a esse meio de defesa, que é o único eficaz: a união das suas fraquezas, constituindo uma força respeitável. A gritaria de cem ou de mil oprimidos sempre é mais facilmente escutada do que o grito de um só...

Em Buenos Aires, por causa da Liga dos Inquilinos já correu sangue. Os moradores coligados declararam que não pagariam os aluguéis dos seus pardieiros e mansardas enquanto no preço desses aluguéis não fosse feita a redução de uns tantos por cento. A essa imposição os proprietários responderam com estas duas armas terríveis, que a lei implacável dá aos ricos contra os pobres: o mandado de despejo e a penhora. Os inquilinos resistiram; a força pública, que, sendo por si mesma uma Opressão organizada, sempre intervém em favor dos opressores contra os oprimidos — veio postar-se, com as suas carabinas embaladas, ao lado dos oficiais de justiça, encarregados de fazer cumprir a Lei; houve assuadas, pedradas, tiros — e um operário caiu, baleado e morto.

No dia seguinte disseram-nos os telegramas que toda a cidade platina ficou consternada, assistindo ao préstito imenso, que levou ao cemitério o corpo do infeliz. Quatro mil operários acompanharam à cova o cadáver. A multidão, contristada, enchia as ruas, descobrindo-se à passagem do féretro. E algumas mulheres, vociferando à frente da trágica procissão, levavam bandeiras vermelhas envoltas em crepe. Parecia uma cena do drama da Comuna,[1] em Paris, em 1871...

No Rio de Janeiro, ainda o protesto não foi levado a tal extremo, e a situação ainda não se revestiu de tamanha gravidade. Disseram há dias os jornais que a nossa Liga dos Inquilinos resolvera iniciar sua ação por meio de conferências públicas...

Tudo aqui se resolve, atualmente, por meio de conferências e de cinematógrafos. São esses, neste momento, os grandes remédios para todos os males, as panacéias infalíveis para todos os sofrimentos. Haveis de ver que o caso do estado do Rio, e a teratologia política das oligarquias esta-

---

[1] Comuna de Paris (1871): movimento revolucionário que tomou conta de Paris, na esteira da derrota da França contra a Prússia, em 1870. De inspiração esquerdista, a Comuna, mesmo que efêmera, montou um programa de reivindicações sociais que atingia fundo o capitalismo.

duais, e a crise do café, e o povoamento do solo, e a organização da Exposição Nacional de 1908, e todos os problemas gerais, que nos preocupam e assoberbam, ainda se hão de resolver com o auxílio desses dois paus para toda obra: as conferências e os cinematógrafos...

Mas deixemos de parte a ironia! A ironia é descabida quando há sofrimento real dos que se queixam. A crise existe, e os que tudo podem, os que mandam e governam, os que têm dinheiro e força nada querem fazer em favor dos que não acham onde morar. As casas pequenas escasseiam. As que há estão todas ocupadas. As que se esvaziam, por morte ou despejo dos locatários, são logo alugadas por preços altos...

Que há de fazer a gente pobre?

Se ao menos essa gente pudesse morar ao ar livre, sob o teto piedoso do céu, sob o pálio misericordioso das estrelas!... Transformar-se-iam a avenida Central, a avenida Beira-Mar, o Campo de São Cristóvão, o Parque da República, os terrenos acrescidos do Mangue, o largo do Paço, a Copacabana, a Tijuca, em imensos caravançarás[2] descober-

---

[2] Termo originário do persa, significa "grande abrigo destinado à proteção de viajantes e de grandes caravanas".

tos, em vastos acampamentos, onde os que não pudessem pagar um conto de réis mensalmente por uma casa, ficassem dormindo ao sereno...

Mas a polícia é feroz: a Lei manda considerar vagabundo todo indivíduo que não tem domicílio certo — e não quer saber se esse indivíduo tem ou não tem a probabilidade de arranjar qualquer domicílio. Conheceis porventura pessoa ou cousa mais estupidamente atroz e mais atrozmente estúpida do que essa abominável entidade que se chama A Lei?

O problema da casa, da habitação, do teto! Esse é decididamente, ainda hoje, como em primitivas eras, o mais terrível dos problemas que agoniam o homem; mais sério do que o problema da comida, e mais temeroso que o problema do amor.

Bem mais feliz que o homem é o caramujo, que já nasce com a sua casa às costas, e que a leva consigo por onde quer que vá — sem pagar um vintém pelo aluguel por essa habitação confortável que a Natureza lhe deu!

O. B.

Kosmos

outubro de 1907

Usos

Polcamania

Já deveis saber que cada povo tem a sua música nacional. Não vos falo de hino: falo-vos, preclaros amigos meus, de um certo quebro popular, de canto e dança, peculiar a cada povo.

Os ingleses, homens graves que, quando se divertem, parecem estar assistindo ao próprio enterro, possuem o *solo*, melancólico exercício de pernas, medido por notas que têm a morosidade das litanias e o profundo mistério do cantochão.

Os espanhóis, raça de amorosos, de dengosos, de ardentes, possuem a *petenera*, girândolas de notas vivas, que estalam como beijos.

Os portugueses, raça de conquistadores, de descobridores, de marinheiros, têm a cana-verde, símbolo da esperança que anda no mar à roda dos vapores, canto em que passa toda a tristeza das largas águas desertas: e, quando eles a dançam, batem fortemente o chão com os pés, resto da reminiscência dos antigos conquistadores, dos Pedro Álvares e dos Castros, que tomavam conta das terras longes, pisando-as forte, com autoridade e domínio.

Todos os povos têm a sua música especial e característica. Pois ainda há pouco tempo não se descobriu, numa parede de templo grego, a gravura do "Hino de Apolo", música simples como um verso de Meleagro,[1] serena como a face de *Vênus de Milo*, majestosa como o estilo do Partenon!...

No Brasil, estou em dizer que a dança característica é a polca. Homens, velhos como Matusalém e amigos da verdade como Epaminondas, já por várias vezes me têm assegurado que a polca chegou aqui com uma mlle. Chica, do mesmo sobrenome, senhora de costumes fáceis e virtude difícil, que andou virando todas as cabeças fluminenses de há oitenta anos atrás...

Já por aí se vê que a origem dessa dança se perde na

---

[1] Meleagro (c. 140/120 a. C.-60 a. C.): poeta grego, Meleagro tornou-se conhecido por seus epigramas homenageando efebos e cortesãs.

noite dos tempos. Seja como for, porém, temos o amor da polca na massa do sangue. Que importa afinal que a primeira polca não tenha sido executada e dançada entre os palmeirais da nossa terra, com acompanhamento de chilros de sabiás e de choques surdos de tacapes indígenas? Não importa cousa nenhuma.

Como nós polcamos! Arrastando airosamente os pés pelo soalho, ou sobre ele saltando, aos pulinhos, qual o brasileiro que nunca tenha polcado? Polca todo o Brasil, meus amigos! Vede-o! a sua dama e d. Futilidade... Lá vão os dous, enlaçados, amorosos, ternos, peito contra peito, leves como duas sombras...

Os editores musicais é que rejubilam com esse progresso contínuo da polcamania.

Todos os dias chovem sobre o Rio de Janeiro as folhas de papel pintalgadas de risquinhos pretos. Os títulos, incisivos e curtos, ou longos e velados, celebram assuntos vários e vadias inspirações.

Tudo se comemora por solfa, em cadência de polca. É a "Partida para Mato Grosso", são os "Tiros da vovó", é o "Assassinato de Carnot". Tudo quanto comove o público, tudo quanto monopoliza as atenções gerais durante um ano, durante uma hora, ou mesmo durante um minuto, é logo posto em música e entregue aos 500 mil pianos que fazem a delícia da pátria.

De modo que, entre nós, registra-se a História arrastando os pés. Assinalam-se os marcos militares da civilização por compassos ternários ou quaternários — segundo o gosto do compositor.

Morre um grande homem? é preciso prestar-lhe uma homenagem à beira do túmulo? Nada mais fácil! Manda-se chamar o Júlio Reis,[2] encomenda-se-lhe uma polca, abre-se um piano, um homem e uma senhora abraçam-se e entram a polcar. Uma volta. Dez voltas. Pronto! o pai vai tomar um refresco, e o grande homem falecido entra definitivamente para a História.

Confesso, porém, que, apesar de saber que a polca é tudo — quedei espantado com o título de uma composição recente. São editores dela os senhores... Não! não direi: ninguém me pagaria esta desinteressada *réclame*!

A polca chama-se "Filosófica" e é assinada por — ?

....

| [2] Júlio César do Lago Reis (1870-1933): paulista de nascimento, Júlio Reis desenvolveu sua carreira de músico no Rio de Janeiro. Em 1877, sua "Marcha triunfal" foi executada em Roma, em homenagem ao papa Leão XIII, a quem a composição era dedicada. Foi também crítico musical de *A Notícia*, jornal carioca.

Compreendeis o meu espanto? O título já é curiosíssimo como contribuição e subsídio para a história da polca. "Filosófica"! é um achado! Mas o mistério da assinatura, aquele enigma que ali se arqueia em forma de ponto de interrogação, aquele singular e esfingético anonimato — aquilo é tudo.

Modesto como um verdadeiro filósofo, este filósofo que pensa arrastando os pés, medindo as suas cogitações pelas palpitações de um metrônomo de Maelzel — não quis entregar o seu nome à posteridade: preferiu ficar anônimo.

Polca *filosófica*! polca amante da sabedoria! polca socrática! polca aristotélica! Quem sabe se não está aqui o berço de uma nova doutrina, dentro da pauta desta melodiosa folha de papel!

Por que não hão de polcar também os filósofos? Quem é capaz de dizer, por exemplo, que a verdadeira lei astronômica não seja um compasso de dança? Estrelas de ouro, que dançais no céu, há tantos séculos — como se chama a polca perpétua, que para vosso uso exclusivo compôs, no Princípio, quando o Verbo era tudo, o Grande Compositor do Universo?

Polca *filosófica*! — polca para ser dançada por pares, constituído cada um por um filósofo e uma idéia: Spencer

e d. Causa-Primária, Comte e d. Lei-dos-Três-Estados, La-
med e d. Multiplicação-Hermética!...

Meu Deus! quem sabe se a orientação filosófica do século XX não vai sair de uma polca do dr. Cunha Sales?...

Olavo Bilac
Gazeta de Notícias
3/8/1894

Prostituição infantil

Não sei que jornal, há algum tempo, noticiou que a polícia ia tomar sob a sua proteção as crianças que aí vivem, às dezenas, exploradas por meia dúzia de bandidos. Quando li a notícia, rejubilei. Porque, há longo tempo, desde que comecei a escrever, venho repisando este assunto, pedindo piedade para essas crianças e cadeia para esses patifes.

Mas os dias correram. As providências anunciadas não vieram. Parece que a piedade policial não se estende às crianças, e que a cadeia não foi feita para dar agasalho aos que prostituem corpos de sete a oito anos... E a cidade, à noite, continua a encher-se de bandos de meninas, que vagam de teatro em teatro e de hotel em hotel, vendendo flores e aprendendo a vender beijos.

Anteontem, por horas mortas, [***] que me encheu de mágoa e de nojo, de indignação e de angústia. Saía de um teatro. [***] rua central da cidade, deserta a essa hora avançada da noite, vi sentada uma menina, a uma soleira de porta. Dormia. Ao lado, a sua cesta de flores murchas estava atirada sobre a calçada. Despertei-a.

A pobrezinha levantou-se, com um grito. Teria oito anos, quando muito. Louros e despenteados, emolduravam os seus cabelos um rosto desfeito, amarrotado de sono e de choro. E dentro do miserável vestidinho de chita, todo o seu corpo tremia, como numa convulsão, nervosamente. Quando viu que não lhe queria fazer mal, o seu ar de medo mudou-se logo num ar de súplica. Pediu-me dez tostões, chorando.

E a sua meia-língua infantil, espanholada, disse-me cousas que ainda agora me doem dentro do coração.

Perdera toda a féria. Só conseguira obter, ao cabo de toda uma tarde de caminhadas e de pena, esses dez tostões — perdidos ou furtados. E pelos seus olhos molhados passava o terror das bordoadas que a esperavam em casa...

"Mas é teu pai quem te esbordoa?"

"É um homem que mora lá em casa..."

Dei-lhe os dez tostões, sem poder falar.

Ela, já alegre, com um sorriso divino que lhe iluminava a face úmida, pediu-me mais duzentos réis — para si, esses, para doces.

Guardou a nota na cesta, e meteu a mesada na meia, depressa, para a esconder...

Fiquei parado, longo tempo, a olhá-la. O seu vulto fugia já, pequenino, quase invisível na escuridão. Ainda de longe o vi, fracamente alumiado por um lampião, sumir-se, dobrando uma esquina. Segui o meu caminho, com a morte na alma.

Ora — nestes tempos singulares em que a gente já se habituou a ouvir sem espanto cousas capazes de horrorizar a alma de Deiber —, é possível que alguém, encolhendo os ombros diante disto, me pergunte o que é que eu tenho com a vida das crianças que vendem flores e são amassadas a sopapos quando não levam para casa uma certa e determinada quantia.

Tenho tudo, amigos meus! não penseis que me iluda sobre a eficácia das providências que possa a polícia tomar, a fim de salvar das pancadas o corpo e da devassidão a alma de qualquer dessas meninas. Bem sei que, enquanto o mundo for mundo e enquanto houver meninas — proteja-as ou não as proteja a polícia —, haverá pais que as esbordoem, mães que as vendam, cadelas que as industriem e cães que as deflorem!

Bem o sei: mas sei também que possuo nervos que vibram, coração que se impressiona e olhos que vêem. E se a polícia não pode impedir a continuação dessa infâmia — pode pelo menos impedir que ela se ostente, escandalosa, florescendo e frutificando à sombra da sua indulgência e da sua tolerância.

A polícia não pode proibir também que as meretrizes de profissão se entreguem ao seu comércio. Mas não deixa que elas apareçam nuas à janela, e muito menos consente que venham fazer no meio da rua, à luz meridiana, o que fazem no interior das casinhas de porta e janela. Com um milhão de raios! quem tem a desgraça de possuir dentro do organismo um cancro incurável — não podendo extirpá-lo, trata ao menos de o esconder, por higiene, por decência, por pudor!

Demais, que custa abrir um inquérito para conseguir saber que grau de parentesco existe entre as crianças vendedoras de flores e os que as exploram? Eu, por mim, posso afirmar a quem de direito que, em cada grupo de dez crianças dessas, interrogadas por mim, duas apenas me têm dito que conhecem pai ou mãe...

Enfim, todos nós temos mais que fazer. E talvez a sorte melhor que se possa desejar hoje em dia a uma criança pobre — seja uma boa morte, uma dessas generosas mortes providenciais, que valem mais que todas as esmolas, todas as bênçãos, todos os augúrios felizes e... toda a comiseração dos cronistas.

Olavo Bilac
Gazeta de Notícias
14/8/1894

Trabalho feminino

O sábado, em que está sendo escrita esta crônica, arrasta-se aborrecido e pesado, numa enxurrada de lama, sob o açoite frio dos aguaceiros, cheio de uma melancolia que nada pode dissipar. Oh! estes dias de chuva! Deus sabe quanto suicídio tem por causa a sua fúnebre tristeza...

Deixando cair o livro que lia, o cronista levantou-se, abriu a janela, lançou um olhar entediado ao céu e à rua.

Que céu e que rua! Em cima uma planície cinzenta, manchada aqui e ali de nuvens mais escuras, que crescem, estendem-se em cargas-d'água barulhentas e grossas. Embaixo, lama e deserto... Os bondes que passam trazem as cortinas abaixadas, lustrosas de chuva, bambas, ao áspero vento que as sacode. E não se vê ninguém... Quem há que se atreve a afrontar a dureza desta úmida manhã, toda de choro e enfaro.

Mas não... Lá vem, cosido à parede, um vulto apressado. É uma mulher. Mais perto agora, distinguem-se-lhe as feições, as roupas encharcadas, sob o puído guarda-chuva gotejante. A borrasca envolve-a, vergasta-a, enraiva-se sobre ela, com uma crueldade implacável. A velha saia preta, colada às pernas, vem barrada de lama; os sapatos chapinham nas poças da água; e sempre cosida à parede, carregando um grande embrulho, tossindo e tremendo de frio, lutando contra a ventania furiosa, lá se vai a pobre — fantasma da pobreza, vítima de uma dura sorte, em busca do pão com que há de alimentar os filhos pequenos, e, quem sabe? talvez também um marido malandro, que fica, no calor da alcova, contando as tábuas do teto e fumando, enquanto a mísera tirita pelas ruas alagadas...

Em geral, nós, que só conhecemos as senhoras da nossa roda, pensamos que todas as mulheres são melindrosos alfenins que qualquer trabalho fadiga. Mas as que conhecemos são as flores humanas, cuidadosamente criadas na estufa da civilização; são uns encantadores e estranhos animais, metade anjos, metade demônios, tão sedutores e amáveis quando abusam da sua influência celestial como quando abusam da sua influência satânica... Essas são as que nasceram para ser servidas e adoradas, como santas, em nichos de ouro e prata, cobertas de alfaias e de jóias.

Mas, por uma dessas, quantas mil existem que são a providência doméstica, o amparo [***] da família [****] que as formigas, mais infatigáveis do que as abelhas, mourejando da primeira luz do dia às horas cerradas da noite, entisicando sobre a máquina de costura, perdendo as forças sobre a tábua de engomar, tisnando a pele junto das chamas do fogão!

Ninguém pensa nisso... Só, de quando em quando, um cronista melancólico, levado pela própria tristeza a cuidar das tristezas alheias, demora a atenção sobre a dureza da vossa negra sorte — ó mulheres pobres, que sois tão mais fortes do que nós, na moral como no físico!

Ainda não há três dias publicava *A Notícia* esta local:

"Pela primeira vez, foi enviado ao Ministério da Fazenda um requerimento de uma senhorita pedindo para inscrever-se [***] concurso, a fim de exercer um emprego [***] Fazenda.

"Esse requerimento foi à diretoria do contencioso, a fim de ser informado, e combateu a pretensão, pelo que o sr. ministro da Fazenda resolveu indeferir o mencionado requerimento."

Ora, as leis humanas não podem ter a infalibilidade que a Igreja atribui às leis divinas. A sociedade não pode sujeitar-se ao império de uma lei absurda, somente porque ela é uma lei.

Sempre que se agita esta questão das *reivindicações femininas*, escovam-se e [***] os velhos chavões, e, com um grande ar de importância, os filósofos decidem sem apelação que a mulher não pode ser mais do que o anjo do lar, a vestal encarregada de vigiar o fogo sagrado, a depositária das tradições da família... e das chaves da despensa. Todo esse dispêndio de palavras inúteis serve apenas para encobrir a fealdade da única razão séria que podemos apresentar contra as pretensões das mulheres: o nosso egoísmo, o receio que temos de que nos despojem das nossas prerrogativas seculares — o medo de perder as posições, as regalias, as honras que o preconceito bárbaro confiou exclusivamente ao nosso século. Compreende-se: quem se habituou a empunhar o bastão do comando não se resigna facilmente a passá-lo a outras mãos: é mais fácil deixar a vida do que deixar o poder.

Por que não há de a mulher poder exercer "um emprego da Fazenda"? Que há de misterioso e sagrado, de recôndito e impenetrável no exercício dessas funções que não possa ser devassado e apreendido pelo espírito de uma mulher?

Amar o próximo e praticar o bem, praticar a caridade nos hospitais de sangue e nos asilos civis, educar crianças — são tarefas infinitamente mais sérias do que alinhar algarismos em livros, calcular taxas de câmbio, aplicar tarifas e computar perdas e ganhos. É pois preciso ter o cérebro de um Dante, de um Comte, de um Bacon, para poder trazer em dia o livro do protocolo de uma repartição pública ou para saber somar quatro colunas de algarismos?

Entretanto, que bela experiência a tentar! O espírito da mulher tem sobre o nosso uma incontestável superioridade: não é feito, como o nosso, de imaginação, de poder criador, de invenção; é feito de bom senso, de prudência, de tenacidade, de paciência. Já alguém escreveu que "a mulher que dedicasse à execução de um plano financeiro a inteligência minuciosa e clara que costuma dedicar à execução de um complicado plano de toalete, desbancaria talvez os melhores economistas do mundo".

Em bom senso, não as vencemos, como não as vencemos em economia.

Se todos quisessem ser sinceros, ou antes se não quisessem enganar a si mesmos, quantos homens confessariam que os melhores atos de toda a sua existência foram inspirados no recesso do lar, entre dois carinhos — nessas horas de intimidade em que as mulheres sabem influir sobre o nosso espírito sem mostrar o que estão fazendo, e em que nós, inconscientemente, sem humilhações para o nosso desmarcado orgulho, vamos pouco a pouco adotando as suas idéias e abandonando as nossas, de maneira que, daí a pouco, exclusivamente parece nosso aquilo que é exclusivamente delas!

Em economia, então — que abismo entre elas e nós!

Não se trata, está claro, destas lindas e adoráveis senhoras do grande clã, deusas deliciosas, cujas mãos perfumadas foram feitas apenas para dissipar o dinheiro...

Mas, nas casas pobres, que maravilhas de zelo, de poupança, de milagroso comedimento nas despesas! Não têm conta as donas de casa que reproduzem diariamente o milagre da *multiplicação dos pães*!

Quando rompe a manhã, já a abelha humana anda há uma hora zumbindo e trabalhando. Não há recanto da casa que escape à vigilância do seu olhar, não há providência que seja esquecida pela sua inteligência sempre alerta. Oh!

o doce milagre! com um punhado miserável de dinheiro, é preciso alimentar os filhos, é preciso vesti-los, é preciso educá-los, é preciso consolar o marido e cercá-lo de conforto quando ele é infeliz, é preciso viver com decência... O trabalho não se faz sem lágrimas... A tarefa é rude, os pulmões se enfraquecem, calejam-se as mãos, vai-se a beleza, perdem-se as graças — mas a casa prospera... E, quando à noite, derreada e quase morta de cansaço, a heroína vai sentar-se junto à máquina Singer para dar conta do serão, uma doce auréola paira sobre a sua pálida cabeça de mártir do dever.

Ah! que orgulho o nosso! e não há homem que reconheça esse sacrifício! e não há homem que deixe de atribuir à sua própria competência enfatuada a prosperidade e conforto que brotaram no seu lar, quando, quase sempre, esses doces frutos são devidos às lágrimas e às gotas de suor com que as mártires regam o solo...

É singular! nega-se a quem é capaz de fazer tudo isso o direito de aspirar a um lugar de amanuense de secretaria! Mas, por todos os santos do Paraíso! se há uma lei que determina isso, revogue-se quanto antes essa lei absurda!

Abram-se às mulheres todas as portas! Porque, enfim, nós, os homens, já temos contribuído tanto para plantar na Terra o domínio da tolice e da injustiça — que não era mau saber se o outro sexo não é capaz de ter mais juízo do que o nosso!...

s. a.

Gazeta de Notícias
18/8/1901

O bonde

Não me faltariam assuntos com que atulhar o bojo de uma larga crônica, bem nutrida e bem variada, neste sábado em que escrevo — um sábado alegre e quente de um sol que cobre de tons de ouro e topázio os nossos feios telhados do século atrasado. Mas não quero outro assunto, senão este: o bonde — o bonde amável e modesto, veículo da democracia, igualador de castas, nivelador de fortunas —, o bonde despretensioso, de que, anteontem, festejamos o 35º aniversário natalício.

Natalício sim — porque, para o Rio de Janeiro, o bonde nasceu há 35 anos somente. E a cidade ainda está cheia de gente que se lembra das gôndolas pesadas e oscilantes, que se arrastavam aos trancos, morosas e feias como grandes hipopótamos.

O bonde, assim que nasceu, matou a gôndola e a diligência, limitou despoticamente a esfera da ação das caleças e dos *couplets*, tomou conta de toda a cidade — e só por generosidade ainda admite a concorrência, aliás bem pouco forte, do tílburi. Em 35 anos, esse operário da democracia estendeu por todas as zonas da urbe o aranhol dos seus trilhos metálicos, e assenhoreou-se de todas as ruas urbanas e suburbanas, povoando bairros afastados, criando bairros novos, alargando de dia em dia o âmbito da capital, estabelecendo comunicações entre todos os alvéolos da nossa imensa colméia. São deles as ruas, são deles as praças, tudo é dele, atualmente. De dia e de noite, indo e vindo, ao rom-rom da corrente elétrica, ou ao rumoroso patear dos muares sobre as pedras, aí passa ele, o triunfador — o servidor dos ricos, a providência dos pobres, a vida e a animação da cidade.

Haja sol ou chuva, labute ou durma a cidade, o trabalho metódico do bonde não cessa: à alta noite, ou alta madrugada, quando já os mais terríveis noctívagos se meteram no vale dos lençóis, ainda ele está cumprindo o seu fadário, deslizando sobre os trilhos, abrindo clareiras na treva com as suas lanternas vermelhas ou azuis, acordando os ecos das ruas desertas, velando incansável pela comodidade, pelo conforto, pelo serviço da população. Cheio ou vazio, com passageiros suspensos em pencas nas balaustradas ou abrigando apenas dous ou três viajantes sonolentos — a sua marcha é a mesma, certa e pausada, num ritmo regular que é a expressão perfeita da regularidade da sua missão na Terra...

Trinta e cinco anos... Para celebrar esse aniversário, a Jardim Botânico,[1] que se orgulha da sua decania, da sua dignidade de primaz das companhias de bondes, organizou festas alegres, com muita música e muita luz — e com muita satisfação dos empregados, que tiveram *lunch*, relevações de penas, pequenos favores amáveis, e até uma proclamação do gerente, falando em "vestais", em "fogo sagrado", e em outras cousas igualmente lindas e retóricas.

No largo do Machado, vi ontem um bonde, encostado ao jardim, fulgurante e garrido, emergindo de entre tufos de folhagens, constelado de lâmpadas elétricas, apendoado de flâmulas, e ressoante de músicas festivas. Confesso que gostei imensamente dessa apoteose do bonde. Era bem justo que o glorificassem — a esse belo companheiro e

---

[1] Jardim Botânico era o nome da companhia de bondes que operava no Rio de Janeiro.

servidor da nossa atividade. Naquela apoteose, vibrava a alma agradecida de toda a população.

Por mim, não me lembro das gôndolas, nem do dia em que os primeiros bondes partiram da rua do Ouvidor. Nesse tempo, eu ainda era um pirralho de dous anos e tanto, mais ocupado em ensaiar a língua tatibitática do que em tomar conhecimento de progressos. Mas o *Jornal do Comércio*, esse venerando ancestral (que, se não me engano, em fins de abril de 1500, já dava minuciosa notícia da ancoragem de Cabral em Porto Seguro), contou em 10 de outubro de 1868 o que foi a festa da inauguração. "O trajeto", disse o velho *Jornal*, "fez-se entre alas de povo, achando-se também as janelas guarnecidas de espectadores; os carros são cômodos e largos, sem por isso ocuparem mais espaço da rua do que as gôndolas, porque as rodas giram debaixo da caixa, e uma só parelha de bestas puxa aquela pesada máquina suavemente sobre os trilhos, sem abalo para o passageiro, que quase não sente o movimento." Essas palavras podem parecer hoje frias e secas: mas naquele tempo, escritas pela gente do *Jornal*, deviam ser o cúmulo do entusiasmo... Daquele reduto de circunspecção, daquele templo de Prudência, só podiam sair louvores bem calculados e medidos. Tanto assim, que o final da notícia revelava uma reserva cautelosa: "Cumpre deixar que a experiência fale por si, mas, tanto quanto desde já pode conjecturar-se, o que devemos desejar é que a mesma facilidade de locomoção se estenda a outros arrabaldes da cidade".

Vejam só o que é o hábito! Naqueles primeiros dias da existência dos bondes, tudo parecia bom: era um espanto ver que as rodas giravam debaixo das caixas, e que os carros não ocupavam mais espaço do que as gôndolas, e que uma só parelha de bestas bastava para puxar a pesada máquina, e que o passageiro quase não sentia o movimento!

Cotejem-se esses elogios com as queixas de hoje — ter-se-á, mais uma vez, a confirmação dessa grande lei, que é tão verdadeira para as cousas do espírito como para as cousas do corpo: "As exigências aumentaram na razão direta das concessões". Se naquele tempo tudo parecia bom, hoje tudo parece mau: o movimento é moroso, os solavancos são terríveis, a luz é escassa, os condutores só merecem censura, os horários nunca são cumpridos, e tudo anda à matroca...

Tudo isso é natural: depois da luz do azeite, já a luz do querosene não nos satisfaz, como não nos satisfaz a luz do gás; e a mesma luz da eletricidade já nos está parecendo insuficiente...

Mas que te importa que digamos mal de ti, condescendente e impassível bonde? Tu não dás ouvido às nossas recriminações, e vais alargando o teu domínio, dilatando o teu aranhol, suprimindo as distâncias, confraternizando pela aproximação o Saco do Alferes com Botafogo e a Vila Guarani com o Cosme Velho, e reinando como senhor absoluto e indispensável sobre a nossa vida.

E deixa-me dizer-te aqui, nesta coluna repousada, que não te amo apenas pelos serviços materiais que nos prestas, senão também pelos teus grandes serviços morais.

Tu és o Karl Marx dos veículos, o Benoit Malan[2] dos transportes.

Sem dar mostras do que fazes, tu vais passando a rasoura[3] nos preconceitos, e pondo todas as classes no mesmo nível. Tu és um grande socialista, ó bonde amável!

Os ricos, atendendo à tua comodidade e apreciando a tua barateza, abandonam por ti as carruagens de luxo, e preferem ao trote dos cavalos de raça o trote das tuas bestas

---

[2] Benoit Malan (1841-93): socialista francês, autor do livro *O socialismo integral*.

[3] Instrumento que nivela, alisa ou aplaina madeira ou metal.

ou a suave carreira da tua corrente elétrica. Assim, nos teus bancos, acotovelam-se as classes, ombreiam as castas, flanqueiam-se a opulência e a penúria; sobre os teus assentos esfregam-se igualmente os impecáveis fundilhos das calças dos janotas e os fundilhos remendados das calças dos operários; e, nessa vizinhança igualadora, roçam-se as sedas das grandes damas nas chitas desbotadas das criadas de servir. Ah! ao lado do capitalista gotoso, senta-se o trabalhador esfomeado; a costureirinha humilde, que nem sempre janta, acha lugar ao lado da matrona opulenta, carregada de banhas e de apólices; o estudante brejeiro encosta-se ao estadista grave; o poeta, que tem a alma cheia de rimas, toca com o joelho o joelho do banqueiro, que tem a carteira cheia de notas de quinhentos mil-réis; aí a miséria respira com a riqueza, e ambas se expõem aos mesmos solavancos, e arreliam-se com as mesmas demoras, e sufocam-se com a mesma poeira... Tu és um grande apóstolo do Socialismo, ó bonde modesto! tu destruíste os preconceitos de raça e de cor, tu baralhaste na mesma expansão de vida o orgulho dos fortes e a humildade dos fracos, as ambições e os desinteresses, a beleza e a fealdade, a saúde e a invalidez...

E, além disso, amo-te porque és, juntamente com o

café, o que era nas antigas povoações selvagens o *cachimbo da paz* — o veículo da hospitalidade e da sociabilidade.

Na roça, é tomando café que se estabelecem e estreitam as relações; na cidade, é viajando no mesmo bonde que se consegue isso.

O bonde é um criador de relações de amizade... e de amor... Há amigos inseparáveis que se viram pela primeira vez no bonde, começaram por olhar-se com desconfiança, passaram a saudar-se com cerimônia, encetaram palestras frias, foram do *senhor* ao *você* e do *você* ao *tu*, e uniram-se para a vida e para a morte. E há casamentos felizes e amores delirantes de que o bonde pachorrento foi o primeiro *onze-letras*.

De encontros fortuitos em bondes, têm saído negócios, namoros, combinações políticas e financeiras, empresas e bancos, e até... revoluções. O bonde põe em contato pessoas que nunca se encontrariam talvez na vida se não existisse esse terreno neutro e ambulante, em que se misturam diariamente todas as classes da sociedade. Às vezes antipatizamos com certo sujeito: um belo dia, esse sujeito sobe conosco para um bonde, paga-nos a passagem, ilude a nossa antipatia, conquista a nossa confiança — e daí a pouco, sem saber como nem por quê, estamos a contar-lhe toda a nossa vida, e a dizer-lhe o nome da mulher que amamos, e a convidá-lo a vir jantar em nossa casa...

Ó bonde congraçador! tu fazes mais do que nivelar os homens: tu os obrigas a ser polidos, tu lhes ensinas essa tolerância e essa boa educação, que são alicerces da vida social...

E, já agora, deixa-me dizer-te tudo. Tu és o grande amigo dos poetas! Eu, por mim, devo-te grande parte dos meus versos, dos meus pensamentos, das minhas páginas de tristeza ou de bom humor... O teu suave deslizar embala a imaginação! o teu repouso sugere idéias; a tua passagem por várias ruas, por vários aspectos da cidade e da Vida — aqui ladeando o mar, ali passando por um hospital, mais adiante beirando um jardim, além atravessando uma rua triste e percorrendo bairros fidalgos e bairros miseráveis, e cruzando aglomerações de povo alegre ou melancólico —, vai dando à alma do sonhador impressões sempre novas, sempre móveis, como as vistas de um cinematógrafo gigantesco. Tu és um grande inspirador e um grande conselheiro, um grande fornecedor de temas, de sensações, de emoções suaves ou violentas — ó bonde! amigo dos que passam, embalados de sonhos, resolvedor de problemas difíceis, amadurecedor de reflexões fecundas!

Nós todos dizemos mal de ti, porque conhecemos a tua bondade: se nos privasses do teu serviço, ficaríamos sem tino, estonteados e pasmados, por essas ruas rolando à toa, como formigas de um formigueiro enlouquecido...

Ontem, quando te vi simbolicamente apoteosado, junto da estátua de Caxias, numa irradiação ofuscante — dei-te um longo olhar enternecido e grato. Emblema da simplicidade, imagem do congraçamento, veículo da Democracia — tu bem merecias essa homenagem ruidosa!

Agora mesmo, quase ao terminar essa "Crônica", toda consagrada à tua glória, estou antegozando a satisfação que me vais dar daqui a pouco... Por esta linda manhã, tão cheia de sol, vais levar-me por aí afora, embebido na contemplação das cousas e das gentes, adormecendo com o teu brando movimento a recordação dos aborrecimentos que me oprimem, e oferecendo-me, em cada esquina dobrada, um espetáculo novo e um novo germe de sonhos consoladores.

Haverá alguém que não te ame, bonde carioca?

Vê lá agora se, inchado de orgulho com esta declaração de amor, vais ficar pior do que és. Porque, enfim, tu és bom, mas não és perfeito. E nada impede que te aperfeiçoes: podes muito bem livrar-te do sistema de comboios,

podes bem ter uma luz que não prejudique tanto os olhos
de quem te freqüente à noite — e podes, enfim, andar um
pouco mais depressa. Nem todos gostam de sonhar como
eu: há quem goste de agir — e, para esses, tu ainda és quase
tão moroso como a velha gôndola que destronaste...

O. B.

Gazeta de Notícias
11/10/1903

Infância macambúzia

Alguns acontecimentos desta semana me deram uma certa melancolia — que bem poderia ser contada em verso, se eu ainda tivesse tempo e paciência para andar à caça de rimas. Prefiro cantá-la em prosa corrente, para não estragar imagens e ritmos com o comentário de vulgares saudades.

Acontecimentos vários, várias notícias: a entrada da primavera, a partida dos voluntários para as manobras, os dias da Exposição consagrados ao divertimento das crianças, o "corso das carroças"...

A entrada da primavera, no Brasil, não dá à gente aquele ferver do sangue, aquele vibrar de nervos, aquela exaltação de almas que na Europa [***] a época do reverdecer das árvores. Mas por associação de idéias, e por uma influência da nossa educação literária bebida em fontes da Europa, não podemos deixar de sentir, ao ler nos almanaques a boa nova da chegada da estação das flores, uma certa revolução do espírito. É uma convenção.

Foi essa convenção que impôs ao Congresso dos Estudantes, em Montevidéu, a escolha da data de 23 de setembro para a Feira dos Moços.

A primavera simboliza a mocidade das cousas e das almas [***] da esperança [***], a inocência da vida, o gosto de viver — e a faculdade de rir.

Foi nesse dia que os estudantes realizaram aqui o famoso "corso das carroças", formidável caricatura animada, estrepitosa *charge* que deu à vida da cidade uma nota de inesperada alegria. Como é bom poder rir e fazer rir daquele modo, e ter a coragem precisa para escandalizar com aquela veemência de bom humor impetuoso toda a forçada elegância de uma sociedade que obriga à tortura das batas e verniz a pés que só anseiam pela comodidade dos chinelos de trança! Passada a mocidade, já ninguém se rebela contra os ridículos da época: depois dos trinta anos, os homens submetem-se a tudo, e toleram tudo, e acham que tudo vai bem, e que tudo é sério. Para ter a força de dizer: "Isto é cômico", e para ter a força de rir do que a maioria respeita, é preciso ter vinte anos, idade em que se [***] para a pancada, para o barulho e para a morte sem palidez na face e sem susto na alma.

Foi também nesse dia, ou no dia seguinte, que se realizou na Exposição a primeira festa dedicada às crianças dos colégios. Ora pois! já as crianças são criaturas dignas dessa consideração! Já uma grave e circunspecta comissão (em que há um general, e vários engenheiros e bacharéis) não acha indigna da sua respeitabilidade a preocupação de organizar folguedos para a pirralhada! Como os tempos mudaram!...

E foi ainda nesse mesmo dia que li nos jornais as primeiras notícias vindas dos acampamentos dos voluntários em Deodoro. A partida foi uma festa, e uma festa em que moços ricos e pobres confraternizavam: todas as classes desfilavam ali, naquele préstito fúlgido. Rapazes entre dezessete e trinta anos, todos partiam cantando, e lá estão, na rude vida das manobras, dormindo sobre o duro chão, afrontando o vento e a chuva, transformando o desconforto em fonte de alegria. Dizem as notícias que o acampamento dos "especiais" é uma vasta "república" de estudantes. As barracas têm tabuletas satíricas, em prosa e verso; à noite, gemem os violões e o céu fica povoado de canções líricas.

E se, em vez de manobras de instrução, ali se estivessem realizando operações de verdadeira guerra, e se ali perto o inimigo e a morte andassem rondando o acampamento — a alegria seria a mesma, e as mesmas canções celebrariam a vida e o amor... Mocidade! mocidade!

Todas essas notícias e todos esses acontecimentos que falam [***] e de mocidade, me vieram lembrar esta cousa triste: que nunca fui verdadeiramente menino e nunca fui verdadeiramente moço.

A cousa não teria importância, se fosse uma desgraça acontecida a mim somente: mas foi uma desgraça que aconteceu a toda uma geração. Toda a gente do Rio, que tem hoje a minha idade, deve estar sentindo, ao ler estas linhas, a mesma tristeza.

Fomos todos criados para gente macambúzia, e não para gente alegre.

Nunca nos deixaram gozar essas duas quadras deliciosas da vida em que o existir é um favor divino. Os nossos avós e os nossos pais davam-nos a mesma educação que haviam recebido: cara amarrada, palmatória dura, estudo forçado, e escravização prematura à estupidez das fórmulas, das regras e das hipocrisias.

Tudo quanto era divertimento, estroinice, namoro,

surto para o ideal e para a liberdade, tinha de ser feito às escondidas. Aos dezesseis anos, ainda éramos tratados como meninos; e éramos profundamente hipócritas, e abominavelmente perversos, fingindo, por medo do castigo, uma inocência que já fora atirada às urtigas...

"Pueri [***]", dizia a *artinha* latina, que o padre Belmonte me pôs nas mãos, quando os meus dez anos de idade, em vez das regras da gramática latina, apeteciam e ambicionavam a cabra-cega, a peteca, e o *saute-mouton*. Havia alguma ironia acerba naquela frase, lida e traduzida por um menino: "Pueri" [***] e eu, em vez de brincar, estudava, Jesus! o ódio profundo, o ódio terrível, o ódio sanguinário, que dediquei àquele *capitão prudente* da frase "[***] prudens imperat!". Jamais houve na vida capitão tão sinceramente detestado!

Quem se lembra jamais, ó cariocas da minha geração, de dar-nos festas infantis? As nossas festas eram torturas: vestiam-nos uma roupa nova, entalavam-nos os pés com sapatos que nos [***] os tornozelos e levavam-nos a passeio com esta medonha intimação: "É preciso estar quieto! é preciso ser sério, é preciso ser homem!".

Tanto nos recomendavam isso, que ficamos homens

antes do tempo. E que homens! céticos, tristes, de um romantismo doentio...

Do colégio para a academia levamos um embezerramento que ainda hoje é o nosso distintivo. Aos dezesseis anos, éramos sábios! Não brincávamos: *pensávamos*, tínhamos clubes literários, e declarávamos, com asco, que a Vida era uma podridão! Não namorávamos: *amávamos*, com esgares, e desvairamentos, e excessos trágicos, amaldiçoando a Mulher e odiando o Amor!

Conheço muito intimamente um certo sujeito que aos dezessete anos de idade fez uma conferência sobre "localizações cerebrais"! grande pedante — que hoje só tem o desejo ardente e irrealizável de morrer, para nascer de novo e poder aproveitar em gozo exuberante e em escandalosa alegria a adolescência que dissipou estupidamente em um emprego estéril e um estudo malfeito...

Ah! que tumultuosos "corsos de carroça" inventaria esse sujeito, se pudesse volver aos vinte anos! com que júbilo marcharia para as manobras, e com que prazer suportaria o chão duro, a chuva e o vento, e todas as agruras do abarracamento *à la diable*! e com que formidável explosão de entusiasmo, à entrada da Primavera rebentariam os [***] em vivas e *urras* à Festa da Mocidade!

Mas os vinte anos não voltam mais; nenhum de nós, ó cariocas da minha geração, há de viver outra vida, para recuperar o bom tempo perdido!

E daí, quem sabe? talvez seja melhor assim! Se tivéssemos uma outra vida, seríamos capazer de estragá-la de novo — e essa reincidência no crime seria monstruosa!

O. B.

Gazeta de Notícias
27/9/1908

Política

Vossa Insolência

Canudos, Canudos, Canudos. Descomposturas, descomposturas, descomposturas. Foi o que houve durante toda a semana: mais nada.

As facadas que se trocaram nas brigas urbanas; os carros da Central, descarrilando e matando gente; a *Bohème* no Lírico, e *Mancha que limpa*, no Santana — são acontecimentos que não merecem comentário. Canudos e o bate-barba parlamentar encheram os sete dias.

De Canudos, que hei de escrever? Por ora, as notícias que de lá chegam, são de luto e tristeza... Falemos, pois, da câmara, já que é forçoso falar de qualquer cousa...

Quando a gente está só, no silêncio da alcova, preocupada com qualquer cousa — enquanto a alma anda por longe aflita e angustiada, os olhos divertem-se com as pequenas cousas que nos cercam, deixam-se interessar na contemplação de um milhão de futilidades —, seguindo o vôo espiralado da fumaça do charuto, ou a oscilação das cortinas ao vento, ou o progresso da toalha do sol no assoalho.

Assim estava eu ontem, olhando sem ver, com o charuto entre os dedos, pensando em... Não pensava em ninguém! e de repente começaram os meus olhos a seguir as evoluções da marcha assustada de um pobre ratinho, que, em má hora, o amor das aventuras fizera sair do retiro do seu buraco. Andava por ali, procurando migalhas. E agitava-se, pequenino e negro, sobre as cores vivas do tapete. Subitamente, os meus dous gatos saltaram sobre ele, ágeis, de pêlo arrepiado e orelhas a fito.

Um, o que tem o peito dourado, foi o primeiro a deitar a unha sobre o débil animalzinho...

Mas o outro correu também, ferido no seu amor-próprio de gato, também ansioso por ferrar a garra implacável na carne palpitante da vítima. E ficaram, um diante do outro, olhando-se em face, num desafio mudo e solene. As chispas dos dous olhares cruzavam-se, chocavam-se, como lâminas de floretes, num duelo de morte. Depois, agatanharam-se, ferozes. E, entre eles, já ferido, agonizante, sacudido de estrebuchamentos e de guinchos, o ratinho morria lentamente, esperando a hora em que, posto em fuga o mais fraco ou o mais medroso dos contendores, o vencedor viesse dar-lhe a dentada final...[1]

Assim, na câmara, entre aqueles gatos que combatem, há alguém que sofre, que se esvai em sangue, que está ao dispor dos dous lados combatentes.

Esse alguém és tu que me lês; esse alguém sou eu; esse alguém és tu, ó triste e desgraçado Zé-Povo, que alimentas com a tua carne e com o teu sangue a fúria guerreira daqueles Rolandos[2] de sobrecasaca. Que eles se estrafeguem à vontade! Quando acabar a luta, a única vítima da pugna terá sido o rato entre gatos, o bode expiatório de todas as situações. "Você é um ignorante!", diz o deputado A ao deputado B. "E você é um grosseiro!", retruca B. "Você é um gatuno!" "E você é salafrário!" "Saia para a rua, se é capaz!" "Vá pentear macacos!" No meio da refrega, Zé-Povo, aos guinchos, sangra e se estorce. E daqui a pouco, como, para pagar essa gente que tão bem se entende, será preciso

---

[1] Frases inteiras deste preâmbulo são reaproveitamento de outra crônica, incluída mais adiante na seção "Exterior". Ver "Rato entre gatos".
[2] Rolando: herói da literatura medieval francesa, Rolando ficou conhecido por sua bravura, sua força extraordinária e por sua impetuosidade juvenil, tendo se destacado na luta contra os sarracenos.

inventar dinheiro — hão de tirar esse dinheiro, em sangue, de dentro das veias do rato.

Já se vão aumentar os portes do correio e as tarifas do telégrafo: amanhã aumentar-se-á o imposto predial e aumentar-se-ão todos os outros. E, par a par, há de ser aumentado o subsídio dos deputados, e há de ser aumentada a sua provisão de desaforos parlamentares...

Que Câmara! Já dous deputados, muito amigos, apostaram um almoço, a ver qual dos dous seria o primeiro a dizer ao outro uma graçola pesada. A cousa veio a público, contada por um jornal... Um representante da nação, num acesso de sinceridade irreprimível, exclamou já, com aplauso das galerias: "Isto é uma praça de touros!". E já a mesa da Câmara pensa em substituir o tratamento oficial de *Vossa Excelência* pelo tratamento de *Vossa Insolência*, mais de acordo com a verdade.

O que é curioso, é que as galerias sempre são mandadas evacuar, quando ousam intervir nos debates. Ainda isso é uma gentileza do presidente: essa medida, que parece contrária aos espectadores, lhes é, ao contrário, infinitamente favorável; porque ela quer dizer que o presidente não deseja que o povo se suje, rebolcando-se naquela nova praça do Mercado...

Deus de misericórdia! e ainda há quem perca tanto dinheiro e tanto esforço para ter o direito de ouvir, como deputado, tanta descompostura e tanto epíteto duro! Decididamente há gostos para tudo...

s. a.

Gazeta de Notícias
11/7/1897

Oligarquias

Já sei que esperas, senhora minha, uma "Crônica" azul, perfumada, leve — como esses dias com que maio nos esteve favorecendo antes de expirar. Esperas aqui encontrar uma página de poesia, que te obrigue a alguns minutos de sonhos entre a missa e o almoço — uma página risonha que não contraste com o aspecto do céu e da terra nesta manhã de aroma e veludo...

Mas, ai de mim! nem só para a amar e servir, leitora minha, estou eu neste posto de cronista. Os graves negócios da República, os interesses da Pátria, o serviço da Política também exigem a minha atenção...

Se queres o comentário repousado e suave da beleza destes dias — pede-o às aves [***] que estão delirando no teu jardim ao brando calor caricioso do sol de inverno. Aves e borboletas são felizes: em tendo um pedaço de céu azul, um bocado de jardim verde, um raio tépido de sol, não pedem mais nada. Vivem numa república ideal, em que todas as repúblicas são iguais. Ao passo que nós, homens...

Nós, homens, temos as oligarquias.

As oligarquias! Aí está o meu assunto obrigatório, senhora minha. Se absolutamente queres poesia, atira esta gazeta para o lado e abre qualquer livro de versos. Mas, se a política não te desagrada de todo, continua a ler: verás que a formosura do tempo me deu um otimismo radiante — e que não sou inimigo das oligarquias, como não sou inimigo de ninguém nem de nada.

Uma quadrinha popular, citada em pleno Senado por um legislador, diz que em Pernambuco quem não é Cavalcânti é cavalgado. A quadrinha é do tempo do Império; suponho que hoje a supremacia dos Cavalcânti, descendentes da mais alta nobreza veneziana,[1] está muito abalada no Recife. Em compensação, outras famílias, nobres ou plebéias, surgiram dominadoras em vários pontos do Brasil. E foi justamente a discussão desse caso das oligarquias

---

[1] Lapso do cronista. Os Cavalcânti eram de origem florentina e não veneziana.

que motivou a incursão irreverente e pitoresca da musa popular no austero recinto do Senado.

Já o grande Aristóteles era inimigo declarado dos governos oligárquicos. Mas esse grande filósofo era um republicano — no velho sentido do vocábulo. Era também inimigo da democracia. Tanto a democracia como a oligarquia lhe causavam asco: "Se a primeira é o predomínio dos pobres", dizia ele, "a segunda é o predomínio dos ricos: ambas são odiosas, porque são governos de interesses particulares; só a república aristocrática é um governo de interesse geral".

No tempo antigo, a palavra *republicana* tinha um sentido preciso e definido: mas hoje é uma palavra de significação amplíssima. Não é uma palavra: é uma hospedaria, um albergue, em que moram várias idéias disparatadas. É mais do que isso: é um caravançará, em que se abrigam mil caravanas de credos políticos. No regime republicano (principalmente no nosso) cabem aristocratas, democratas, monarquistas, oligarcas, socialistas, anarquistas, plutocratas.

No seu tempo, Aristóteles não podia ser oligarca sendo republicano. Hoje, se ele viesse de novo ao mundo e caísse por descuido no Brasil, talvez tomasse conta de um dos nossos estados. E teríamos "os Aristóteles", como temos "os Accioly", "os Malta", e "os Nery".

Os republicanos de hoje aliaram ao lema "do povo, pelo povo, para o povo" o dístico "Mateus, primeiro os teus!". E, afinal, que grande pecado há nisso? A família é o núcleo da pátria, a cousa doméstica é a base da cousa pública — e a boa justiça começa por casa.

Sinceramente, considero inútil e vã toda essa campanha que no Senado, na Câmara e na imprensa se está travando contra as oligarquias. Não há na Constituição atual, como não haverá em qualquer outra Constituição que se decretar, um meio de matar as tendências oligárquicas dos homens.

Seria preciso para isso matar no coração humano o sentimento de família.

Ou seria preciso decretar: "Só poderão ocupar os altos cargos da administração pública os homens que demonstrarem, com documentos irrefutáveis, que são sozinhos no mundo, não tendo conhecido pai, nem mãe, não tendo irmãos, nem mulher, nem filhos, nem primos".

Seria o governo dos filhos das ervas, dos *chemineaux*,[2] dos vagabundos, dos sem-lar...

Mas onde encontrar esses homens absolutamente sós?

---

[2] Vagabundo, andante, tipo que caminha pelas estradas.

Ninguém é só neste mundo: aquele de nós que parece o mais egoísta e o mais isolado dos homens, tem na vida um grande número de ligações morais. Encontra-se às vezes, nos descampados, um tronco seco, mirrado, nu, misérrimo; parece que esse tronco morto é inútil; mas é um engano: agarram-se a ele liquens e parasitas diversos; e nos buracos das suas raízes vivem as [***] e diligentes formigas. Ninguém é só neste mundo. E quem não é só, fatalmente há de interessar-se pelos seus.

O sentimento de família é velho como a humanidade. Já nos tempos bíblicos, o Senhor nunca abençoava as pátrias nem os homens: abençoava as famílias, considerando, com a sua suprema sabedoria, que as pátrias nada mais são do que famílias grandes, e que os homens sem parentes são como as andorinhas, que, quando isoladas, nunca fazem verão. Jesus Cristo, que foi um grande revolucionário, quis matar o sentimento de família, e foi crucificado...

Assim, não me irrita muito a existência das oligarquias dos Nery, dos Malta, dos Accioly. Só tenho pena de uma cousa: é que o Brasil seja tão pequeno. Maior fosse ele, e outras oligarquias ainda seriam possíveis.

Não têm razão os homens ferozes, que, no Senado, na Câmara e na imprensa, arremetem furiosamente contra esses fundadores de clãs políticos. Se qualquer destes deixar os parentes sem emprego — todos diriam: "Fulano é um homem sem entranhas! Assim que se apanhou no poder, deu um pontapé em toda a parentela! é um homem desnaturado: os irmãos são trabalhadores braçais, os tios são varredores de ruas, os sobrinhos são caixeiros de venda, os primos vivem por aí batendo carteiras! malvado!". Aí está o que diriam todos de qualquer desses chefes de tribo, se o não vissem distribuir pelos parentes todos os empregos públicos. O mundo é mais [***] por natureza; e nós todos somos presos por ter cão e por não ter cão.

E pensemos nisto: daqui a pouco não haverá no Amazonas, onde reinam os Nery, no Ceará, onde imperam os Accioly, e nas Alagoas, onde dominam os Malta, quem se queixe do predomínio oligárquico.

A razão é simples: assim que se instala no poder uma dessas famílias absorventes, toda gente começa a agregar-se a ela, na qualidade de parente. Quem tem dinheiro ou poder tem sempre parentes a rodo.

É bem conhecido o caso daquele velho senador e marechal, já falecido, que indo, depois da proclamação da República, ao seu estado natal, lá encontrou nada menos do que cinco mães! Se as mães eram tantas, imaginem-se quantos seriam os afins!

Daqui a pouco, já não haverá no Ceará quem não seja

Accioly, e não haverá no Amazonas quem não seja Nery, e não haverá nas Alagoas quem não seja Malta. Accioly, Nery e Malta, por mais que façam, não conseguirão livrar-se dessa parentela desenfreada e pululante: a gente neste mundo não tem os parentes que quer ter — e sim os que o querem ser.

Não há, portanto, razões para cóleras nem para queixas.

Lá está na Bíblia: "O Senhor abençoa as famílias prolíficas e fortes!".

E, demais, toda esta oposição é platônica e inútil. Quem é capaz de desenraizar do Ceará, do Amazonas e das Alagoas os Accioly, os Nery e os Malta? Nem um terremoto, nem um cataclismo, nem o Diabo! E mal que não tem remédio, remediado está.

Vai ao teu jardim, senhora minha! Lá estão as borboletas, as aves e as flores a chamar-te.

Quanto a mim, vou consultar a minha árvore genealógica, a ver se nela encontro alguma cousa que me demonstre que eu sou um remoto Nery, um afastado Accioly, ou um longínquo Malta...

O. B.

Gazeta de Notícias
31/5/1908

Não sou político!

Dessa amável cidade de São Paulo, chegou-me há dias uma carta anônima em que se me faz esta pergunta: "Por que, vivendo o senhor num momento político de tanta gravidade, prefere encher o seu *Diário* com assuntos frívolos a enchê-los com assuntos políticos?".

A resposta é simples. Eu não sou político, e nem me sinto com vocação para o ofício de salvador da pátria. Sou um fantasista — mais nada. E um fantasista serve apenas para enfeitar as colunas de um jornal, como a barra de seda que enfeita a saia de uma mulher. Quando a seda fica suja, atira-se ao lixo a barra da saia; quando o fantasista aborrece, atira-se o jornal ao chão. Ninguém morre por causa disso, e a Terra continua a girar no espaço, como se nada houvesse acontecido...

Para ser político é preciso antes de tudo ter força de

saber mentir e transigir. Diante do eleitorado, que poderia eu dizer? A verdade? mas o eleitorado, aceso em justa cólera, me correria à pedrada. A mentira? mas, por mais habilmente que eu tivesse preparado a minha mentira, por mais longamente que eu a houvesse ensaiado, o menos astucioso político de profissão me venceria — tanto é verdade que aquilo que a natureza dá, ninguém o pode tirar...

Não nasci para a política, nem a política foi inventada para mim. Bem sei que ela me receberia, como receberia um boticário, ou um taverneiro, ou um cambista; mas eu entraria nela com a minha febre, com o meu entusiasmo, com a minha fé, com a minha sinceridade: e essa bagagem faria escândalo lá dentro.

Quando um sujeito se mete sinceramente a querer salvar a pátria — perde-se e perde a pátria. Se o meu amável correspondente paulista ama a poesia, deve ter em casa o seu La Fontaine... Pois, se o tem, abra-o, e releia a fábula "L'âne et les voleurs": ficará sabendo o que é a política, e ficará convencido de que eu não tenho necessidade nenhuma de brigar por causa de um jumento que não é meu.

O. B.

O Estado de S. Paulo
25/2/1898

Bicho gosmento

Merecem alguma atenção as declarações que o nosso prefeito fez a um jornalista: "Pedi demissão porque o cargo de prefeito não pode deixar de ser político, e, sem saber por quê, tenho criado inimigos em todos os partidos e em todos os grupos. Mas insistiram tanto, que me resignei a levar a cruz ao Calvário". Esta declaração de que não há meio de fazer administração municipal sem política é preciosa: ela só, mais do que tudo quanto se pudesse escrever em quinhentos volumes, define a situação curiosíssima em que nos vemos todos, nesta cidade gloriosa. Para calçar a cidade, para a varrer, para fazer passar um jorro de água purificadora pelos seus esgotos, para não consentir que as suas ruas sejam vastas estrumeiras — é necessário, é indispensável que haja política.

É o que se pode depreender das declarações do nosso prefeito. Pois sim! a mim não me convencem essas altas razões. Porque a verdade é que se houvesse limpeza não haveria política...

Já se disse que a política é um cogumelo podre, uma esponja que absorve tudo, um pântano que tudo infecciona. Mas a melhor comparação é esta: a política é um *tiflomolgo*. O nome é feio: mas o animal que dá por ele ainda deve ser mais feio.

O *tiflomolgo*, até agora desconhecido, acaba, segundo uma *Revista Científica* do *Jornal do Comércio* de ontem, de ser descoberto num poço artesiano de San Marcos, no Texas.

É uma "espécie de salamandra, completamente cega, de cor branca, viscosa e mole, amando o lodo e a treva, dotada de pernas longas e delgadas, que não são próprias para a locomoção mas servem para reconhecer o terreno no escuro". É possível que a descoberta deste singular animalejo nos poços do Texas seja um novo *canard*[1] dos inventivos *yankees*; mas que o *tiflomolgo* exista no Rio de Janeiro — isso não pode padecer dúvida: o *tiflomolgo* é a política, e se

---

[1] Literalmente, "pato". No jargão jornalístico francês, significa "notícia falsa".

este prefeito (como todos os que já tivemos) não limpa a cidade, é porque, amando apaixonadamente o feio bicharoco, não quer privá-lo da lama em que tão regaladamente se agitam as suas longas e delgadas pernas gosmentas.

Dizer que é impossível ser prefeito sem fazer política, é uma verdade: mas também é uma verdade, ainda mais absoluta, que não é possível fazer política sem ser mau prefeito. Porque para manter a política é preciso manter a porcaria — coisa que é muito boa para o *tiflomolgo*, mas que só pode ser muito má para mim e para meus comunícipes, que não temos, como aquela admirável criatura, o amor entranhado do lodo.

O. B.

O Estado de S. Paulo
17/7/1898

Exterior

Rato entre gatos

Quando se está só, no silêncio da alcova, preocupado com qualquer cousa — enquanto a alma anda por longe, aflita e angustiada, os olhos divertem-se com pequeninos nadas que nos cercam, interessam-se com um milhão de futilidades, seguem o vôo espiralado da fumaça do charuto, a oscilação das cortinas ao vento, a marcha progressiva do sol no assoalho.

Assim estava eu, olhando sem ver, charuto entre os dedos, com a alma pairando no lugar a que te foste acolher, separada de mim pela crueldade das léguas e pela crueldade da nossa desgraça — pobre criança infeliz, que andas tão longe dos meus olhos, tão longe da minha boca, e cuja carne vibrante e cuja alma puríssima eu evoco a todo instante, com a boca cheia de beijos, com os olhos cheios de lágrimas...

E sobre o tapete os meus olhos seguiam a marcha assustada e hesitante de um pobre ratinho, que, em má hora, o amor das aventuras fizera sair do calmo retiro seguro do seu buraco. Andava por ali, procurando migalhas, sobre a cor viva do tapete, pequenino e negro...

De repente, os meus dois gatos saltaram, ágeis e nervosos, pêlo arrepiado e orelhas tesas...

Um, o que tem o pêlo dourado como a pele de uma mulher morena, foi o primeiro a deitar a unha sobre o débil animalzinho. Mas, o outro correu também, ferido no seu amor-próprio de gato, ansioso também por ferrar a garra feroz na carne palpitante da vítima inofensiva.

Ficaram um diante do outro, olhando-se em face, num desafio mudo e solene. E as chispas dos dois olhares cruzavam-se, chocavam-se, batiam-se, como floretes luminosos num duelo de morte. E entre eles, abandonado e agonizante, ferido pelo primeiro, sacudido de guinchos e de estrebuchamentos dolorosos, o ratinho morria lentamente, resignadamente, esperando a hora em que, posto em fuga o mais fraco dos pretendentes, o vencedor viesse encher o estômago com o banquete delicioso do prêmio da vitória.

Ora, isso me veio trazer à lembrança o que eu lera nos telegramas da Havas a respeito da África.

Há pouco era o conflito entre Portugal e a Inglaterra a propósito de domínio sobre terras africanas. Todos se interessavam pela Inglaterra, todos se interessavam por Portugal: ninguém se interessava pela África, pela pobre negra infeliz, ferida de morte, deitada no areal ardente, ao sol implacável, agonizando, resignadamente, à espera de que acabasse a luta entre os seus algozes e de que o algoz vencedor houvesse por bem tomá-la sob a proteção da sua tirania e da sua ganância.

Agora, acalmado esse primeiro conflito, o outro que aparece é entre a Alemanha e a Inglaterra. E a atitude do mundo é a mesma.

E ninguém se lembra de que, em tudo isso, a única vítima a lamentar é e será sempre a África, a que a civilização vai levar a morte e a angústia, com o caridoso pretexto de civilização.

Como se adiantasse alguma cousa a um povo selvagem esta cousa chamada civilização que lhe vamos impor, e que consiste unicamente e exclusivamente nisto: a imposição de um Deus, em que já não cremos, a imposição de costumes de que já nos rimos, a imposição de vícios e de erros que já nos revoltam e que já nos repugnam...

A civilização!

Pobres tribos selvagens, mais puras e mais nobres do que nós, na sua selvageria... Vença Portugal ou vença a Inglaterra ou vença a Alemanha, a tua sorte, pobre África infeliz e bárbara! será sempre a mesma sorte do rato, ferido de morte, à espera de que um dos gatos vença para devorá-lo depois!...

Olavo Bilac
Gazeta de Notícias
16/5/1890

Guerra dos Bôeres

Um dia, não há muito tempo, um pobre lavrador, sob a fulguração causticante do sol, ia impelindo sua charrua pela terra selvagem do Sul da África. Era um descendente dessa forte raça holandesa, que, em luta constante com o mar, foi a criadora da sua terra, conquistando-a palmo a palmo à voracidade das águas. Ia impelindo o arado, e levava às costas a espingarda embalada, para se defender dos zulus ferozes que rodavam perto... De repente, alguma cousa rebrilhou no chão, com um mágico esplendor. Seria um raio de sol, brincando nas arestas de um calhau?

Era ouro! Daí a meses toda a Europa tinha os olhos voltados para esse novo El Dorado, e em poucos anos Johannesburgo, a *golden city*, surgia da terra, cheia da agitação e do burburinho de 100 mil habitantes.

Ora, neste momento, as vastas minas do Transvaal[1] não ecoam o estrupido das carretas, nem o choque das picaretas ferindo as rochas, nem o estampido das bombas de dinamite. O ouro dorme em paz no seio da terra fecunda. Todos aqueles espadaúdos *boers* de mãos enormes maltratadas pelo trabalho, de largas barbas em leque, louras como o metal que extraem das minas — deixaram por terra as picaretas e as alavancas, empunharam as carabinas, todos apercebidos para a guerra, todos dispostos a defender com a última gota de sangue a pátria que o seu esforço criou.

Gente sábia e rude, educada na estreita severidade da meditação contínua da Bíblia — a gente *boer* pensa que a liberdade vale mais que todo o ouro do universo, e destruirá todas as suas minas antes de as deixar cair nas mãos ávidas da Inglaterra.

Não é realmente belo ver aquele pequeno povo, de pé, sereno e intrépido, afrontando a força da mais poderosa nação da Terra? Também, não é de crer haja atualmente no

---

[1] A Guerra do Transvaal ou dos Bôeres foi um episódio do imperialismo inglês do século XIX. Como resultado da sua política expansionista, os ingleses invadiram a África do Sul, colonizada, então, pelos bôeres, povo descendente de holandeses. Essa invasão deu origem à Guerra do Bôeres ou do Transvaal, entre 1899 e 1902.

planeta quem se não apaixone pelo conflito do Transvaal. A questão Dreyfus sumiu-se, apagou-se da memória de todo o mundo: agora, quando se abrem os jornais, o que se procura com ansiedade é saber se a Inglaterra leva por diante o capricho da sua ambição, ou se, mais prudente, resolve respeitar o direito sagrado de um povo que já soube um dia castigar com rara severidade a aventura de Jameson e Cecil Rhodes.[2]

Ah! a fome do ouro! Em que arriscados passos não se mete a gente, por amor do lindo metal, que a Natureza previdente armazenou no seio da terra, disfarçando-o em amálgamas vários, como para esconder da nossa cobiça essa origem perene de horrores e de sangueiras!

Por amor dele, a alma se endurece, o coração fica seco como um areal, afiam-se as unhas à Rapina, aguçam-se os dentes à Traição, e o espírito, excitado pelas tentações, inventa requintes de crueldade, cria prodígios de astúcia.

Ainda há poucos dias, no Prata, a polícia descobriu maquinações de um sindicato de nova espécie. O sindicato

---

[2] Jameson Raid e Cecil Rhodes eram os executores diretos dessa política expansionista dos ingleses na África do Sul. Jameson invadiu o Transvaal entre 1895 e 1896; Cecil Rhodes completou-lhe a tarefa, tornando-se primeiro-ministro da Província do Cabo.

segurava, em qualquer companhia, por uma alta soma, a vida de qualquer homem robusto, moço, possuidor de uma saúde de ferro. Quem é moço e forte tem apetites. Quando viam o seguro regularizado, os prodigiosos malfeitores abriam ao rapaz, de par em par, a porta do vício — aquela "lata porta quae ducit ad perditionem",[3] como diz a Bíblia. Metiam-lhe na algibeira um punhado de moedas de ouro, introduziam-no em todas as rodas sem escrúpulos; bem depressa, o jogo, o álcool e o amor minavam o organismo da vítima. E quando a Magra chegava, e entre os braços descarnados sufocava a presa, o sindicato recebia o seguro e ia procurar novos apetites e novas misérias que se deixassem explorar... É macabro!

Mas, enfim, os crimes que a fome do ouro faz cometer por este ou aquele indivíduo, são cometidos às ocultas, e são reprovados, e verberados, e castigados pela sociedade. Os crimes que a sociedade não reprova nem castiga, são aqueles que ela própria comete, embrulhada nessa capa de salteador que se chama o "interesse da civilização", e posta por trás desse escudo que a gente vagamente conhece pelo nome de "razão de Estado".

---

[3] Frase latina que significa "a porta larga que conduz à perdição".

Agredir um homem para lhe tomar o fruto das suas economias, é uma ação negra que leva a gente ao calabouço e ao patíbulo. Mas agredir um povo para lhe arrebatar a fortuna, a liberdade e a honra, é uma ação gloriosa e bela, que se pratica com uma sem-cerimônia sem-par.

Que se há de fazer se a vida é isso mesmo? Ah! tu és um povo brioso, mas fraco? eu, que tenho canhões e soldados, fuzilo-te, esquartejo-te, como-te, e celebro a minha façanha com festas públicas, e agradeço ao Senhor Deus dos exércitos a força que me deu!

E lembrar-se a gente de que os delegados à Conferência da Paz ainda não tiveram tempo para curar as dispepsias que adquiriram durante as sessões desse congresso humanitário!

Em maio a rainha da Holanda pedia a bênção do papa; o papa, estendendo na direção da Holanda a sua trêmula mão transparente, pediu a proteção de Deus e de toda a corte celeste para aqueles apóstolos do bem; e abriu-se o Congresso. Por longos meses os delegados comeram, amaram, beberam, admiraram Rembrandt,[4] cabecearam de

----

[4] Rembrandt (1606-69): pintor holandês. Um de seus quadros mais famosos é *Lição de anatomia*.

sono no salão das conferências, pronunciaram discursos que ninguém ouviu — enquanto os povos, nutrindo uma esperança falaz, acreditavam que o Espírito Santo estivesse pairando sobre a grave assembléia, inspirando as deliberações em que se devia firmar a tranqüilidade do mundo.

Pois, sim! O Congresso da Paz, como todos os congressos, perdeu a saúde, o tempo, a paciência e o latim. E mal haviam os congressistas começado a consertar os estômagos arrebentados pelos banquetes internacionais — a meiga, a doce, a generosa Inglaterra mostrou logo ter aproveitado as lições pacíficas, querendo impor ao povo livre do Transvaal a sua soberana vontade.

Por Deus! todo mundo sabe que a guerra é inevitável, e que existirá enquanto existir a besta humana com as suas ambições e a sua crueldade. Mas para que mascarar essa crueldade espontânea, natural, irremediável, fingindo uma boa vontade que não existe, e fazer alarde de uma civilização que é a mais descarada mentira? O negro selvagem da África, quando encontra um negro de tribo inimiga, atraca-se com ele, e procura matá-lo para comê-lo. Mas faz isso naturalmente, e não vive a clamar aos quatro ventos do Universo que existe uma cousa chamada Justiça, e não comparece a Congressos de Paz, e não tem poetas que exaltem as virtudes da sua raça, e não se condecora com o título pomposo de civilizado!

E... o melhor é não ir adiante! A gente o que deve fazer, é pôr as barbas de molho, e ir tomando cautela, que é o caldo de galinha das sociedades doentes...

s. a.

Gazeta de Notícias
8/10/1899

Revolução Russa

Não houve, durante a semana, assunto de interesse local que cativasse as almas. O que as cativou, agitando-as em alternativas de cólera, de piedade, de furor e de dó, foi um assunto de interesse "humano": a tragédia da Revolução Russa,[1] concentrando nas ruas de Petersburgo a atenção e ansiedade de todos os homens civilizados do planeta.

E nem houve quem pudesse pensar nos seus próprios sofrimentos: a explosão revolucionária do sofrimento daquele povo, expandido em cólera, foi uma dessas raras crises morais em que todas as raças, a um tempo, sentem

---

[1] A repressão sangrenta a um protesto pacífico contra a política do czar Nicolau II foi o estopim da Revolução Russa, ocorrida em janeiro de 1905.

que estão empenhados o seu futuro e a sua dignidade. O que ali se revoltava era, de fato, a dignidade humana, era o orgulho humano, era a humana e indomável aspiração de liberdade e de justiça.

A organização social da Rússia é um crime, é a vergonha do século. Não se trata aqui de um sentimentalismo doentio: trata-se de uma revolta justa, a que homem nenhum de inteligência e de coração se pode forrar. Manter uma porção da humanidade na ignorância, na escravidão e no embrutecimento é um atentado que ofende a toda a comunhão: e a chicotada infamante que corta as carnes dos mais humildes dos *mujiks*[2] russos atinge e infama toda a espécie.

A esta hora parece que a revolução foi sufocada. Até quando?...

Em Petersburgo já a neve, caída do céu impassível, estendeu o seu manto piedoso sobre a terra manchada de sangue, cobrindo as poças vermelhas, em que se esgotou o desespero dos oprimidos. Mas, sob a toalha da neve, o sangue está vivendo e palpitando, sementeira da vingança e da

---

[2] Camponês.

desafronta. E não haverá neve bastante para aniquilar esses germes.

Os cárceres já devem estar cheios. E, de cidade em cidade, a polícia fareja e esquadrinha todas as casas, à procura dos dous homens que dirigiram a revolução: Gapon e Gorki.[3]

O primeiro pertence a essa classe dos *popes*, a quem já Dostoiévski nos *Irmãos Karamazov* vaticinava o papel de chefes do inevitável e vingador levante. O *mujik* analfabeto, ingênuo, embrutecido pelo trabalho e pelo sofrimento, tem no *pope* o seu conselheiro único, o seu único amigo. O *pope* vive em contato direto, diário e completo com o povo: só ele conhece bem a fome, o abandono, a miséria física e moral, o desamparo em que vive aquele triste rebanho humano; e o *pope* é também desprezado e humilhado, como o povo...

O segundo dos chefes do movimento foi o sombrio

---

[3] Georgi Apollonovitch Gapon(e) (1870-1906): socialista de tendência cristã, Gapone ficou célebre ao encabeçar o Domingo Vermelho, em janeiro de 1905. Por suas idéias revolucionárias, foi obrigado a se refugiar na Finlândia, onde acabou assassinado.

Máximo Gorki (1868-1936): escritor russo de tendência socialista, Gorki envolveu-se fundo na política de seu país, o que lhe custou mais de uma expatriação.

escritor revolucionário, o romancista da Treva e do Sofrimento, cujos livros são um monumento sinistro, erguidos para honrar a agonia de um povo. Gorki é hoje talvez a primeira força intelectual da Rússia, depois de Tolstoi. E Tolstoi, velho, mergulhado num misticismo doentio, já não lhe faz sombra. O verdadeiro e único *apóstolo* russo é Gorki — em cujos romances, cheios de fel, de ironia, de amargo sarcasmo, se contorcem e rugem as figuras de todos os deserdados, de todos os oprimidos, de todos os rebelados.

Gorki nunca teve olhos para ver nem pena para descrever o luxo insolente da corte, as sedas e os amores das grandes damas, a futilidade e o servilismo dos cortesãos, a vida regalada dos príncipes: o seu talento nasceu da dor e do desespero; a sua vida tem corrido como um fio de lágrimas, incorporando-se ao grande rio em que tumultua e ferve o pranto de toda a Rússia escrava. O que arde e vibra nos seus livros é a tortura sem nome de todos aqueles milhões de homens, estudada ao vivo, narrada em palavras cuja leitura queima os olhos da gente. Gorki é o continuador de Dostoiévski: é, como este, o historiador da escravidão política da Rússia.

Se ele descreve tão bem os antros medonhos, as pocilgas infectas, a vagabundagem, a rapinagem, a embriaguez

embrutecedora a que a tirania atira aquela gente infeliz —
é porque também como ela padeceu fome e frio, como ela
dormiu ao ar livre, sob a neve, e como ela também em vão
pediu uma esmola, sempre negada...

Agora, popular, vitorioso, disputado pelos editores,
tendo conquistado uma celebridade que transpôs as fronteiras russas e se impôs a toda a Europa — Gorki não renega o lodo em que nasceu. E, quando viu que o povo — a
sua gente, a multidão inumerável dos seus irmãos de
opróbrio — era chicoteado e fuzilado nas ruas, o romancista abandonou a contemplação pela ação, e foi alistar-se nas fileiras dos que morriam.

A Morte não o quis — felizmente. O seu cérebro e o
seu coração são agora, mais do que nunca, necessários à
grande causa. No exílio ou no cárcere, eles continuarão a
pensar e a sentir.

Se a polícia o encontrar, Gorki irá conhecer de perto a
Sibéria assassina, a devoradora de vidas. Dostoiévski também a conheceu: foi de lá que ele trouxe aquelas sinistras
Memórias da casa dos mortos, cujos capítulos competem,
em trágico horror, com os cantos mais terríveis do *Inferno*
de Dante. Mas Dostoiévski morreu sem ter visto arrasada a
Casa maldita. E a Gorki ela não há de sobreviver: os seus

dias estão contados — porque, como escrevia há pouco Tolstoi, no seu estilo bíblico, "a taça das iniqüidades está cheia...".

Entre os pormenores da luta, comunicados pelo telégrafo, há um que caracteriza bem a crueza da tirania russa.

Quando os operários tentaram invadir o palácio para falar ao czar, os cossacos receberam-nos a chicote, e depois a bala.

Antes da morte, o aviltamento. Das prisões, dos presídios, das penitenciárias, das casas de correção de toda a terra, já a pena das chicotadas foi abolida. Mas, na Rússia, ainda o chicote é a arma predileta do despotismo, a defesa melhor da autocracia.

O chicote não castiga apenas fisicamente. É a imposição da infâmia, além de ser a imposição da dor. Quando retalham as carnes de um pobre-diabo, as pontas de couro e ferro do *knout* estão dizendo à vítima: "Lembra-te que não és homem, como o Senhor a quem ofendes! és uma besta de carga, um animal inferior, sem inteligência nem vontade! não és digno da forca, nem da guilhotina, nem das balas: és só digno do chicote, com que se castigam os cães que ladram e os burros que empacam. Revoltas-te?

morrerás infamado, como nasceste: infamado no berço pela falta de nobreza, infamado na morte pelo chicote!".

Ah! o que consola é que as chicotadas, com que os guardas do Palácio receberam os operários russos, foram talvez as últimas.

A besta de carga está cansada de sofrer; o cão, cansado de ladrar, mostra os dentes para morder; o burro, cansado de empacar, atira as patas, num coice de protesto...

Em vão a neve piedosa quer esconder o sangue dos mártires: aquele sangue está pedindo mais sangue — e antes do fim do primeiro quartel do século, o povo russo há de ser incorporado à civilização, e a tirania há de morrer, afogada no mesmo sangue que derramou.

O. B.

Gazeta de Notícias
29/1/1905

Tirania russa

Amarrado à cama por tremendo ataque de *grippe* — pus em dia a minha leitura de revistas estrangeiras. Em uma delas, achei um artigo interessantíssimo, de um russófilo decidido (claro está que se trata de um escritor francês) — artigo em que o desejo de elevar, de glorificar a Rússia e o czar toca as raias do frenesi. Entre outras coisas, diz o escritor que, para o grande imperador passar à Imortalidade, bastava o fato de haver abolido o uso dos castigos corporais em todos os quartéis e presídios dos seus vastos impérios...

Pois, sim! se isso é verdade (o que é difícil provar) a Rússia perdeu o seu maior encanto. A única Rússia que compreendo é a Rússia que se revolve nas páginas de Dostoiévski, a Rússia trágica do Niilismo, das *Memórias da casa dos mortos*, do sofrimento, do martírio, dos condenados que arrastam sobre o gelo uma vida infernal, votada aos ferros e às chicotadas. Único país da Europa em que a tirania aparece e reina sem máscara que lhe disfarce a rigidez da face, sem fingimentos de bondade que lhe adocem o furor da alma — a Rússia é mais nobre do que todos esses países que uma democracia mentirosa invadiu. O despotismo que amo e admiro é o que proclama alto a sua ferocidade, sem carecer de subterfúgios para se exercer.

Na Rússia o tirano diz: "A lei sou eu. Eu julgo e castigo. E como a minha essência é a própria essência de Deus, todo aquele que atenta contra mim comete um sacrilégio. Quem atira ao meu coche de gala uma bomba de dinamite, é tão sacrílego como o soldado que, no Calvário, embebeu no peito de Cristo a sua lança deicida!".

Nos outros países, o tirano aparece como pai carinhoso. Quando fala ao povo, seus lábios estilam mel como dois favos do Himeto.[1] Mas das palmas das suas mãos, de onde só parece que caem bênçãos caem bofetadas — tantas quantas as que chovem das mãos do czar. Há apenas uma diferença: é que um, para julgar, usa e abusa ostensivamente do seu soberano e exclusivo arbítrio; e o outro, fingindo pôr de parte a sua vontade, usa e abusa hipocrita-

---

[1] Monte grego, ao sul de Atenas, conhecido pela excelência de seu mel.

mente, torcendo-as, das leis que são feitas para provar quanto se lhes pede.

Nos países em que o despotismo é franco, a gente tem ao menos a certeza de que é oprimida por um só déspota. Nos outros, os opressores não têm número; a opressão vem das assembléias cuja imbecilidade facilmente se transforma em crueldade. Confessai, amigos, que a tirania de um só homem, que tem a convicção de ser o filho legítimo de Deus, sempre é preferível à tirania de muitos homens que não sabem se são filhos legítimos ou ilegítimos de Deus nem do Diabo!

Pobre Rússia, também vais ficando hipócrita! Que mágoa e que desilusão! saber que também ela, a selvagem nação em que a Crueldade tinha o admirabilíssimo topete de caminhar pelas ruas com a cabeça levantada, vai fazer o que as outras fazem: declarar publicamente que os homens devem merecer o amor daqueles que os governam — continuando, contudo, às escondidas a lhes retalhar as carnes com o *knout*, que, ao menos, até agora, tinha o mérito de ser francamente brutal, sem laços de fitas e sem guizos!

O. B.

O Estado de S. Paulo
23/3/1898

Canudos

Antônio Conselheiro

Confesso que nunca entendo bem as cousas que se passam aqui. Tenho viajado tanto, que já não há canto da terra que os meus pés de cabra não tenham calcado, nem recanto de horizonte em que não tenham pousado os meus olhos satânicos: e tenho, em todas as terras, entendido tudo; aqui, porém, o mais insignificante caso se reveste de tão extraordinárias circunstâncias e se complica de tão singulares episódios, que a minha pobre cabeça de diabo, com as idéias baralhadas, se perde, delira, ensandece... Vede-me, para exemplo, este caso do Antônio *Conselheiro*...[1]

[1] Antônio Vicente Mendes Maciel, o Conselheiro (1828-97): nascido em Quixeramobim, no Ceará, Antônio Conselheiro liderou a rebelião de Canudos, no interior da Bahia. Este episódio de nossa história, ocorrido entre 1896 e 1897, foi a base de Euclides da Cunha para escrever *Os sertões* (1902).

O *Conselheiro* é (dizem-no todos) um fanático, um desequilibrado, um histérico. Em criança, tinha crises de epilepsia. Casou. A mãe dele desandou logo a ter conflitos, e bate-línguas, e troca de insultos ásperos com a nora. Entre as duas, Antônio *Conselheiro* penava, querendo em vão reconciliá-las. Um dia, desesperado, foi-se à velha: "Por que briga a senhora com minha mulher? que lhe fez ela? por que não a deixa em paz?".

A velha, alma danada, para reconquistar o amor e a confiança do filho, não trepida em se valer de uma calúnia. E convence Antônio de que a mulher o engana: "Queres a prova? finge uma viagem, volta depois às escondidas, oculta-te na chácara, e espreita! Verás que, às horas tantas da noite, há de chegar aquele que é mais amado do que tu!".

Aceita o moço o conselho, diz que vai jornadear, beija a mulher, e parte. Mas, à boca da noite volta, e, dentro de uma moita, fica à espreita. Daí a pouco, vê que um vulto de homem salta o muro e, com passo de gatuno, leve e abafado, se aproxima da casa. Antônio (em todo homem há sempre a fúria de um Otelo!),[2] Antônio não resiste ao

---

[2] Otelo, o Mouro de Veneza, é personagem de peça homônima de Shakespeare (1564-1616). Casado com a bela Desdêmona, Otelo mata-a

primeiro impulso da cólera: põe à cara o clavinote e dispara-o. Cai o vulto, baleado. E quando o desgraçado vai ver de perto quem matou, vê estendida por terra, numa poça de sangue, a própria mãe, vestida de homem. A mísera, querendo iludir o filho, tivera a diabólica idéia de combinar toda esta aventura, cujo êxito pagou com a morte...

Isso é o que diz a lenda. E diz mais que Antônio, desesperado, internou-se nos matos bravios, transformando-se desde então neste *Conselheiro* que é hoje diretor de 3 mil fanáticos que, armados de carabinas Chuchu, devastam a Bahia e estão dando que fazer às tropas do general Sólon.[3]

Há desgraçados que o remorso transforma em frades, ou em criminosos relapsos, ou em suicidas, ou em idiotas. Outros, muda-os o remorso em apóstolos... E o *Conselheiro* não foi impelido para o Apostolado unicamente pelo remorso. Este já achou o terreno preparado na alma do An-

---

num acesso de ciúme, persuadido de que ela o traíra com Cássio. Depois de saber-se enganado, Otelo se mata.

[3] General Frederico Sólon Ribeiro (1842-1900): comandante do Distrito Militar da Bahia, sob cuja responsabilidade deu-se a 1ª Expedição a Canudos, encabeçada pelo tenente Pires Ferreira, em novembro de 1896. Depois dessa derrota em Uauá, armou-se um conflito de interesses entre o governador Luís Viana e o general Sólon.

tônio — alma de inquieto, de agitado, de nevrótico. Podia dar para outra cousa o homem: mas deu para se julgar Enviado de Deus, encarregado de regenerar o mundo, de redimir a humanidade, de combater os governos existentes.

Ainda se ele parasse aí! se os 3 mil homens se limitassem a correr os desertos, e a comer gafanhotos como são João Batista, e a jejuar e a orar como santo Antão, na Tebaida!... Mas, não! os fanáticos de Antônio *Conselheiro*, apesar de se dedicarem à penitência e à reza, e à reforma dos costumes dos homens — não podem passar sem pão, sem carne, sem cachaça, e sem mulheres. E, pois, saqueiam as vilas, assolam as aldeias, matam os ricos, escravizam os pobres, defloram as raparigas, e assim vão vivendo bem, bem combinando os sacrifícios do viver religioso com as delícias do comer à tripa forra.

Ora bem! chegamos agora ao ponto principal do caso. Pelo que todo mundo diz do *Conselheiro*, ele não é só um fanático: é também um salteador; e salteadores, além de fanáticos, são também todos os seus sequazes. E, em qualquer outra parte do mundo, esse pessoal seria baleado, corrido a pedra e a sabre, sem complicações, sumariamente.

Aqui, não! Aqui tudo é política. Aqui não se compreende que se faça alguma cousa, ou boa ou má, sem ser por política. Houve um incêndio? política! Um bonde elétrico matou um homem? uma senhora fugiu de casa? política. Caiu um andaime? o Prudente tinha uma pedra na bexiga? política! E, assim, o *Conselheiro*, na opinião da imprensa indígena, nem é um fanático, um Jesus de fancaria — nem é um salteador, um Fra Diavolo[4] da Bahia: é um homem político, é um conspirador, é um restaurador da monarquia...

A *Liberdade* cala-se sobre ele: manha de monarquista. *A República* diz que ele é emissário do príncipe do Grão-Pará: recurso de jacobino.

Entre essas duas manias, quem lucra é o nosso *Conselheiro*, que, sendo, ao mesmo tempo, um maluco acabado e um refinadíssimo patife, deixa de ser tudo isso, para ficar sendo, graças à mania política da terra, um agitador, um Kossuth,[5] um Montt,[6] um não sei quê!

---

[4] Fra Diavolo (Frei Diabo) (1771-1806): aventureiro de origem italiana, Fra Diavolo era o apelido de Michele Pezza, que foi executado no reino de Nápoles, a mando dos franceses.
[5] Lajos Kossuth (1802-94): político húngaro, Kossuth batalhou pela independência de seu país e por medidas aduaneiras que protegessem a indústria e o comércio da Hungria.
[6] Manuel Montt (1808-80): político chileno, Manuel Montt foi presi-

Viva a política! Nada há mais sobre a Terra, debaixo do clarão esplêndido do sol!

O Diabo Vesgo
A Bruxa
11/12/1896

---

dente do seu país entre 1851 e 1861, quando implantou uma política de modernização e de reformas.

3ª Expedição

Quis o Destino que o mestre,[1] a quem a *Gazeta de Notícias* devia "A Semana", aqui não estivesse agora, para dizer, naquele estilo que é a glória maior da nossa literatura, o que foram estes dolorosos dias de luto e cólera[2] — bandeiras em funeral, olhos ainda marejados de lágrimas, almas ainda fervendo na sede da desafronta... Naquele estilo conciso, que tem a nitidez e a precisão de uma gravura de Goupil, é que ficaria bem a narração da grande desgraça.

---

[1] Referência a Machado de Assis, titular da seção, que cedeu seu lugar a Bilac a partir de fevereiro de 1897. Sobre essa despedida, Machado escreveu crônica, hoje em sua *Obra completa* (Rio de Janeiro, Aguilar, 1962, vol. III, p. 768).

[2] Esta crônica refere-se à derrota da 3ª Expedição a Canudos, comandada pelo coronel Moreira César e pelo coronel Tamarindo.

Casos assim querem-se contados em palavras poucas e fortes, que entram como cunhas de aço na alma de quem as lê. Heródoto[3] consome páginas e páginas na descrição dos inumeráveis exércitos de Xerxes,[4] e na pintura minuciosa dos hoplitas[5] gregos, empenhados na pugna tremenda das Termópilas; mas, quando, consumada a ignominiosa traição de Efialto e postos em linha os trezentos heróis de Leônidas, começa a batalha decisiva — o estilo do historiador aperta-se, apura-se, resume-se, e é em uma só página de incomparável sobriedade e de entontecedora comoção que se diz como o herói caiu ferido de morte e como sobre o seu cadáver, "depois de sobre ele haverem quatro vezes vencido", caíram de um em um, lutando como feras, com as espadas, com as unhas, com os dentes, aqueles três centos de gregos em que toda a bravura sobre-humana da Hélade se concentrara...

Mas o mestre descansa, doente. E quem vem substituí-

---

[3] Heródoto (c. 484 a. C.-c. 420 a. C.): de origem grega, Heródoto é conhecido como um dos fundadores da história.

[4] Xerxes: rei da Pérsia, atual Irã, Xerxes organizou a invasão da Grécia, entre 486 e 465 a. C., em episódio que ficou conhecido como as Guerras Médicas. Leônidas, general grego, defendeu seu país com enorme bravura, mas foi derrotado por Xerxes no desfiladeiro das Termópilas.

[5] Soldados de infantaria.

lo sai das baixas e fúteis regiões do *Rodapé*, em que é permitido ser prolixo e inconseqüente, leviano e paradoxal.

Que importa? Quando uma desgraça como esta fere um povo, não a sentem apenas aqueles que sobreavultam na multidão, dominando-a. Sentem-na também os pequenos; assim, os furacões, se retorcem as grandes árvores da floresta, castigam também as ervas rasteiras...

Falou-se aí em Termópilas...

Não! a alma brasileira não caiu ferida de morte nas gargantas alpestres de Canudos, como no estreito desfiladeiro da Grécia, entre a sagrada eminência do Ela e as águas empesteadas do Malíaco, caiu a alma grega ao furioso embate dos asiáticos. Não! ainda não tivemos as nossas Termópilas! O revés pequeno que sofremos apenas apavora por inesperado.

O primeiro abatimento passou, logo seguido de uma reação formidável: e, em vez da estéril lamentação que desmoraliza, há a explosão invencível de uma vontade nobre e fecunda de vingar os que morreram, dando um golpe de morte nos que escondem a sua política daninha dentro das pregas do burel[6] de um energúmeno.

---

[6] Tecido grosseiro de lã; hábito de religioso.

Quem não sente que uma ressurreição se está operando em nós? e quem não viu ontem, nas fisionomias dos que recebiam Lauro Sodré, vitoriando esse administrador que deixa o governo sem um erro, sem um pecado, sem uma fraqueza — a confiança no futuro da República e o amor entranhado dos que a hão de salvar?

Esta meiga e caridosa religião católica já tem muita vez servido de capa a muita patifaria política e a muita ambição indecente. Já não é preciso falar no *Apóstolo*, bojudo fradalhão de larga venta, que tanta vez pediu, pelo arreganho brutal da sua linguagem e pela intemperança escandalosa da sua ambição — um segundo tomo da famosa lição que o Divino Mestre deu aos lojistas do Templo: por que falar de mortos? mais vale tratar dos vivos. Já no tempo do Império, a padraria cuidava mais da cabala que do culto, olhando mais para as urnas eleitorais que para as custódias do Santíssimo.

Quem não se lembra daquele padre liberal, que, dizendo missa com um sacristão conservador, com ele travou uma discussão política? Os fiéis, cá embaixo, cuidavam que o zunzum de vozes que vinha do altar-mor era o efeito da recitação das páginas sagradas: não era tal! era o abafado barulho de uma altercação violenta! ali, ao pé da ara santa, sob as vistas do Cristo que se estorcia na cruz, ao pálido clarão dos círios, os dous partidos do Império, enfronhados numa capa de asperges, e numa opa de sacristão, estavam medindo forças para a próxima batalha eleitoral. Houve um momento em que a contenda chegou ao seu auge: foi justamente quando, ao levantar o copo, o padre oferecia ao Senhor a hóstia. O copo já estava erguido: o oficiante, com os olhos cravados no teto, parecia pedir a Deus que lhe aceitasse a alma pura, paternal, desinteressada, como indenização pelos pecados e pelas infâmias dos homens. Então, o sacristão balbuciou o mais forte dos doestos; o padre não pôde mais: esqueceu-se de Deus e dos homens, e martelou com o copo a cabeça do contendor.

Boa capa! boa capa que são, para os manejos políticos, esse ar de humildade de que eles se revestem, e essa facilidade com que seduzem a mulher, arrancando-lhe os segredos e iniciando-as nas conspirações, e essa influência perniciosa sobre as almas simples, que ainda pensam que a Proteção Divina só pode cair sobre os padres que se dão o luxo de pagar um papo de tucano e um manto de arminho.

No vulto ascético do Maciel, esquálido e sujo, arrastando pela poeira dos sertões as suas longas barbas de Iniciado, construindo igrejas que têm nas torres canhões em vez de sinos e cemitérios em que se plantam carabinas em vez de cruzes, e vestindo, como o cura Santa Cruz, um burel sobre o cabo do punhal e a coronha da pistola — encarnou-se a propaganda perversa que, só tratando das cousas do céu, só quer as cousas da terra, e que se diz aconselhada e dirigida por Deus, como se Deus tivesse tempo disponível para se preocupar com sistemas de governo...

Mas, a máscara caiu. Já agora, não há de ser fácil ao monarquismo pregá-la outra vez na cara descomposta.

Ao menos, a desgraça de Canudos serviu para isso. Abençoadas as dores de que saem esta energia e esta fria e heróica tenacidade com que se está preparando a desforra: a terra somente se abre em verduras de primavera e em frutos de outono depois de ter o seio dolorosamente rasgado pelo arado...

Em breve, já nem memória há de restar da afronta: haverá apenas a glória dos que morreram e a glória dos que souberam vingá-los. E esta "Crônica" voltará a ser alegre — porque nem mesmo hoje, nestes dias de luto e sangue, conseguiu ela ser triste.

Oh! a tristeza!... Mas o grande Camilo[7] já escreveu no

---

[7] Camilo Castelo Branco (1825-90): escritor do romantismo português, Camilo é autor do clássico *Amor de perdição* (1862).

seu *Cancioneiro alegre*: "A seriedade é uma doença, e o mais triste dos animais é o burro: ninguém lhe tira nem com afagos nem com a chibata aquele semblante caído de mágoas recônditas, que o ralam no peito...".

s. a.

Gazeta de Notícias
14/3/1897

Cérebro de fanático

Em primeiro lugar, icemos as bandeiras, e acendamos todas as luminárias da "Crônica"...

Escreveu-se aqui, nesta mesma coluna, no dia 14 de março, logo depois da desgraça que vitimou Moreira César: "A alma brasileira não caiu ferida de morte nas gargantas alpestres de Canudos, como no estreito desfiladeiro das Termópilas, entre a sagrada eminência do Ela e as águas empesteadas do Malíaco, caiu ferida a alma grega, ao furioso embate dos asiáticos. Não! ainda não tivemos as nossas Termópilas! Em breve, já nem memória há de restar da afronta: haverá apenas a glória dos que morreram e a glória dos que souberam vingá-los. E esta 'Crônica' voltará a ser alegre...".

O dia da desafronta chegou. O arraial maldito foi desmantelado. A lição foi tremenda. Não é de crer que o resultado da aventura ainda possa permitir que haja na alma de novos fanáticos o desejo de renová-la. Glória à Pátria e aos seus soldados! e volvamos à alegria!

Ontem, o *República*, em editorial, pedia que o crânio do *Conselheiro* fosse enviado para o Museu Nacional. Lendo isso, o cronista aplaudiu vivamente a idéia: certo, não podia deixar de ser curioso estudar a caixa óssea daquele cérebro de fanático, que foi durante tanto tempo o diretor da turma satânica de Canudos. E estava o cronista aplaudindo a idéia, quando se lembrou de que seria fácil obter desde já, sem a menor demora, os dados fornecidos pelo crânio do *Bom Jesus*...

Como? muito simplesmente: invocando o espírito de Broca,[1] e pedindo a sua opinião sobre o magno problema. E, de pronto, voou o cronista a procurar um amigo médium, que, com aquela bondade arcangélica, tão sua, logo se concentrou e deixou a alma voar à região dos espíritos.

Durante meia hora, o médium, com a fronte rociada de suor, curvado sobre a mesa das invocações, esperou em

---

[1] Paul Broca (1824-80): cirurgião e antropólogo francês, um dos criadores da moderna antropologia física, Broca tornou-se famoso por ter localizado os centros cerebrais responsáveis pela fala.

vão que o espírito do grande Broca baixasse à terra. Levantou a cabeça, enxugou a testa e disse: "O espírito é capaz, em certas ocasiões, de não poder acumular no seu perispírito bastante força vital para dar uma vida momentânea ao organismo fluídico... Mas, vou ainda tentar...". Tornou à concentração. Na sala, reinava um silêncio misterioso. Uma meia-luz propícia favorecia a experiência. Dez minutos correram sem novidade. E eis que, no 11º minuto, sacudiu-se a mesa, e o médium empalideceu, e a sua mão começou nervosamente a escrever: "Broca... Broca... Broca...".

Estremeci... Ali estava, pois, o grande Homem! Agora, numa letrinha miúda e cerrada, acumulava-se no papel a extensa comunicação de espírito. O médium escrevia, escrevia, escrevia... Quando acabou de escrever, caiu extenuado.

O cronista apoderou-se da larga folha de papel, e leu sem dificuldade o seguinte:

"Aqui estou. Estou num vale não muito amplo, apertado, entre montes ásperos... Estou no arraial de Canudos. Que mau cheiro! que mau cheiro!

"Numa revoada contínua, em círculos concêntricos, rodam no ar os corvos. Já não baixam à terra: estão fartos. Alguns já morreram de indigestão... Empilhados, como sardinhas em salmoura, há cadáveres, cadáveres, cadáveres, sobre um chão de lodo, de sangue, de cinzas. Que mau cheiro! que mau cheiro! Vou (voando, está claro, porque os espíritos não andam), vou por entre os cadáveres, à procura dos destroços da Igreja Nova, onde devem estar os restos mortais daquele que se chamou em vida Antônio Maciel...

"Cá está a Igreja Nova. Torres e paredes caíram: mas, no chão, entre pedrouços enormes, está o grande sino, todo amolgado, mordido da ferrugem... Aqui devia estar o altar-mor... Ah! cá está o nosso Antônio Conselheiro...

"Aqui tenho nas mãos a sua cabeça calva, polida, amarela como marfim velho... Racho-a... Aqui tenho o seu cérebro... oh! que peso! que peso! O de Cuvier pesava 1,89 kg!... O de Cromwell 2,229 kg... O de Dupuytren 1,236 kg... Este deve pesar pelo menos 1 kg! Tinha talento o maluco!... Vejamos as localizações cerebrais...

"Aqui temos a circunvolução da palavra, enorme, inchada, exuberante... Falava bem, o maluco! e com que fogo! e com que poder de convicção! Quando ele falava, os homens abandonavam as boiadas e as lavouras, as mulheres abandonavam as casas, e todos vendiam quanto possuíam, e lá se iam em pós ele, ardendo em fé e em loucura.

"Aqui temos a localização da palavra escrita... nula: não

sabia escrever o Antônio... também, se tinha tantos secretários, em Canudos, em Minas, na Bahia, na rua do Ouvidor!...

"A localização da crença... esquisita, fantástica, irregular: tinha uma crença ao seu modo, o profeta! cria na Virgem Maria e na Rapina, em Jesus Cristo e em Mercúrio, no poder da Fé e no poder da Bala. Espécie de cura Santa Cruz analfabeto, que, quando dizia missa, oficiava com uma carabina, e quando entrava em combate batalhava com um hissope...[2] Cá temos agora a sede da Renúncia, do Desprendimento dos bens terrenos: o nosso Antônio odiava as notas de banco... as da República, bem entendido: as do Império não deixavam de ser agradáveis à alma deste asceta; daí, quem sabe! dizem que a fera queimava as notas da República — quem viu isso?...

"Olá! cá apanhei a sede da afetividade amorosa... Sim, senhor! sim, senhor! isto é que é uma bossa de se lhe tirar o chapéu! mas, tão estragada, tão frouxa, tão amortecida pela falta de uso... também, a idade! também, a imundície destas jagunças! também, a má alimentação! enfim, vejo

---

[2] Instrumento de metal ou de madeira com o qual se asperge água benta, na Igreja Católica.

por aqui que Bom Jesus foi na sua mocidade um famoso azevieiro...[3] Bem! esta agora é a localização da Energia. Que formidável que é! este ladrão, se vencesse, se levasse depois os seus salteadores maltrapilhos até o Rio de Janeiro, havia de ser um déspota incomparável: quatro estados de sítio por mês... Em suma, um bom cérebro: nunca vi um maluco com tanto miolo. E disse!

"Basta! Vou-me embora. Tenho de ir à Sorbonna, em Paris, inspirar ao professor de antropologia a sua lição de hoje. Vou-me embora! mesmo porque isto aqui fede que é o diabo... Adeus!"

E mais não escreveu o espírito do grande Broca.

s. a.

Gazeta de Notícias
10/10/1897

---

[3] Esperto, ladino, mulherengo.

Malucos furiosos

Toda a alma brasileira está ansiosamente voltada para o Norte. Quando, há dois ou três anos, se começou a falar de Antônio Conselheiro, todo mundo encolhia os ombros, com desdém e pouco-caso: um fanático! um mentecapto! um profeta de fancaria! um arrastador de sujeitos parvos e de velhas beatas! Hoje, o apóstolo de Canudos é general de um exército de mais de 5 mil homens...

O major Febrônio,[1] chefe da coluna derrotada em Uauá, diz terminantemente: "Toda a pólvora encontrada era de primeira qualidade; havia bom e grosso chumbo, balins, foices e dardos. Todos eles estavam tripla e quadru-

---

[1] Major Febrônio de Brito, comandante da 2ª Expedição a Canudos, composta por cerca de seiscentos soldados, foi derrotado e humilhado pelos sertanejos de Antônio Conselheiro em janeiro de 1897, em Uauá.

plamente armados; todos eles traziam armas de fogo, afiados facões e grossos cacetes pendentes dos pulsos. Pela média, sem receio de errar, posso garantir que o Conselheiro tem mais de 5 mil homens, apesar de ter afirmado o tenente-coronel Antônio Reis, residente em Cumbe, que ele tem mais de 8 mil".

Não se trata, pois, de uma simples rebelião, facilmente dominável. A guerra civil de Canudos é muito mais grave que a do Rio Grande do Sul e a da revolta naval, porque é uma guerra feita por fanáticos, por malucos furiosos que o delírio religioso exalta — gente que vem morrer agarrada à boca das peças, tentando tomá-las a pulso.

Ora, nesta gravíssima situação, é que, mais do que nunca, se devia calar a política, com as suas pequeninas paixões e os seus miseráveis interesses. No entanto, a política está complicando tudo; e já causou o desastre de Uauá, e queira Deus que ainda não venha a causar outros, terríveis e irremediáveis!

Para ver até que ponto a mania política alucina os baianos, basta ler, com atenção, os dois longos telegramas da Bahia que *O País*, por um verdadeiro *tour de force*, publicou segunda-feira.

O primeiro telegrama traz o resultado de um *interview*,

que o correspondente d'*O País* teve com o general Sólon. Contou longamente Sólon ao jornalista a barafunda de ordens, de contra-ordens, de hesitações, de providências disparatadas que houve, e que deram em resultado a derrota de Uauá. Ora era o governador do estado[2] quem se considerava exautorado pelo governo da União; ora era ele, Sólon, quem fazia objeções a ordens que lhe pareciam contrárias à letra da Constituição...

O segundo telegrama é a reprodução integral da carta que o major Febrônio dirigiu à redação do jornal *A Bahia*. Leia-se e releia-se este trecho da carta, onde não se sabe o que mais admirar — se a violência do ataque, se os arrebiques nefelibatas da frase:

"Nas espinhosas operações de Canudos a incompetência e ambição do autoritarismo centralizador tem sido à socapa a palavra de ordem como apanágio delituoso de desastres. Daquele tem vindo a facilidade para todo recurso escamoteador da dignidade dos que se prezam do mesmo modo como se manejam os capangas para falsificação

---

[2] Governador da Bahia naquele momento, Luís Viana se indispusera contra o general Sólon e obtivera sua destituição do comando do Distrito Militar local.

de atas de eleições na fábrica de galopins sem decência de mandato.

"Política torpemente velhaca dos adesos diluídos nos banhos da carnagem monárquica, ignorância perversa das nulidades que a República e a anarquia guindaram por através de fases de filhotismo de importação, a supurar do coração brasileiro, calaram sulcos fundíssimos na vida desta geração, que carrega aos ombros a ferver o sangue dos mártires, o cadáver moral do desbriamento público administrativo.

"A tropa está morta, extenuada, maltrapilha, quase nua, impossível de refazer-se em Monte Santo. Avalie agora o público as desgraças que podem advir das resoluções dos incompetentes, das facilidades do governador quando telegrafou ao governo, dizendo que o Conselheiro tinha, quando muito, quinhentos homens mal armados e que o mais eram mulheres beatas."

Notai que quem fala é um soldado, cuja missão, num momento deste, devia ser bater-se, e não fazer retórica! E se assim fala um militar, que tem peias de disciplina, se deste modo um militar faz política, atacando o governador do estado — como não falarão e como não farão política os outros, os paisanos?

Pode ser que mesmo os mais atilados decifradores de charadas não logrem penetrar o labirinto da construção gramatical desse major nefelibata. Há, porém, no artigo, uma cousa que todo mundo entende: é a indisciplina flagrante do soldado, que, transviado do caminho do dever pelo amor da política, se permite a liberdade de assim descompor o governador...

Todo mundo sabe que Antônio Conselheiro engrossou as suas fileiras com os sebastianistas[3] e com os republicanos descontentes. Que os sebastianistas procurem ou adotem todos os meios de ferir a República — compreende-se: estão no seu direito, e muito idiotas seriam se o não fizessem. Mas que os próprios republicanos, apenas porque não são amigos do governador da Bahia, vão apoiar o Conselheiro, isso é que é uma cousa torpe que ainda nos espantaria, se já não tivéssemos a certeza de que a preocupação política é mãe de todas as torpezas e de todas as infâmias.

E, ai de nós! contra o mal não há remédio. Ainda eu lembraria um remédio para o mal: enforcar todos os políti-

---

[3] Saudosista, conservador. Designação que se dava, antigamente, àqueles que acreditavam no reaparecimento do rei português d. Sebastião (1554-78), morto em combate contra os mouros em Alcácer Quibir, na África.

cos, sumariamente — se não me detivesse a consideração de que no Brasil não há ninguém, mas absolutamente ninguém, que não seja político.

Valha-nos o diabo, meu pai! Esta terra só merece, como definição, o verso de Raimundo Correia: "É um vasto hospital de alienados...".

Mefisto

A Bruxa
5/2/1897

Segredo de Estado

"O que é preciso é toda a discrição no que se está fazendo e no que se vai fazer. O governo não tem a obrigação de dizer quantos mil homens manda nem quanto despenderá. O seu tino e o conselho dos combatentes devem arbitrar o número da expedição; a sua honra administrativa responderá pela despesa." Com essas palavras sensatíssimas resumiu admiravelmente José do Patrocínio, na sua última "Semana Política" da *Cidade do Rio*, as necessidades políticas do momento. Por que manda o governo publicar a relação dos batalhões que se põem em marcha para Canudos? por que se entregou à publicidade o decreto que abriu um crédito de 200:000$000 para os gastos da expedição? Estou em apostar que a esta hora, no seu alpestre reduto de Canudos, já o *Conselheiro* recebeu essas notícias, como receberá todas as que os jornais divulgarem.

Dizem que, quando Júlio César invadiu as Gálias, em oito dias toda a região soube da invasão, de norte a sul, de leste a oeste. Como pode assim voar essa notícia, à maneira de um relâmpago? O fato é histórico: de que modo explicá-lo? Dizem os ocultistas que, naquele tempo, já os sacerdotes druidas estavam senhores de todos esses segredos da telepatia e transmissão do pensamento à distância — segredos que somente agora estudamos. Assim, de núcleo em núcleo sacerdotal da velha Gália, desde a cadeia dos Alpes até os confins da Armórica, teria sido transmitida a nova, por meio desse misterioso telégrafo psíquico...

Aqui no Brasil o sebastianismo não precisa recorrer a esses processos de alta sugestão para se comunicar com o seu grande *Conselheiro*. A rede da conspiração monárquica está bem preparada para recolher e distribuir as comunicações...

Daí decorre a necessidade inadiável de tudo fazer em segredo. Mas como obter esse segredo? A nossa indiscrição e a nossa curiosidade são proverbiais. Na semana passada, o primeiro jornal que se lembrou de aconselhar ao governo uma absoluta reserva, no mesmo número em que inseria esse conselho, inseria nada menos de quatro notícias alarmantes. Uma maravilhosa aplicação do caso do frei Tomás que uma cousa diz e outra faz...

A discrição necessária (e mais do que necessária: imprescindível) seria fácil e imediatamente conseguida com a decretação de estado de sítio. Já sei que o simples enunciado desta idéia causa arrepios de indignação e de terror a muita gente. Mas, Santo Deus! o estado de sítio não é nenhum bicho-de-sete-cabeças: é uma medida simples, constitucional, que não foi metida na Constituição apenas para inglês ver. Por que ter medo dele? por temer que a sua decretação possa abalar o nosso crédito no estrangeiro? mas o crédito já está abalado, e abalo de mais ou abalo de menos não nos entornarão ainda mais o caldo das finanças. Por motivos muito menos importantes do que o motivo de agora, já tivemos muitos estados de sítio. E a medida, hoje, impõe-se como uma medida de salvação — uma vez que é preciso cercar a desforra que se prepara de todas as garantias de sucesso.

Direis que o tom em que está escrita hoje esta coluna não é próprio desta folha; mas, que quereis? o momento é de terríveis responsabilidades; ninguém tem o direito de ficar calado, e muito menos ainda o direito de gracejar, quando os manejos dos monarquistas estão custando ao Brasil muitas vidas, muito dinheiro e muito crédito. Desgraçado de quem ri sempre, mesmo quando a sua honra está em perigo! Fora a futilidade dos motejos sem causa! é preciso que todos pensem a sério e falem bem alto — porque nunca estiveram mais assanhados e mais merecedores de severa repressão os que desejam ver estraçalhada a República.

Mefisto

A Bruxa
19/3/1897

Cidadela maldita

Enfim, arrasada a cidadela maldita! enfim, dominado o antro negro, cavado no centro do adusto sertão, onde o Profeta das longas barbas sujas concentrava a sua força diabólica, feita de fé e de patifaria, alimentada pela superstição e pela rapinagem!

Cinco horas da madrugada, hoje. Num sobressalto, acordo, ouvindo um clamor de clarins e um rufo acelerado de caixas de guerra. Corro à janela, que defronta o palácio do governo.

Uma escura massa de gente, na escuridão da antemanhã, está agrupada na rua. Calam-se os clarins e as caixas de guerra. Há um curto silêncio. E, logo, dos instrumentos de metal, estrompam, e dos tambores que se esfalfam rufando, como corações atacados de hipercinesia, rompe, alto e vibrante, o Hino Nacional. É uma banda militar, que toca à alvorada, em frente do palácio, para celebrar ainda uma vez a grande nova, transmitida ontem à nossa ansiedade pelo telégrafo.

Todos os galos da vizinhança acordam, juntando o estridor de seu canto ao estridor das trompas da banda. Longe, um pedaço de céu, tocado de rosa e pérola, anuncia o dia.

Como é bom despertar assim, em pleno júbilo, já com o coração livre daqueles sustos dos dias passados — quando a gente, abrindo os jornais, sentia o coração pressago, cheio de medo, temendo o horror de novas catástrofes, de novos morticínios, de novas derrotas!

Enfim, assaltada e vencida a furna lôbrega, onde a ignorância, ao mando da ambição, se alapardava perversa! Enfim, desmantelada a cidadela-igreja, onde o Bom Jesus facínora, como um cura Santa Cruz de nova espécie, oficiava, tendo sobre o espesso burel a coronha da pistola assassina!...

O. B.

O Estado de S. Paulo
9/10/1897

Cães de Canudos

Um jornal da Bahia, registrando a entrevista que teve um redator seu com certo oficial recém-vindo de Canudos, narra interessantes episódios posteriores à ultimação da guerra. Este é particularmente trágico na sua simplicidade:

Havia, no arraial, um grande número de cães. Cada jagunço tinha o seu cão — companheiro fiel que o acompanhava às caçadas, às batidas do mato, às caminhadas longas pelo sertão velho. Quando o sítio começou, os animais ficaram, como os homens, encurralados no arraial, de orelhas a fito, farejando o perigo, latindo ao luar, alta noite, vigiando as entradas dos desfiladeiros, guardando a toca negra em que o Conselheiro residia com os seus exércitos de jagunços. Mas quando, feroz, o bombardeio principiou a derrubar as casas, os cães abalaram, desvairadamente, fugindo da metralha: não podiam ter a inabalável fé, a crença ardente dos jagunços, nem sobre a alma deles podia ter influência a palavra ardente do Messias sertanejo...

Não viram arderem as casas, varadas de balas, comidas pelas chamas do querosene; não viram a chacina última, não assistiram ao trágico horror da derrota, não ouviram o fragor vitorioso das bandas de música invadindo o reduto conquistado: andavam pelo mato, famintos e aturdidos, vagabundos, chorando os donos ausentes.

Depois, quando cessou o clamor da artilharia, quando os batalhões recolheram a Monte Santo, quando apenas um punhado de soldados ficou guardando Canudos — ei-los de volta, magros, descarnados, ansiosos, de focinho no chão, pelas ruas desertas da cidadela, cheirando o sangue empoçado, uivando melancolicamente na solidão e no silêncio das ruínas. E o oficial que narrou o caso ao jornal baiano conta que viu muitos deles empenhados em cavar a terra, em descobrir os cadáveres podres, em farejá-los longamente, procurando descobrir os donos, os antigos companheiros das caçadas, das batidas do mato, das caminhadas longas pelo sertão velho...

O. B.

O Estado de S. Paulo
26/11/1897

1ª EDIÇÃO [1996] 2 reimpressões

ESTA OBRA, COMPOSTA PELO ESTÚDIO O.L.M EM AGARAMOND,
TEVE SEUS FILMES GERADOS PELO BUREAU 34 E FOI IMPRESSA
PELA GEOGRÁFICA EM OFSETE SOBRE PAPEL PÓLEN SOFT DA
SUZANO PAPEL E CELULOSE PARA A EDITORA SCHWARCZ
EM NOVEMBRO DE 2008